A Faint Cold Fear Thrills Through My Veins
William Shakespeare

Zu diesem Buch

«Also, Herr Sänger, Sie erhalten von uns einen Auftrag, zu dessen Ausführung die tätige Mithilfe einer Vielzahl von Menschen nötig sein wird. Wir erwarten von Ihnen, daß Sie diese Menschen auswählen und motivieren. Wie, ist Ihnen freigestellt. Wir verlangen absolute Diskretion, das heißt, kein Wort zu Ihren Mitarbeitern, alle Unterlagen nur in einfacher Ausfertigung und an einem sicheren Ort und: Sie müssen Erfolg haben, und zwar kurzfristig, sonst sind wir geschiedene Leute. Haben wir uns verstanden?»

Hier kann es nur um eine schmutzige Sache gehen. Und das spürt Rochus Rose bald am eigenen Leib. Er hat Schulden und gerät an den Geldeintreiber Sänger. Da er das Geld nicht zurückzahlen kann, wird er zum willenlosen Werkzeug in den Händen des mit allen Wassern gewaschenen Sänger, der weiß, wie man den Profit einer Versicherungsgesellschaft in die Höhe treibt: die Methoden sind raffiniert, wenn auch noch nicht ganz legal. Rochus wehrt sich verzweifelt, doch die Gegenseite scheint alle Trümpfe in der Hand zu haben. Und seine Freunde von der Tankstelle sind ihm auch keine rechte Hilfe. Hajo brennt darauf, den Liebhaber seiner Frau fertigzumachen, und Henry will den Mörder seiner geliebten Käthe fangen...

Norbert Klugmann und Peter Mathews, beide Jahrgang 1951, wohnen in Hamburg und haben drei weitere Kriminalromane in der Reihe rororo thriller veröffentlicht: Beule, oder wie man einen Tresor knackt (Nr. 2675), Ein Kommissar für alle Fälle (Nr. 2700), Flieg, Adler Kühn (Nr. 2734), und sind Herausgeber des thriller-Magazins ‹Schwarze Beute›. Die beiden haben jeder für sich sechs Versicherungen abgeschlossen und sind zumindest in diesem Fall repräsentative Bundesbürger.

Norbert Klugmann / Peter Mathews

Die Schädiger

rororo

Rowohlt

rororo thriller
Herausgegeben von Bernd Jost

20.–22. Tausend September 1990

Originalausgabe
Veröffentlicht im Rowohlt Taschenbuch Verlag GmbH,
Reinbek bei Hamburg, November 1986
Umschlagentwurf Manfred Waller
Umschlagbild Bilderbox Hamburg, S. Reinhardt

Satz Bembo (Linotron 202)
Gesamtherstellung Clausen & Bosse, Leck
Printed in Germany
780-ISBN 3 499 42771 0

Die Hauptpersonen

Rochus Rose	ist das Opfer
Norbert Sänger	ist der Böse
Hans-Helmut Herz	will 100 Prozent
Henry Pietsch	liebt Käthe – über den Tod hinaus
Lisa Kürten	kocht starken Kaffee
Valentin ‹Adler› Kühn	hilft, wo er kann
Hajo Pillau	ist nicht zu helfen
Irene Lachmund	der Traum jedes Adlers
Kommissar Achim Golze	ermittelt ohne Rücksicht auf Ergebnisse

Alle Personen und Handlungen sind frei erfunden.
Wo kämen wir hin, wenn so etwas wahr wäre!

Der Unterschied zwischen
einer Komödie und einer Tragödie ist:
Ein Mann läuft eine Straße hinunter
und fällt hin.
Wenn er wieder aufsteht, ist das eine
Komödie, die Leute lachen;
bleibt er liegen, ist es eine Tragödie.

Billy Wilder

Das Telefon klingelte.

Einmal. Zweimal. Dreimal.

Er saß am Schreibtisch und kaute auf einem Brötchen.

Viermal. Fünfmal.

Er hob den Becher mit Kaffee und nahm einen Schluck.

Sechsmal.

Er griff zum Telefonhörer, kurz davor zögerte er noch.

Siebenmal.

Nach diesem Klingeln hob er den Hörer ab und sprach mit mechanischer Stimme.

«Guten Tag. Hier spricht der automatische Anrufbeantworter von Rochus Rose. Ich bin im Moment nicht zu Hause. Sie haben aber die Möglichkeit, eine Nachricht zu hinterlassen. Nennen Sie Namen und Telefonnummer und sprechen Sie nach dem Pfeifton.»

Rose pfiff.

«Hier spricht Töpperwien, Bank für den Privaten Kunden. Ich bin Ihre Sachbearbeiterin. Herr Rose, wir müssen über Ihren Kredit reden.»

«Oh, nein», stöhnte Rose.

«Herr Rose?» fragte die Frau erstaunt. «Sie sind zu Hause?»

«Sie wünschen?»

«Wir müssen über Ihren Kredit reden.»

«Wieso?» fragte Rose patzig.

«Aber Herr Rose, das wissen Sie so gut wie ich.»

«Sagen Sie's mir.»

«Sie haben im letzten Herbst bei uns einen Kredit über 20000 Mark aufgenommen, vor einem halben Jahr also. Der Kreditvertrag sieht vor, daß Sie ihn mit monatlich 348 Mark zurückzahlen. Die Raten werden jeweils am Monatsersten fällig.»

Rose blickte über seinen Schreibtisch. Hinter dem Teller, der Tasse, dem Margarinebecher und dem Glas mit Hausmacher-Leberwurst lag das Holzstück mit dem senkrecht herausragenden Nagel, auf den er alle Briefe spießte, die ihm nicht geheuer vorkamen.

«Bei Durchsicht unserer Unterlagen stelle ich fest, daß Sie seit zwei Monaten die Raten nicht überwiesen haben.»

«Ich habe vier Monate bezahlt. Pünktlich.»

«Das haben Sie. Der Vertrag läuft jedoch über 60 Monate.»

Rose schwieg, verwünschte sich für seine Neugier, die ihn verführt hatte, den Hörer abzuheben.

«Herr Rose, seien Sie froh, daß wir den Fall bereits in diesem verhältnismäßig frühen Stadium ernst nehmen.»

«Ich bin kein Fall.»

«Sie wissen, wie ich es meine.»

Die Stimme von Frau Töpperwien klang verbindlich, nicht mal in Ansätzen hochnäsig. Das machte es Rose nicht leichter.

«Herr Rose, es liegt mir fern, Schwarzmalerei betreiben zu wollen. Aber die Angelegenheit muß geklärt werden. Ich würde mich gerne mit Ihnen unterhalten. Wann paßt es Ihnen?»

Rose wollte diese Frau nicht sehen. Er wollte sich nicht verhören lassen. «Es ist ... äh, meine Zeit ist momentan sehr begrenzt. Ich ... ich habe viel zu tun.»

«Wie schön für Sie. Ich hoffe, daß sich Ihre angenehme Beschäftigungslage befruchtend auf unsere geschäftlichen Beziehungen auswirken wird.»

Die Sachbearbeiterin lachte. «Also wann, Herr Rose? Es dauert keine halbe Stunde.»

«Ich muß heute nachmittag nach Norderstedt, ganz dringend. Morgen geht es auch nicht, da muß ich ...»

«Dann machen wir es am besten sofort. Sagen wir 11 Uhr? Oder 11 Uhr 30. Darf ich Sie für diesen Termin eintragen?»

Zwei, drei Sätze noch, dann stand Rose mit dem Telefonhörer in der Hand da.

«Rrrums!» Im Kinderladen nebenan ging es schon wieder sehr munter zu. Immer wieder warf ein Kind die Tür ins Schloß.

«Rrrums!»

Zwei Minuten, bevor er los mußte, kam wieder die Angst. Er war kurz davor, Farbeimer, Rolle und Leiter aus dem Verschlag zu holen, um endlich den Flur zu streichen. Vor allem mußte er die acht lockeren Deckenfliesen ankleben. Besorgt ruhte Roses Blick auf der Fliese hinten rechts. Er wußte nicht, was dieses Quadrat davon abhielt, in den Flur zu stürzen. Kein Zweifel, Rose mußte hierbleiben und seiner Pflicht als Mieter nachkommen. Dafür hatte die Frau in der Bankfiliale bestimmt Verständnis. Morgen war auch noch ein Tag. Und übermorgen erst. Von der Sartoriusstraße ging er links zum Müggenkamp und dann ganz beiläufig immer geradeaus die Osterstraße runter, bis er vor dem Kreditinstitut stand.

«Herr Rose? Wie schön, Töpperwien. Bitte nehmen Sie doch Platz.»

Jetzt, wo Rose der Frau gegenübersaß, hätte er sich einen Mann als Gesprächspartner gewünscht. *Sie schicken immer die Charmanten vor. Das ist auch so ein Trick.*

«Ich hole uns erst mal ...» Die Sachbearbeiterin verschwand, um gleich darauf mit zwei Tassen Kaffee zurückzukommen.

Die Frau war um die vierzig. Sie kleidete sich einen Tick zu bieder.

«Sehen Sie, Herr Rose, so von Angesicht zu Angesicht ist es doch viel angenehmer zu reden.» Frau Töpperwien wühlte in dem winzigen Aktenstapel auf ihrem Schreibtisch. Roses Mappe war hellrot. Er hatte Rot noch nie leiden können. Selbst letztes Jahr in der Psychiatrie in Ochsenzoll hatte er die roten Tabletten am schlechtesten vertragen.

Die Frau faltete ihre Hände über der aufgeschlagenen Mappe:

«Also, Herr Rose, machen Sie einen Vorschlag!»

Rose stand auf und zog den Trench aus.

Zeit gewinnen, Rochus. Zeit ist Geld.

«Rekapitulieren wir, Herr Rose. 20000 Mark Kreditsumme. Rückzahlbar in 60 Monatsraten à 348 Mark. Sie haben die erste Rate und die zwei Prozent Bearbeitungsgebühren damals an Ort und Stelle bezahlt, bar.»

«Ich mag Bargeld.»

«Wer nicht?» Sie lächelte. Wenn sie lächelte, war sie eine Frau.

Wenn sie die Hände über einer Akte faltete, war sie Sachbearbeiterin.

«Sie haben auch die Raten zwei, drei und vier termingemäß überwiesen. Dann jedoch ...»

«Dann begann eine kurzfristige Flaute in meinem Geschäft.»

«Das verstehe ich nicht ganz. Sie stehen doch in einem regelmäßigen Arbeitsverhältnis. Sie haben doch seinerzeit ... hier.»

Sie hielt ihm das Papier entgegen, das Adler damals mit Rose bei einer Flasche Rotwein formuliert hatte. Vorher hatte Adler unter Einsatz seiner beschränkten graphischen Mittel einen klotzigen Briefkopf entworfen. Ein Drittel der Seite einnehmend, schwebte ein Flügel tragender Mann über der Seite. «Freie Tankstelle Valentin Kühn. Werkstatt. Umzüge. Probleme. Theorien.»

«Ich darf mal eben vorlesen», sagte Frau Töpperwien:

«Gerne bescheinige ich Herrn Rochus Rose, daß er in meinem Unternehmen den Posten eines Vize-Geschäftsführers versieht, übrigens zu meiner vollen, zeitweise vollsten Zufriedenheit. Herr Rose bezieht ein monatliches Bruttogehalt von 2900 DM und ist an der jährlichen Gewinnausschüttung maßgeblich beteiligt.»

Rose hielt ihrem Blick stand.

«Das ist soweit in Ordnung», versicherte er.

«Sie sind nicht in der Zwischenzeit entlassen worden? Sie haben nicht gekündigt und sind auch nicht krank gewesen?»

Er schüttelte den Kopf.

«Und der Betrieb ... diese Tankstelle, sie existiert noch?»

«Selbstverständlich. Sind Sie noch nie dran vorbeigekommen?»

Frau Töpperwien blickte auf die Anschrift, zögerte.

«Hamburg 26 ist Rothenburgsort und Billbrook», sagte Rose.

«Tut mir leid. Das ist nicht meine Richtung.»

«Der Stadtteil ist noch nicht entdeckt», log Rose unverfroren.

Er wußte, daß Billbrook von allen Stadtteilen die schlechtesten Wohnwertdaten besaß – mit Abstand die schlechtesten.

«Ich sehe hier gerade eine Notiz, die ich damals geschrieben habe», sagte Frau Töpperwien. «Sie sagten, daß Sie sich nebenher selbständig machen wollten. Sie hatten da wohl seinerzeit ein Produkt, auf das Sie große Hoffnungen gesetzt haben. Wie sieht es denn damit aus? Haben sich Ihre Hoffnungen erfüllt?»

«Doch.» Rose nickte heftig. «Doch, doch. Danke der Nachfrage. Ich kann nicht klagen. Aber ich finde, es reicht jetzt langsam. Sie haben mich genug ausgehorcht.»

Frau Töpperwien hob überrascht den Kopf.

«Ich habe Sie nicht verhört. Ich versuche lediglich, eine Lösung für unser Problem zu finden.»

«Unser, unser», äffte Rose sie nach. «Wieso denn ‹unser?›. Haben Sie etwa Schulden? Sie arbeiten doch hier. Sie haben doch keine Schulden. Oder?»

«Das, Herr Rose, geht Sie nichts an. Ich darf Ihnen versichern, daß ich in meinen geldlichen Angelegenheiten Ordnung halte. Vor allem gehe ich nur Verpflichtungen ein, die ich überschauen kann, was man bei Ihnen ja wohl ...»

«Guck mal», flüsterte eine Angestellte im Hintergrund einem Kollegen zu. «Der Alte hat Töppi wieder einen Verhungerten aufs Auge gedrückt.»

«Logo», entgegnete der Kollege. «Keiner killt so cool wie Kerstin.»

Der Angestellte winkte Frau Töpperwien zu.

«Herr Rose, bitte beruhigen Sie sich», vibrierte sie. «Sie lassen sich gehen.»

«Gehenlassen», knurrte Rose. «Erst soll ich unbedingt kommen. Dann soll ich mich gehenlassen. Was wollen Sie überhaupt?»

Als er ihre Augen sah, ihr ehrlich besorgtes Gesicht, ihren Kummer über sein Verhalten, da sprang Rose auf, daß der Becher mit Kugelschreibern und Filzstiften auf dem Schreibtisch umstürzte. Sein Mantel glitt zu Boden. Rose raffte ihn hoch, drückte ihn vor die Brust und rief:

«Wieviel?»

«Wieviel was?»

«Wieviel Sie von mir bekommen?»

Frau Töpperwien blätterte. «696.»

«Ich will wissen, wieviel insgesamt.»

Sie sah ihn an, blätterte.

«23 968 Mark. Das ist die Restschuld.»

Rose wollte den Mantel anziehen, fand nicht gleich den Ärmel, geriet darüber in Wut.

«Nächste Woche», rief er und lehnte sich mit beiden Händen auf den Schreibtisch. «Von heute an gerechnet in einer Woche. Dann haben Sie Ihr Geld.»

Henry Pietsch drückte den Klingelknopf der kleinen Zwei-Zimmer-Genossenschaftswohnung im Hamburger Stadtteil Hamm. In einer Hand hielt er ein Kuchenpaket, in der anderen einen Strauß mit Frühlingsblumen. Hinter der Wohnungstür rührte sich nichts. Pietsch besaß zwar einen Schlüssel zur Wohnung seiner Freundin Käthe. Aber er klingelte, wenn er unangemeldet erschien. *Jetzt könnte sie aber kommen, das Radio läuft doch.* Pietsch klingelte zum drittenmal. Zwar waren sie erst gestern in Blankenese am Strand spazierengegangen, hatten anschließend Kaffee und Kuchen in einem Lokal mit Elbblick verspeist. Doch Pietsch trieb die Sehnsucht um. Er klingelte erneut. Nichts. *Dann stell ich wenigstens die Blumen ins Wasser.* Pietsch schloß auf. *Ihr Mantel hängt ja an der Garderobe.* In der Küche zwitscherte der Wellensittich. Pietsch holte eine Vase aus dem Küchenschrank, füllte Wasser ein, drapierte die Blumen. Seit er Käthe kannte, mochte er Blumen, weil sie Blumen liebte. Pietsch roch an den Blüten und trug die Vase ins Wohnzimmer.

«Käthe!»

Die Vase krachte auf den Boden und zersprang. Pietsch merkte es nicht. In seinen Augen stand kaltes Entsetzen. Käthe Cathomen saß weit zurückgelehnt, mit offenem Mund und starrem Blick auf dem Sofa. Auf dem Couchtisch lag die umgestürzte Kaffeekanne. Tischdecke und Teppichboden waren naß. Neben dem Milchkännchen und der Zuckerdose stand eine zweite Kaffeetasse. Sie war noch halb voll. Käthe Cathomen hatte Besuch gehabt, und jetzt war sie tot. Pietsch rannte kopflos durch die Wohnung. Er holte eine Flasche Klaren aus dem Kühlschrank und goß ein großes Glas ein. Es half ihm nicht. Pietsch ging zum Telefon und wählte 110.

«Ist da die Polizei? Hier ist ein Mord passiert.»

«Was wollen wir ihm denn sagen, Mutti, wenn er kommt, der Mann?»

Das wußte Mutti auch nicht. Gut, daß sie den Couchtisch mit der Häkeldecke belegt hatte, an deren Rand diese putzigen kleinen Troddeln baumelten. Die konnte sie jetzt nervös durch die Finger gleiten lassen. Vati wanderte. Obwohl sie noch keine zwei Monate in dem Endreihenhaus wohnten, hatte er schon eine Lieblingsstrecke: von der Schrankwand am Couchtisch vorbei zum Terrassenfenster, von dort an Kommode und Fernseher vorbei, zurück zur Schrankwand. Vati hatte sich ja immer vorgenommen, viel spazierenzugehen, wenn sie erst mal draußen wohnen würden. Sie waren auch zweimal draußen gewesen. Mutti hatte geweint hinterher, und Vati hatte heftig geschluckt. Alle paar hundert Meter waren sie auf Schnellstraßen gestoßen, die man als Fußgänger nur bei Einsatz seines Lebens überqueren konnte. Jetzt blieben sie lieber zu Hause. Da wußten sie, was sie hatten.

«Eine Alarmanlage!» sagte Vati zwischen Couchtisch und Fenster. «Das ist doch was für reiche Leute. Was brauchen wir eine Alarmanlage?»

«Und wenn wir ihm das einfach sagen?» fragte Mutti zaghaft.

«Das ist doch ein Vertreter. Die haben doch auf alles eine Antwort. Das lernen die doch in ihren Vertreter-Schulen.»

«Außerdem kommt bei uns sowieso keiner rein», sagte Mutti mit fester Stimme. «Wir passen doch auf. Wir sind doch immer zu Hause. Und du komm mal schnell weg von der offenen Tür. Du erkältest dich nur wieder.»

Vati war zwar anderer Meinung, aber er setzte sich neben Mutti aufs Sofa.

«Wann wollte er denn kommen?»

«Wer?»

«Wer? Wer? Na, der Vertreter.»

«Halb zwei hat er gesagt, als er vorhin angerufen hat.»

«Du hättest ihn abwimmeln können!»

«Ach Mutti, schimpf nicht. Paß mal auf, wir sagen ihm, daß wir immer zu Hause sind und daß bei uns sowieso keiner reinkommt. Das wird das beste sein. Es stimmt ja auch.»

«Ich verstehe gar nicht, warum bei so vielen Leuten eingebrochen wird heutzutage. Sitzen die denn auf ihren Ohren? Das hört man doch, wenn sich ein Fremder im Haus herumtreibt. Das macht doch Geräusche, macht das.»

Im nächsten Moment schrie Mutti auf. Vati verjagte sich, daß sein Blutdruck-Unterwert auf satte 120 sprang. Ein Arm im Trench langte von hinter dem Sofa zwischen Mutti und Vati hindurch. Am Ende des Arms saß eine Hand. Die Hand hielt einen Prospekt in den Fingern.

«Sehen Sie, so denken die meisten Bürger. Das ist grundfalsch. Guten Tag, mein Name ist Rose, Rochus Rose.»

Mit diesen Worten kam Rose hinter dem Sofa hervor, stellte den Karton diskret neben den Couchtisch und zog, während sich das ältliche Ehepaar wieder einkriegte, den Mantel aus.

«Mann Gottes», keuchte Vati. «Haben Sie mich erschreckt. Das machen Sie aber nicht noch mal.»

«Natürlich nicht», sagte Rose mit gewinnendem Lächeln. «Ab

morgen besitzen Sie ja ein Sicherheits-Set der Firma Stumpf. Ab morgen wird Sie niemand mehr so niederträchtig erschrecken können. Ab morgen sollen sie nur kommen, die Einbrecher und Diebe. Sie werden Sie gewappnet finden. Das ist ein ungeheuer beruhigendes Gefühl, meinen Sie nicht auch?»

Alles, was unter «beruhigend» fiel, fanden sie natürlich gut. Rose ließ sich Kaffee und Marmorkuchen anbieten.

«Wenn ich Ihnen vielleicht Wirkungsweise und Vorteile der Anlage präsentieren darf», sagte er danach mit perlender Stimme. «Das Wichtigste für die Hausfrau gleich vorneweg.»

Rose klemmte vorsichtig Gardine und Übergardine hinter den Fernseher. Kaum hielt er die Gardine in der Hand, mußte er wieder an Marianne Koch denken. Das ging ihm jedesmal so, und vielleicht faßte er aus diesem Grund so gerne Gardinen an.

«Dieses Sicherheitsprinzip läßt sich kinderleicht anbringen. Keine Löcher in der Wand, kein Schmutz auf dem Fußboden und kein Handwerkertermin, der dann kurzfristig wieder abgesagt wird.»

Rose zwinkerte den beiden zu. Sie freuten sich und erzählten einige Schwänke aus ihrer leidvollen Zeit als Bauherren. Rose ließ ihnen die Atempause, die sie brauchten, und tat sich am Kuchen gütlich. Als er die beiden da auf dem Sofa sitzen sah, jammerte es Rose. Aber er kannte diese Anwandlungen bei sich.

«Schwachpunkt Numero eins jedes Hauses sind Fenster und Türen. Sie sind für einen Einbrecher kein Hindernis, sondern ein Klacks. Das gilt besonders für Griffe und Schlösser. Wenn Sie bitte mal eben kurz hier ans Fenster treten würden ...»

Rose hatte gute Erfahrungen damit gemacht, die Kunden aus ihrer Passivität zu reißen und aktiv werden zu lassen. Deshalb spielte er mit den beiden das «Ich breche ein»-Spiel. Erst waren sie ein wenig zögerlich. Dann fanden sie Gefallen an der Bewegung, juchzten, alberten herum und schlossen sich gegen Rose zusammen, der sich anfänglich wehrte und sie im richtigen Moment gewinnen ließ.

«Hach, das bringt Laune», rief Mutti, und Vati schmunzelte. Rose hielt die Sache praktisch für gelaufen. Jetzt mußte er sie an den Tisch kriegen, wo es um das Ausfüllen der Bestellung ging.

«3000 Mark?» rief Vati. Er sprach die Zahl aus, wie es ein Normalbürger mit der Zahl «Zweieinhalb Trillionen» tun würde.

«Wir haben keine 3000 Mark. Guter Mann, wir haben gebaut.»

«Und Sie wollen doch gewiß nicht, daß Ihnen Ihr reizvolles Haus unterm Hintern weggeklaut wird.»

Die beiden blickten sich an, und Rose wußte, daß er das Spiel verloren hatte.

«Aber wir haben doch gar nichts, was einen Dieb interessieren könnte», sagte Mutti.

«Na, der Fernseher hier.» Rose machte ein begehrliches Gesicht in Richtung Flimmerkiste.

«Ach der, der ist doch schon acht Jahre.»

«Aber Ihr Schmuck», gab Rose zu bedenken. «Was da für Erinnerungen dran hängen.»

«Mein Schmuck ist nichts wert. Das meiste mußten wir auch verkaufen, für die zweite Hypothek. Und meine Erinnerungen kann mir keiner stehlen. Die habe ich in meinem Herzen eingeschlossen», sagte Mutti und legte zu allem Überfluß beide Hände aufs Herz.

«3000 Mark», murmelte Vati, der immer noch nicht darüber hinweggekommen war. «Das ist ja ... das sind ... das sind Zinsen und Tilgung für zwei Monate.»

«Heutzutage hat man einfach eine Alarmanlage», schob Rose nach, ungeduldig das Bestellbüchlein knetend. Schlagartig befiel ihn dunkle Mutlosigkeit. Er hatte so viele schöne Argumente auf Lager. Aber er mußte nur diese harmlosen, überforderten Menschen angucken, und ihm verging jede Lust, diese Argumente auszupacken. Rose entließ die beiden aus der unerträglichen Situation. Mutti war drauf und dran, ihm zwei Stücke Marmorkuchen einzupacken, und Vati hielt plötzlich eine Flasche billigen Weinbrands in der Hand. Rose flüchtete aus dem Endreihenhaus.

Im Wagen sitzend, zog er sich eine Zigarette in die Lungen.

Das war wieder zu menschlich. Du willst was von denen. Du willst keine Freunde fürs Leben gewinnen, sondern 25000 Mark. Das ist ein Unterschied.

Als er gegen 17 Uhr 30 den Wagen Richtung Süden lenkte, wußte er gar nicht mehr, wie er aus dem letzten Haus herausgekommen war. Zu deprimierend waren die Erlebnisse der letzten Stunden für Rose gewesen. Mit elf Kartons war er losgefahren, mit elf Kartons kam er zurück.

Der Flügelmann in der Leuchtreklame war wie üblich flügellahm. Als Rose eine Stunde später die Wagentür mit aggressivem Schwung ins Schloß warf, verstärkte die Leuchtstoffröhre neben den Preisschildern für die diversen Treibstoffsorten prompt ihr Blinken. Die Verkleidung der Reklame war zersprungen. Das Neonweiß der Leuchtstoffröhren war kalt und brutal. Adler und Hajo konnten mit dem Licht leben. Rose beneidete sie dafür nicht.

Die Tankstelle besaß fünf Zapfsäulen, zwei für Normal, eine für Diesel, neuerdings je eine für bleifrei Normal und Super. In dem flachen Anbau waren der Kassenraum, ein Büro, eine kleine Küche, ein Aufenthaltsraum und ein Lagerraum untergebracht. Hinter dem großen Platz lag eine Flucht von sechs Garagen, an die sich die Werkstatt mit einer Grube und einer Hebebühne anschloß. Rose hatte den Eindruck, als ob das Gelände von Mal zu Mal mehr verwarzte. *Noch ein, zwei Monate, dann haben sie den Kampf verloren. Dann kriegen sie das Gelände nie mehr in den Griff. Erst geht es schleichend, aber plötzlich geht es ganz schnell. Paßt bloß auf, Jungs.*

Rose betrat den Aufenthaltsraum, Adler drehte sich um. Er sah müde und abgespannt aus. Unrasiert war er sowieso.

«Da ist er», sagte Adler zu dem Fremden, «das ist die Inkarnation meiner miesen Geschäftslage.»

«Nee, nee», entgegnete der Fremde. «So einfach ist das nicht. Natürlich wäre es toll, wenn du Kosten einsparen würdest. Aber deine Lage ist nicht so harmlos, daß du sie mit der Entlassung eines einzigen Angestellten in den Griff kriegen könntest. Da sind drastischere Maßnahmen notwendig.»

Nach dem Wort «Entlassung» setzte sich Rose hin. Man traf in diesem Raum, wo man sich auch fallen ließ, immer auf einen Autositz oder eine ausgebaute Rückbank.

«Adler! Mach die Augen auf», sagte der fremde Mann. Rose fragte sich, warum der Mann in solch offener Manier mit Adler zu sprechen wagte. Seit vielen Monaten existierte unter allen Bekannten und Freunden Adlers die stillschweigende Abmachung, daß man darauf verzichtete, die finanzielle Situation der Tankstelle anzusprechen. Gut war die Tankstelle von Anfang an nicht gelaufen. Aber sie hatten sich über Wasser gehalten. Der Betrieb lag abseits der großen Straßen, die aus der Stadt auf die Autobahnen führten.

«Dieser Brief kann die letzte Chance sein», fuhr der Steuerberater fort und schlug mit der Hand auf ein Blatt Papier. Rose wußte, daß dieser Tag nicht sein Freund war. Und der Abend wohl auch nicht.

«Dieser Brief ist das Angebot zur Kapitulation», sagte Adler gereizt.

Rose war ihm für den Satz dankbar. Adler kämpfte, also war noch nicht alles verloren.

«Adler, diesen Preis bezahlen sie dir nie wieder», beharrte der Steuerberater. «Sie lassen ja deutlich genug durchblicken, daß sie das Gelände 400 Meter dichter an den Elbbrücken aufkaufen werden, wenn du nicht mitspielst.»

«Ja, ja», sagte Adler müde.

«Und du weißt, was sie da hinstellen werden: eine hypermoderne, Super-Floppy-Wahnsinns-Tankstelle mit fünf Megawatt Neon, einem Service von Presse über Süßigkeiten und Getränke bis hin zu Tiefgekühltem. Und dann die Werkstatt: Inspektion, Quick-Check, Waschanlage. Dagegen siehst du aus wie ein Neandertaler.»

«Vielen Dank. Genauso hatte ich mir meinen Berater immer vorgestellt.»

Adler verließ den Raum. Mit jäh hochschießendem Schreck sah Rose, wie der fremde Mann ihn anlächelte.

«Diese Selbständigen», sagte er mit tragikomischer Betonung. «Beugen sich unters Joch, sind blind wie junge Hunde. Aber wenn du ihnen sagst, was Sache ist, heulen sie auf und enterben dich.»

Glücklicherweise kam Adler gleich darauf zurück, er hielt jedem eine Dose Bier hin. Der Steuerberater reichte sie ihm gleich wieder zurück. Adler riß die Lasche ab und reichte dann die Dose dem Steuerberater.

«Danke. Aber der erste Fleck ist ja immer der schlimmste.»

Der Steuerberater wies auf seine Lederjacke, die ungeheuer abgewetzt aussah. Preis: 1700 Mark.

«Ach, wenn's weiter nichts ist», sagte Adler freundlich. «Ich habe zufällig meine Zähne dabei. Wenn du heute abend also noch einen harten Brocken zu kauen kriegst, bin ich gerne bereit, ihn für dich ...»

Der Steuerberater winkte ab. Adler wandte sich Rose zu:

«Warum bist du eigentlich schon hier? Wir hatten doch abgemacht, daß du ...»

«Mir wäre zu Hause die Decke auf den Kopf gefallen.»

Adler stand auf und legte Rose beide Hände auf die Schultern.

«Rochus, alter Recke. Hast du wieder deinen Kummer mit der Welt?»

Der Steuerberater stand auf, faßte Adler am Arm und zog ihn in eine Ecke des Raums.

«Sag mal, Adler, weil wir hier gerade alle auf einem Haufen beieinander sind, soll ich nicht gleich mal mit dem Mann ... ich meine, dir macht das ja offensichtlich einige Probleme? Ich kann dir versichern, mir macht das nichts aus.»

Adler blickte ihn lange an. «Du bist ziemlich gut in deinem Fach, was?»

«Man sagt so», erwiderte der Steuerberater stolz.

«Das ist ein Grund, warum ich eine Tankstelle habe und nicht Steuerberater geworden bin. Kapiert?»

In diesem Moment wurde die Tür aufgerissen. Hajo stürmte herein, sah sich hektisch um und rief Adler zu:

«Alles klar? Kann ich los? Kann Rochus heute abend?»

Adler wies auf Rose, Hajo folgte der Armbewegung und sagte:

«Ach ja, natürlich. Hallo Rochus. Nett von dir. Ich ... du weißt vielleicht schon von Adler. Aber ich habe momentan einiges an den Hacken ...»

«... Alles klar, Hajo», unterbrach ihn Rose. «Ich mache die Nacht heute. Krieg du mal deine Sachen klar.»

«Sachen klarkriegen», murmelte Hajo verstört. «Das sagt sich so leicht. Sachen klarkriegen! Also bis morgen. Man sieht sich.»

Er machte eine nervöse Armbewegung und verschwand.

«Mannomann», sagte der Steuerberater. «Du hast vielleicht eine Mannschaft beisammen. Die unterstützen dich bestimmt Tag und Nacht, was?»

«Logo», erwiderte Adler verbissen. «Wir sind ein tolles Team. Du hast ja noch nicht alle Leute gesehen.»

«Noch einen?» rief der Steuerberater mit kaum verhülltem Entsetzen.

«Noch einen», sagte Adler. «Henry. Henry Pietsch, unser Seemann.»

«Ich kann mir ungefähr vorstellen, was für ein Typ das ist», murmelte der Steuerberater.

«Kannst du nicht», konterte Adler. «Das kann keiner, bevor er ihn nicht gesehen hat.»

In diesem Moment ertönte draußen ein schreckliches Geräusch. Alle Köpfe flogen herum. Es klang wie ein Hilferuf. Aber Rose wollte es scheinen, als ob auch Metall im Spiel war. Da war das Geräusch schon wieder. Es schien näher zu kommen. Adler eilte als erster hinaus, die anderen waren ihm dicht auf den Fersen.

«O mein Gott», stieß Adler hervor.

Ein Mann auf einem Fahrrad fuhr auf dem Tankstellengelände herum. In gefährlicher Schieflage kurvte er zwischen den Zapfsäulen und dem Auto des Steuerberaters.

«Mein Auto», stieß der Steuerberater mit Anzeichen körperlichen Schmerzes hervor und setzte sich in Bewegung, um sein Eigentum zu schützen. Da war der alte Mann schon gegen den rechten Außenspiegel geprallt und verdrehte ihn eine Winzigkeit.

Und erst jetzt verstanden Adler und Rose den Mann auf dem Fahrrad:

«Helft mir», rief er leise und verzweifelt. «Helft mir doch. Warum hilft mir keiner?»

Adler und Rose stürmten los. Pietsch ließ sich, als er die beiden an seiner Seite wußte, mit geschlossenen Augen zur Seite kippen. Er riß Adler halb zu Boden, da packte aber schon Rose zu. Und wenn Rose zupackte, geschah es mit einer Kraft, die größer war als das, was 98 Prozent der Bevölkerung als Kraftreserve mit sich herumschleppen.

«Henry, was ist denn passiert? Du stinkst ja wie ein alter Holländer.»

Pietsch umwehte eine kapitale Alkoholfahne.

«Aus.»

«Was?»

«Aus und vorbei. Futschikato. Aus dem Auge, aus dem Sinn.»

«Henry, nun red mal laut und deutlich. Was hast du?»

«Was ich habe, was ich habe», äffte Pietsch Adler nach. «Darum kümmert ihr euch. Aber was *sie* hat, wie es *ihr* geht, da kümmert sich kein Schwanz drum. Aber so seid ihr, so seid ihr alle.»

Pietsch wollte sich losreißen. Adler und Rose ließen sich auf nichts ein.

«Ist was mit Käthe?» fragte Rose.

Pietsch starrte ihn an, als ob er ihn noch nie gesehen hatte.

«Tot», stieß er heraus. «Jemand hat sie totgemacht.»

Pietsch ließ seinen Kopf gegen Adlers Schlüsselbein sinken und zuckte unter den immer wieder hochschießenden Schluchzern. Adler und Rose verständigten sich mit Blicken. Dann dirigierten sie Pietsch Richtung Aufenthaltsraum. Dabei kamen sie am Steuerberater vorbei, der gerade seinen Außenspiegel gerichtet hatte. Er guckte Pietsch ohne besondere Sympathie an.

«Was hat er denn?»

«Morgen weiter, ja?» sagte Adler schnell und endgültig.

Der Steuerberater blickte den drei Männern hinterher. Dann zuckte er die Schultern und stieg ins Auto. Im nächsten Moment sorgten viermal sechzig Watt sinus für die nötige Grundlage, auf der ein österreichischer Liedermacher über die Schwindsucht seines Kontostandes sowie seine Todessehnsucht heulte. Der Steuerberater hatte alle Platten des Liedermachers zu Hause. Die Platten waren schwarz, pechschwarz.

Henry Pietsch saß merkwürdig verquer auf der Autorückbank und wurde von Weinkrämpfen geschüttelt.

«Der ist ja völlig hinüber», murmelte Adler. «So war Henry ja noch nie. Hatte die Witwe denn irgendwas? Ich meine, gesundheitlich? Die war doch ganz gut in Schuß, soviel ich weiß. Da hat er doch immer so mit angegeben.»

«Tiptop erhalten», schluchzte Pietsch. «Käthe fehlt nichts. Käthe doch nicht. Das blühende Leben. Gesünder als ich, und das will was heißen. Das kann sie nicht machen: einfach so umzufallen. Was denkt die Frau sich eigentlich dabei? Kommt gar nicht in die Tüte. Ich geh' jetzt zurück und kläre das ...»

Pietsch kam mühsam hoch, starrte Adler und Rose an, dann sagte er: «Käthe ist tot.»

Dann setzte er sich wieder hin.

«Schock», schloß Adler messerscharf. Zwei Krankheitszustände erkannte er von weitem: Nasenbluten und Schockzustände. Er hatte früher unter notorischem Nasenbluten gelitten; und seine Mutter war sehr nervös gewesen, hatte die Familie mit ihren diversen Katastrophen immer gut in Schwung gehalten. Adler blickte Rose an.

«Das könntest genauso du selber machen», konterte Rose.

Adler versuchte ein Ohrfeigengesicht, dann trollte er sich und setzte Wasser für den Kaffee auf. Rose setzte sich neben Pietsch. Henry Pietsch war 63. Vom 27. Lebensjahr bis vor vier Jahren war er zur See gefahren. Seit einem Jahr betätigte er sich auf der Tankstelle als Mädchen für alles. Pietsch machte das nicht aus finanziellen Gründen. Er bezog eine sehr zufriedenstellende Rente.

«Wenn du drüber reden möchtest ...» Rose legte einen Arm um Pietschs Schulter. Er war wieder überrascht, wie zierlich der Mann bei aller Sehnigkeit doch war. Manchmal erinnerte ihn Pietsch an seinen Vater. Besonders, wenn er sich aufregte. Dann neigten beide dazu, sich wie Giftzwerge aufzuführen: kleine, keifende Kampfmaschinen, die sich alles merkten und nicht verziehen.

«Da gibt's nichts zu sagen», schniefte Pietsch. «Tot ist tot. Hat auch der Polizist gesagt, dieser Vollidiot, dieser.»

«War Polizei da?»

«Die habe ich doch sofort angerufen. Aber die konnten ja nichts mehr tun, standen nur dumm rum und machten sich die Fingernägel sauber. Und dann dieser Polizist, ich sage dir.»

«Hat er dummes Zeug geredet?»

«Nonstop. Besonders als er anfing, mich zu trösten. Golze heißt er, den mußt du dir merken. Redet dich rammdösig, der Kerl.»

Adler kam mit zwei Bechern Kaffee. Pietsch griff nach dem mit dem abgeschlagenen Henkel und der Aufschrift «Formel Eins», nippte, verzog das Gesicht:

«Mann, damit kannst du ja Tote aufwecken.»

Sie starrten ihn an.

«O Gott», sagte Pietsch. «Was rede ich denn da?»

Aus jedem Auge rann eine dicke Träne und suchte sich durch den Stoppelbart ihren Weg in den Hemdkragen.

«Herzschlag?» fragte Adler.

Pietsch nickte trübe. «Sagt der Arzt. Aber das sagt der immer. Ist ja auch das Bequemste.»

«Ja, glaubst du denn, daß ... ich meine ...»

«Allerdings glaube ich das», sagte Pietsch mit verhältnismäßig fester Stimme und trank mit kleinen Schlucken den Kaffee.

«Willst du einen Schnaps?»

«Bloß nicht.»

«Sag mal», fing Adler wieder an, «das hast du eben aber nicht ernstgemeint, daß da einer dran gedreht hat, an deiner Witwe, ich meine ...»

«Käthe war kerngesund. Bildhübsch und kerngesund», sagte Pietsch bockig.

«Aber ein Herzschlag, Henry, der guckt doch nicht auf den Kalender. Der schlägt zu, wo er will. So ist das nun mal im Leben.»

Adler blickte Rose auffordernd an. Aber Rose schwieg.

«Kerngesund», wiederholte Pietsch. «Und wie sie da lag ...»

Rose wurde sehr, sehr aufmerksam.

«Ganz verdreht, als wenn sie noch irgendwas festhalten wollte.»

«Oder irgendwen», sagte Rose.

Sie starrten Rose an.

«O nein», rief Adler. «Da haben sich die richtigen beiden getroffen. Nicht gesucht, aber gefunden. Leute, es ist mir natürlich furchtbar peinlich. Aber ich muß los. Ich bin verabredet. Keine ganz unwichtige Verabre ...»

«Geh nur, mein Junge», sagte Pietsch leise. «Ich brauche niemanden, jetzt, wo Käthe nicht mehr ist.»

Ein kolossaler Rülpser entrang sich der geplagten Männerbrust. Der Geruch von Korn erfüllte den Raum.

«Rochus», sagte Adler und zappelte verlegen vor Rose herum. «Das ist eine bescheuerte Lage. Ich weiß auch gar nicht, was man jetzt eigentlich tun müßte. Oder lassen. Und ich muß wirklich ...»

«... geh», sagte Rose freundlich. «Ich mache die Nachtschicht. Ich behalte Henry hier. Ich glaube nicht, daß er heute nacht noch irgendwohin will.»

Sie blickten ihn an. Pietsch lag wie ein nasser Sack auf dem Sofa. Er brummte vor sich hin. Sein Gesicht war völlig verweint. Adler verließ den Raum, trank in der Küche den Rest Kaffee aus und kämmte sich notdürftig vor dem Spiegel überm Waschbecken. *Scheiße. Dabei kommt es gerade am ersten Tag drauf an. Da werden die Duftmarken gesetzt.* Adler freute sich dann aber doch noch auf das Treffen mit Gudrun.

Am Tag darauf schlich Rose, nachdem er Henry Pietsch zu Hause abgeliefert hatte, durch die Innenstadt. Alles um ihn herum protzte mit Gediegenheit und Wohlstand. Er wurde von Minute zu Minute aggressiver. Warum war ihm noch nie aufgefallen, daß vier Fünftel aller Autos fabrikneu waren? Die Männer trugen teures Tuch, die Frauen waren mit Schmuck behängt. Sie rochen auch betörend. Wohin Rose den Kopf hielt, jedesmal wehte ihn ein neues Parfum an. Und dann die Schaufenster! Hier lagen in aller Öffentlichkeit

Millionenwerte herum. Teilweise waren sie nachlässig drapiert, quasi hingeschleudert, als wollte das Kleidungsstück sagen: «Ist mir doch egal, ob du mich kaufst.» Rose war immer ein Freund von schönen Dingen gewesen. Er hatte immer viel Geld besitzen wollen, aber nicht, um es sinnlos zu vermehren und protzige Statussymbole anzuschaffen. Rose wollte sich schöne Dinge kaufen, er wollte in solcher Umgebung leben. Deshalb sprang ihn heute die kalte Wut an. Er brauchte doch nicht viel, lumpige 25 000 Mark. Er blickte in den Juwelierladen. Die Kasse stand sperrangelweit offen, kein Mensch befand sich im Laden. Erst nach vielen Sekunden erschien ein Mann und schob die Kasse nachlässig, fast nebenbei, zu. Rose schluckte.

Zur gleichen Zeit raufte sich Hans-Helmut Herz, Geschäftsführer des «Büros Liechtenstein», dessen Gewerbe im Handelsregister mit dem Wort «Consulting» umschrieben wurde, die fettigen Haare. Haßerfüllt betrachtete der Endvierziger die Unterschrift am Ende des Berichts. Dann blickte er aus dem Fenster über die Innenstadt. Sein Arbeitszimmer lag im sechsten Stockwerk eines Geschäftshauses in der Spaldingstraße. Herz warf ein Pfefferminzbonbon ein, drückte sieben Tasten auf seiner Telefonanlage, klemmte den Telefonhörer zwischen Ohr und Schlüsselbein und fuhr mit dem Kamm durch seine fettigen Haare.

«Herz hier. Lisa soll kommen. – Genau: stehenden Fußes. Was? Na, dann morgen früh. – Danke.»

Rose verbrachte einen trübsinnigen Abend, durchstreifte immer wieder sein Wohnzimmer. Der Anblick der Kartonstapel mit den Alarmanlagen deprimierte ihn. Die Tischdecke, die er über die Kartons zu decken pflegte, bedeckte sie nicht einmal zur Hälfte. Die Lampe, die er obendrauf gestellt hatte, stand schon wieder schief. Rose schob die Reste des Frühstücks auf dem Schreibtisch zur Seite. Dann setzte er sich auf den Bürostuhl und verschränkte die Hände hinter dem Kopf. Die grüne Schreibunterlage trug neben den Kugelschreiberflecken auch Reste von Streichfett. Der verblichene Tageskalender auf dunkelgelbem Holz stammte aus dem Jahre 1981. Die schwarze, schmale Schale mit alten Kugelschreibern und verbogenen Büroklammern war verstaubt. *Das ist Vergangenheit, das muß weg.* Nur die Zahnstocher, die wollte er aufheben. Er steckte gleich mal einen in den Mundwinkel.

Die Telefonbücher von Hamburg, Los Angeles und Asunción lagen auf dem Rollschrank mit der defekten Mechanik. Neben dem Schreibtisch stand auf einem kleinen Beistelltisch das schwarze Telefon. Rose war fast handgreiflich geworden, als der sture Monteur im letzten Jahr das Erinnerungsstück partout hatte austauschen wollen. Ein Anrufbeantworter, staubig und mit einem Sprung quer über dem Gehäuse, stand unter dem Beistelltisch. Er war irgendwann einmal heruntergefallen. Auf dem überbreiten Fensterbrett des ehemaligen Ladens lehnte das Milchglas-Schild mit der Aufschrift «Private Investigations». Rose lauschte tief in sich hinein. Aber es nützte nichts. Er mußte die Anlagen verkaufen, es gab für ihn keine andere Möglichkeit, an Geld zu kommen.

«Lisa! Wie schön!»

Hans-Helmut Herz stand auf und stieß wie üblich gegen die Schreibtischkante. Er ließ keine Gelegenheit aus – ganz im Gegensatz zu den Gelegenheiten, sich die Haare zu waschen. Herz hätte sich den blauen Fleck am Oberschenkel unter ‹Unveränderliche Kennzeichen› in den Personalausweis eintragen lassen können.

Lisa Kürten, 59, damenhaft gekleidet, ausgestattet mit schneidender Intelligenz, zähem Willen und der Fähigkeit, sich gnadenlos durchzusetzen, nahm Platz.

Lisa begann das Gespräch, indem sie schwieg. Herz reichte ihr den Bericht.

«Lies bitte. Die erste Tat eines neuen Außendienstlers der Passau Paderborner-Versicherung.»

«Rettich.»

«Spitzname Belmondo», sagte Herz verächtlich. «Dampfwalze würde besser passen.»

Lisa las. Herz betrachtete in der Zwischenzeit seine Fingernägel und fragte sich, ob Lisa wohl eine Bemerkung über seine fettigen Haare fallenlassen würde.

«Immerhin», sagte Lisa und ließ das Blatt sinken, «er informiert uns.»

«Ich fasse zusammen», sagte Herz, der leidenschaftlich gern zusammenfaßte. «Die Versicherungsnehmerin Cathomen kündigt ihre Lebensversicherung. Außendienstler Rettich meldet sich an, um im Gespräch mit Frau Cathomen über mögliche Anlageformen der auszuzahlenden Summe zu sprechen. Rettich ist ein heißer Hund, schlägt argumentativ über die Stränge, Frau Cathomen regt sich auf, mehr und immer mehr: Herzschlag, finito, Exitus, und Rettich, diese Tranfunzel, flieht in Panik aus der Wohnung, anstatt das Nötige in die Wege zu leiten.»

«Jetzt hängt die Kripo mit drin», sagte Lisa. «Das ist die schlechte Nachricht. Nun die gute Nachricht: Mit dem Todesfall Cathomen ist Kommissar Golze befaßt.»

«Das weißt du also auch schon wieder.» Herz war beeindruckt. Lisa lächelte, aber nur ein wenig. Lisa war so.

«Jedenfalls müssen wir achtgeben, daß da nichts anbrennt», sagte Herz. «Ich sehe schon die Schlagzeile vor mir: ‹Versicherungsagent treibt Oma ins Grab.› Unser Auftraggeber würde so was gar nicht gerne sehen. Das bringt schlechte Stimmung.»

«Was soll ich tun?»

«Zur Beerdigung gehen. Lage peilen, Umfeld checken. Du mußt rauskriegen, ob es eine ruhige Leiche ist oder ob da von der Verwandtschaft jemand nachbohrt.»

Lisa erhob sich. «Das kleine Schwarze?»

Herz lächelte: «Meinetwegen auch große Robe. Hauptsache schwarz.»

«Hausfrauenkredit. Schnell. Bar. Kein Bürge. Auch bei laufenden Krediten. Auch für Soldaten. Bis 30000 Mark.»

Rose mußte zehn Minuten warten. Die Zeitschriften in dem winzigen und lieblos möblierten Warteraum waren bemerkenswert aktuell, wenn auch von etwas ordinärem Einschlag. Die Sekretärin verabschiedete sich gerade, indem sie ihren Oberkörper ins Büro des Chefs steckte und «Tschüssi till tomorrow» flötete. Rose hörte, wie der Chef telefonierte. Die Sekretärin verließ das Büro, der Chef wurde laut.

«Kommen Sie mir nicht damit! Auf diesem Ohr höre ich sagenhaft schlecht. – Genau, und das werde ich jetzt gegen Sie anstrengen, daß Ihnen Ihr schlaues Köpfchen qualmt. – Nennen Sie es, wie

Sie wollen. Ich nenne es Mahnverfahren. – Wie? Allerdings, Sie mich auch. Auf Nimmerwiederhören.»

Dann war nebenan Ruhe. Rose rutschte auf seinem Stuhl hin und her, blickte auf den Boden. *Wie sehen bloß meine Schuhe aus! Die haben seit Weihnachten keine Schuhcreme mehr gesehen. Ich geh am besten nach Hause. Gott ist das peinlich, der Dreck. Ob der überhaupt gemerkt hat, daß ich hier sitze? Könnte ruhig rauskommen. Oder ich gehe lieber und zieh mir anständige Schuhe an. Fünfundzwanzigtausend Eier und dann solche Schuhe. Und die Socken. Den Linken wollte ich doch schon letztesmal wegwerfen. Oder war es der rechte? Ob der mich nicht bemerkt hat? Ich guck mal nach. Lieber nicht, ganz cool bleiben, alter Junge. Als erstes putz ich die Schuhe und neue Socken. Das passiert dir nicht noch mal. Warum dauert das so lange?*

Rose ging zur Tür und drückte sie – um den Mann nicht zu erschrecken – vorsichtig auf. Der Mann erschrak entsetzlich, preßte eine Hand auf die Brust, stand auf und stellte den Aktenordner in den Wandschrank. Dann wandte er sich Rose mit großer Herzlichkeit zu.

«Späte Kunden sind ja nicht selten die besten Kunden. Womit darf ich Ihnen dienen? Mein Name ist Schwerte.»

«Rose. Rochus Rose. Und ich habe da ein Problem.»

Schwerte rauchte.

«Es ist so», begann Rose, sah Schwerte an und bemerkte, wie der amüsiert Roses Aufzug musterte. Rose konnte nicht weitersprechen, sein Mund war plötzlich trocken und seine Zunge bleiern.

«Nehmen Sie doch Platz. Ein Problem also? Nun, das haben die meisten meiner Kunden – aber nur . . .» Der Mann zwinkerte nekkisch. «. . . aber nur, wenn sie diesen Raum betreten. Denn wenn sie ihn verlassen, dann gehört ihr Problem der Vergangenheit an. Lassen Sie mich raten: Ihr Problem hat mit Geld zu tun. Warten Sie, sagen Sie nichts, wir sind hier nicht bei der Polizei, nicht im Beichtstuhl, und wir sind schon mal gar nicht bei einer der angeblich ach so kundenfreundlichen Banken oder Sparkassen. Keine Gewissenserforschung, kein Hosen-runter-Lassen, kein gläsernes Portemonnaie. Schätze, Sie haben nicht zuletzt wegen der garantierten Diskretion den Weg zu mir gefunden, ist es nicht so? Halt, sagen Sie nichts. Ich sehe: Es ist so.»

Schwerte holte Papiere aus seinem Schreibtisch. Er tat das nebenbei, nahm Rose mit strahlendem Lächeln gefangen.

«Ist es wirklich so, daß man bei Ihnen das Geld so schnell kriegt, wie Sie behaupten?»

«Eher noch schneller», erwiderte Schwerte und schmunzelte. «Sie haben bestimmt den Personalausweis dabei. Und eine Verdienstbescheinigung würde unseren Handel ganz ungemein erleichtern. Na bitte, die Firma dankt.»

Den Personalausweis hatte Rose stets dabei. Daß er auch eine der Verdienstbescheinigungen Adlers in der Jackentasche stecken hatte, wußte er erst in dem Moment, in dem er sie in der Hand hielt.

«Oho», sagte Schwerte. Sein Lächeln verschwand.

«Ich sehe, Sie wollen mir gefälschte Papiere unterschieben.»

Rose vereiste: «Wieso? Woher wissen ...?» Er brach ab, schämte sich entsetzlich.

Schwerte behielt sein ernstes Gesicht bei, als er sagte:

«Na hier, im Ausweis. Geburtsjahr 1940. Das können Sie Ihrer Großmutter erzählen. Wenn ich Sie mir so anschaue. 1945 und keinen Tag älter, ist es so oder ist es nicht so?»

Rose erholte sich schnell von seiner Verblüffung. Er schenkte Schwerte ein warmes Lächeln. Der Mann gefiel ihm einfach, das hatte er von Anfang an gespürt.

«Wieviel?»

«Ja ... äh ... 25000. Ist das recht?»

«Sie sind ein Spaßvogel. Bei Ihrem Einkommen ist das doch gar kein Thema. Unter Brüdern gesagt: In dem Sessel, in dem Sie sitzen, da haben mir leider auch schon manche faule Kunden gegenübergesessen, ja, ja. Das ist traurig, aber es ist auch wahr. Manch einer überschätzt seine monetären Möglichkeiten. Aber was erzähle ich Ihnen das, ausgerechnet Ihnen? Sie haben laufende Verbindlichkeiten?»

«Das ist es ja», sagte Rose mit nun schon fast normalem Selbstvertrauen. «Ich möchte mit dem Geld, das Sie mir, also das ich mir bei Ihnen, da möchte ich einen Kredit mit ablösen.»

«Name des Instituts?»

«BPK. 20000 Mark, und ich habe ...»

«Kreditvertrag dabei?»

«Wie? Äh, nein. Ich kann natürlich ...» Rose machte Anstalten aufzustehen.

«Behalten Sie Platz», sagte Schwerte schnell. «Vertrauen gegen Vertrauen. Wer bin ich denn, an Ihrem Wort zu zweifeln? Vertrauen gegen Vertrauen. Menschenkenntnis statt Formularkrieg, das ist es doch, was unserem Wirtschaftsleben immer mehr abhanden kommt, ist es so oder ist es nicht so?»

«Doch, doch», sagte Rose zögernd. «Mir will auch scheinen, als wenn ...»

«25 000 also.»

Während dann Schwerte Papiere ausfüllte, fand Rose Zeit, sich im Raum umzusehen. Auch dieses Zimmer war sehr nüchtern möbliert. Es hatte nichts Protziges, wenn man von dem schweren Schreibtisch absah, hinter dem Schwerte fast zart wirkte.

«Das wird noch heimeliger mit der Einrichtung», sagte Schwerte, ohne den Kopf zu heben. Rose kam sich ertappt vor.

«Aber es wird nicht halb so protzig wie in den heiligen Hallen der großen Banken, das kann ich Ihnen versichern. Das ist nämlich alles Blendzeug. Haben Sie sich schon einmal überlegt, wer letzten Endes dieses Top-Design bezahlt? Sie, Herr Rose. Und wofür? Damit es Sie ordentlich einschüchtert. Das ist doch der Trick der Banken: Die leben von den Kunden, könnten den Laden zumachen ohne Kunden. Aber kaum haben sie Geld in den Händen, das ihnen nicht mal gehört, da werden sie frech und setzen Ihnen die Daumenschrauben an. So ist es doch. Ist es nicht so?»

«Aber genau», erwiderte Rose und wurde in diesem Moment unheimlich sauer auf alle Banken und Sparkassen.

Schwerte mochte Ende Dreißig sein. Seine Haare waren kurz und schwarz und eng an den Kopf nach hinten gebürstet. Dadurch kamen die angegrauten Schläfen vorteilhaft zur Geltung. Schwertes Gesicht hatte das Braun, das einfach nicht aus der Dose kommen kann, sondern nur aus Liegestuhlstunden auf einer Hotelterrasse in den Dolomiten oder im Engadin. Der Schnauzbart war dicht und penibel gestutzt, die Brille wirkte leicht und elegant. Kein Zweifel: Schwerte hatte einiges zubezahlt. Schwerte schob Rose die Papiere – es waren insgesamt vier Bögen – hinüber.

«Das lesen Sie jetzt bitte durch. Sorgfältig. In aller Ruhe. Mit Punkt und Komma. Lassen Sie keinen Satz aus. Wenn Sie etwas nicht verstehen, fragen Sie sofort nach, damit wir das Problem an Ort und Stelle klären können. Haben wir uns verstanden? Ich bin nämlich keine Bank, die Ihnen zehn Seiten Kleingeschriebenes unterschiebt und dann beleidigt ist, wenn Sie wagen, eine Frage zu stellen. Ich spiele mit offenen Karten. Ich bin für meine Kunden da und ...» Schwerte lächelte charmant: «Und meine Kunden sind für mich da.»

«Eine Hand wäscht die andere», sagte Rose und begann mit dem ersten Blatt. Es war ihm unangenehm, daß er durch sein Lesen den ganzen Betrieb aufhielt. Deshalb las Rose zügig und hielt sich nicht bei Nebensächlichkeiten auf. So viel stand auch gar nicht drauf auf den Formularen. Er hatte sich das alles viel bürokratischer vorgestellt. Schließlich kannte ihn Schwerte ja nicht. Er konnte ihm ja viel erzählen, wenn er es darauf angelegt hätte ... Rose schmunzelte. Eigentlich war Schwerte ganz schön abhängig von ihm. Wenn er, Rose, jetzt einfach die Raten nicht zurückzahlen ...?

«Alles klar, Herr Rose? Sie haben Kenntnis genommen von den Passagen bezüglich Termineinhaltung, Zahlungsverzug, Kreditgebührenvergütung, Kündigungsfristen, Bearbeitungsgebühren, alles roger?»

«Alles roger.» Rose lächelte verschwörerhaft.

«Die Bearbeitungs- und Auskunftsgebühr ist bei Vertragsabschluß fällig. Das legen wir obendrauf, wir wollen die schöne Summe nicht durch Pfennigfuchserei verunstalten ... und dann natürlich die Kreditgebühren. Der Mensch lebt nicht von Luft und Liebe allein, Herr Rose.»

Schwerte zog die Papiere auf seine Schreibtischseite und sagte: «Das ist alles so am unteren Ende kalkuliert, daß meine Courtage da überhaupt nicht ins Gewicht ... wo haben wir's denn, Momentchen, Maschine rechnet ...»

Schwertes Finger flogen über die Tasten der Rechenmaschine. Er riß den Papierstreifen ab, blickte Rose an, lächelte hinreißend und sagte:

«Ich schäme mich ja fast, Sie das zu fragen. Denn ich glaube, ich weiß die Antwort. Sie wollen natürlich die vollständigen, endgültigen Zahlen wissen. Sie geben sich nicht mit halben Sachen zufrieden, nur die harte Information zählt. Hab ich recht?»

Rose war etwas verwirrt: «Äh ... ich ...»

«Genug!» rief Schwerte munter. «Bargeld lacht. Wie hätten Sie's denn gern? Große Scheine, kleine Scheine, gut gemischt oder wie? Auf Hartgeld legen Sie wahrscheinlich wenig Wert?»

Rose, der jetzt erst merkte, daß Schwerte die ganze Zeit stand, erhob sich. «25 000, Hauptsache 25 000, egal wie.»

Schwerte lachte.

«25 Riesen warten auf Sie. In zwei Stunden sehen wir uns wieder, recht so? Sie vertreten sich draußen ein wenig die Beine und träumen von den tausend Arten, die es auf der Welt gibt, Geld auszugeben. Ich leite die notwendigen Schritte in die Wege. Glückwunsch, Herr Rose, noch einmal Glückwunsch, daß Sie heute nicht zu irgendwem gegangen sind, sondern zu Ulf Schwerte. Zufriedene Mienen danken es Ihnen.»

Mit diesen Worten schob Schwerte Rose aus dem Raum durch das Vorzimmer bis zur Flurtür.

«Zwei Stunden. Allerhöchstens. Sie dürfen pünktlich sein. Adieu, lieber Herr Rose. Man sieht sich.»

Um 9 Uhr 10 am nächsten Morgen stürmte Rochus Rose in die Bankfiliale. Die Köpfe der Angestellten flogen herum. Auf schnelle Bewegungen reagierten alle mit flauem Gefühl im Magen. Roses Kopf schoß suchend herum. Dann sah er sie, seine Augen füllten sich mit grimmiger Freude.

«Hier!» Rose knallte die Geldscheine auf den Tisch. Frau Töpperwien und ihr Kunde zuckten zusammen.

«Wir sind quitt!» rief Rose. «Das sind 23968. Abgezählt. Aber Sie werden ja garantiert nachzählen. Wenn was übrigbleibt, schikken Sie's mir mit der Post. Auf Wiedersehen, Frau Töpperwien.»

«Herr Rose, warten Sie doch ...»

Aber Rose wartete nicht, er stürmte aus der Filiale. Der Kunde von Frau Töpperwien griff mit mißtrauischem Gesicht nach den Geldscheinen. Er roch daran, zog einen Schein aus der Banderole und prüfte das Papier.

«Blüten werden immer besser heutzutage. Ich weiß das, ich bin vom Fach.»

«Sie sind ...?» fragte Frau Töpperwien verdutzt.

«Aber nein», rief Achim Golze. «Ich bin doch kein Schurke. Ich bin das Gegenteil. Ich bin von der Polizei.»

In diesem Moment ließ der Mann, der als nächster an der Kasse drangewesen wäre, die Hand lieber in der Tasche. Niemand sah die charakteristische Ausbuchtung. Und das war für die Nerven aller Anwesenden auch das beste.

Es war widerlich. Der Pfaffe gab erst Ruhe, als 95 Prozent aller Anwesenden mit den Tränen kämpften. Die Verwandtschaft ersten und zweiten Grades erledigte er mit links. Er versuchte sich auch an Adler, weil es den in die erste Reihe verschlagen hatte und auf diese Weise ein ungehinderter Blickkontakt möglich war. Doch an Adler hätte sich der Pfaffe wundpredigen können. Adler dachte in solchen Momenten an Themen und Gegenstände, die so gräßlich waren, daß sie jedes Trauergefühl überlagerten. Eben gerade dachte er an seinen Kontostand. Außerdem hatte er die Witwe Cathomen kaum gekannt. Adler tat nur der arme Henry Pietsch leid, der wie ein Häufchen Elend vor dem Fußende des Sargs saß und Rotz und Wasser heulte. Adler wußte, daß Pietsch bis zur Halskrause voller Librium steckte. Selbst Irene, die derzeit auf dem Naturtrip war und nichts an sich heranließ, was auch nur entfernte Ähnlichkeit mit Chemie besaß, hatte alle fünfe gerade sein lassen. Sie hatte Pietsch sogar ein Glas mit Wasser gereicht, damit er die Beruhigungstabletten besser herunterbekam. Sie waren alle da: Irene, Hajo, Rochus Rose, Freunde von Henry, unbekannte Gesichter und eine Friedhofskapelle voller Verwandtschaft der Witwe Cathomen.

Gegen Ende lief der Pfaffe noch einmal zu großer Form auf. Seine Rede troff von Schicksal, Schmerz, Glaube, Krankheit, Gewißheit, Düsternis. Vielleicht haßte er wilde Ehen, auch wenn sie aus Gründen des Erhalts der Rentenanwartschaft geführt werden. Jedenfalls kam Henry Pietsch in der Rede des Pfaffen gar nicht gut weg. Mit dieser Wendung brachte der Gottesmann in Windeseile die Verwandtschaft der Toten auf seine Seite. Durch die Wahl eines alten Seemanns zum Lebenspartner hatte sich Frau Cathomen viele Sympathien verscherzt.

Irene Lachmund, platonische Dauerliebe von Adler Kühn, warf Brandblicke gen Kanzel und legte einen Arm um Pietsch. Er nutzte das, um sich die Tränen an ihrem Jackenärmel abzuwischen.

Am Grab wurde alles noch schlimmer. Adler, der erkannte, daß Pietsch schwer gegen Irene lehnte, drängte sich durch die Trauergäste und stützte Pietsch ab. Als die Seile der Sargträger gegen die Erde in der Grube scheuerten, faßten Irene und Adler fest zu. Pietsch wäre sonst zu Boden gesackt.

Das Gasthaus lag gegenüber dem Friedhof. Das Bestattungsunternehmen hatte einen Umtrunk vorbereitet. Adler, der als einer der ersten den traurigen Ort verlassen und in Richtung belegte Schnittchen geeilt war, sah, wie die Kellner beieinander standen und herzhaft miteinander scherzten. Sie fixierten ihn kurz, aber weil er keine dunkle Kleidung trug, nahmen sie ihn nicht für voll. Sie lachten weiter. Dann kam ihnen der erste dunkel Gewandete vor Augen – von einer Sekunde zur anderen trugen sie eine Miene im Gesicht, die Außenstehenden wie Trauer erscheinen mochte.

Die Verwandtschaft machte den Schnittchen im Nu ein Ende. Diverse Schnäpse wurden gekippt. Pietsch wollte daran teilhaben, Irene entwand ihm das Glas.

«Laß ihn doch», flüsterte Adler. «Wenn's ihm hilft.»

«Mensch, der steckt bis zum Scheitel voll mit Librium. Wenn er da jetzt Schnaps draufschüttet, hebt er uns ab. Oder der Kreislauf geht auf Grundeis.»

Als auf den Platten nur noch Petersilienstrünke lagen, flogen zwischen der Verwandtschaft Blicke hin und her – erst schüchtern, dann immer fordernder. Eine Frau Everding warf sich zur Sprecherin auf. Zögernd näherte sie sich dem Lebensgefährten der Toten und stellte verärgert fest, daß Pietsch gerade beschäftigt war. Er saß abseits am Panoramafenster, neben sich eine Frau, von der Frau Everding dachte, daß sie zu Pietschs Freunden gehörte. Pietsch war es völlig egal, zu wem sie gehörte. Sie sprach ihm Trost zu, und sie tat es mit Takt und Zurückhaltung. Frau Everding mußte sich in Geduld fassen. Sie half sich mit einem Stück Frankfurter Kranz über die Minuten hinweg.

«Sehen Sie doch nur nach draußen», sagte Lisa Kürten in diesem Moment zu Pietsch. «Alles blüht auf, alles wird wieder neu. Das ist der Rhythmus des Lebens. Geboren werden und vergehen.»

«Ich mag diesen Rhythmus nicht», erwiderte Pietsch mit leiser Stimme. «Ich mag Ebbe und Flut, Auslaufen und Einlaufen. Zur Not noch Märsche, auf keinen Fall Shanties. Alle anderen Rhythmen mag ich nicht.»

«Käthe und ich», sagte Frau Kürten, «wir waren früher eng befreundet. In der letzten Zeit hatten wir uns etwas aus den Augen verloren.»

«Ach deshalb», murmelte Pietsch. «Ich habe mich schon gewundert, warum Käthe nie von Ihnen erzählt hat. Na, jetzt kann sie nichts mehr erzählen. Jetzt, wo sie sie ...»

«... ja?»

«Über diesen Todesfall ist das letzte Wort noch nicht gesprochen», murmelte Pietsch. Dann hob er die Stimme: «Wenn Käthe uns zuhört in diesem Moment ...»

Triumphierende Gesichter bei der Verwandtschaft. Genauso hatte man sich einen Seemann vorgestellt: laut und ungehobelt.

«... Ich werde nicht rasten und nicht ruhen, bevor nicht die Wahrheit auf dem Tisch liegt. Die reine Wahrheit und nichts als die Wahrheit, so wahr mir die Polizei helfe. Das verspreche ich hiermit», rief Pietsch.

«Beruhigen Sie sich», sagte Lisa Kürten sanft. Sie redete mit Pietsch, er beruhigte sich. Die Verwandtschaft warf schräge Blicke. Als Lisa Kürten nach zehn Minuten aufstand und den Raum verließ, stand sofort Frau Everding vor Pietsch und haspelte, mühsam ihre Begierde im Zaum haltend:

«Wenn wir jetzt vielleicht noch kurz in die Wohnung ... Sie haben ja wohl einen Schlüssel.»

Die Schamfrist dauerte keine 30 Sekunden. Die erste Schranktür, die erste Schublade wurden noch etwas zögerlich geöffnet. Aber dann ließen sie die Sau raus. Acht Verwandte rafften zusammen, was sie allein oder zu zweit tragen konnten. Unten standen Pkws mit geöffneter Kofferraumhaube. Rose hatte sich in eine Ecke gedrückt, wo er nicht störte. Pietsch saß am Eßtisch im Wohnzimmer, vor sich eine Flasche Klaren und ein Glas. Aber Pietsch trank nicht. Er wartete darauf, daß sie alle verschwinden würden.

«Das Sparbuch», rief der Mann, der sich den Wohnzimmerschrank vorgenommen hatte. Alle stürmten ins Wohnzimmer.

«16000 und ein paar Zerquetschte», sagte Frau Everding mißmutig. «Man sollte ja erwarten, daß eine Beamtenwitwe etwas besonnener mit ihren Ersparnissen umgeht.»

«Na ja», wiegelte Herr Everding ab, «das macht bei zwei Brüdern und einer Schwester ja immer noch ein erkleckliches Sümmchen.»

«Genau», knurrte seine Frau, «ein Sümmchen. Laßt uns noch mal genauer gucken. Wo ein Sparbuch ist, sind häufig auch zwei.»

«Oder eine Lebensversicherung», rief jemand.

«Und ein Testament», rief ein anderer.

«Ein Testament?»

«Wonach sucht man wohl bei einer Beerdigung?» fauchte Frau Everding, die zu den eifrigsten Fledderern gehörte.

«Ich versichere Ihnen, es gibt kein Testament», sagte Pietsch.

«Käthe hat nie eins gemacht. Sie hat sich darüber lustig gemacht, das hat sie. Und jetzt muß ich an die frische Luft.»

Pietsch trat auf den Balkon. Die Verwandten verteilten Möbel und Sparbuch und suchten nach einer Lebensversicherung. Rose folgte Pietsch auf den Balkon:

«So sieht's aus im Leben, Henry. Immer schön appetitlich.»

«Wenn ich so was sehe, frage ich mich, warum ich es damals so eilig hatte, vom Schiff runterzukommen.»

Plötzlich stand Frau Everding auf dem Balkon. Sie kam gleich zur Sache und wandte sich an Pietsch: «Käthe hat Ihnen doch nicht vor ihrem Ableben irgendwelche Dinge ... äh in Aussicht gestellt?»

Pietsch blickte sie an. *Ich könnte dich jetzt über die Brüstung kippen, du Hexe. Zweiter Stock, und unten ist Stein. Da nibbelst du ab, wenigstens eine Lähmung. Ich stecke bis Oberkante Unterlippe voller Drogen. Die sprechen mich frei, daß es eine Freude ist. Überleg dir gut, was du hier noch alles von dir gibst. Du befindest dich in akuter Lebensgefahr.*

«Hat sie nicht, nein. Nichts in Aussicht gestellt.»

Frau Everding entspannte sich sichtlich.

«Wenn Sie dann bitte mal eben gucken würden. Vielleicht möchten Sie sich ja ein Andenken aussuchen. Es ist schon spät, und wir haben auch nicht ewig Zeit, ich meine ...»

«... Versteh ich gut. Ewig Zeit, wer hat das schon? Käthe hat das, die ist zu beneiden. Da!» rief Pietsch, «das möchte ich haben.»

Er nahm den Käfig mit dem Wellensittich und hielt ihn der Verwandtschaft entgegen. «Den hätte ich gern. Im letzten Sommer, da habe ich die Seeadler beim Brüten bewacht. Das hier ist zwar kein Adler, aber immerhin ein Vogel. Darf ich?»

Alle blickten sich an, in den Augen Triumph. Alle dachten das Gleiche: *Warum haben wir uns eigentlich vor diesem Mann gefürchtet? Er ist doch ein Idiot, ein Vollidiot.*

Sie ließen das Glas in den Scheiben, und der Kühlschrank blieb auch stehen. Sie verschmähten die elektrischen Leitungen und rissen den Fußboden nicht heraus. Sonst blieb wenig nach. Adler schätzte die Reste auf 400 Mark, maximal. Ganz zum Schluß fuhr noch ein Lieferwagen von Interrent vor, in dem zwei sperrige Schränke weggeschafft wurden. Dann verschwanden die Verwandten.

«Lisa! Wie schön!»

Hans-Helmut Herz stand auf und stieß gegen die Schreibtischkante. Lisa Kürten nahm Platz. Sie begann das Gespräch, indem sie schwieg.

«Na?»

«Fast alles klar. Die Polizei hat die Ermittlungen eingestellt. Natürliche Todesursache, Herzschlag. Die Verwandtschaft prügelt sich ums Erbe, von der Anwesenheit unseres Mannes weiß niemand.»

«Na wie schön», freute sich Herz.

«Es gibt allerdings den Witwer.»

«Den gibt es meistens, wenn's kein Doppeltod ist.»

«Wilde Ehe, Ex-Seemann, knorriger Kerl, ziemlich am Boden.»

«Na ist doch prächtig.»

«Aber er hat einen Verdacht.»

«O nein», stöhnte Herz. «Immer diese üblen Nachreden.»

«Er trauert aufrichtig», sagte Lisa.

Herz blickte sie verdutzt an.

«Kann sein, daß er drüber hinwegkommt. Kann sein, daß er sich festbeißt. Wir werden das abwarten müssen.»

«Gut», sagte Herz und schlug eine Mappe auf. «Gehen wir auf Nummer Sicher.»

«Soll ich dranbleiben?»

«Ich bitte darum. Den übereifrigen Belmondo haben die Kollegen von der PP auf Strafrunde zur Verwandtschaft der Verblichenen geschickt, und der Witwer erhält die Sonderbehandlung vom Typ ‹Lisa›.»

Lisa lächelte, aber nur ein wenig. Lisa war so.

«Du mußt das verstehen», bat Pietsch. «Ich komme erst jetzt dazu, von Käthe Abschied zu nehmen. Ich möchte einfach eine Stunde ganz in Ruhe für mich sein.»

«Und du machst auch garantiert kein dummes Zeug?» fragte Rose mit einiger Besorgnis.

«Bis dann», sagte Pietsch und komplimentierte den Freund aus der Wohnung. Er schloß die Tür und rührte sich dann zwei Minuten nicht mehr. Die Stille war wohltuend. Pietsch hatte keine Angst, allein zu sein. Er war kein Gesellschaftslöwe, er war Seemann. Er ging ins Wohnzimmer. Sie hatten, was in den Schränken lag und ohne Interesse für sie war, auf zwei große Haufen geschüttet. Pietsch arbeitete erst den einen Haufen von oben nach unten durch, dann den anderen. *Das Ding muß hier irgendwo liegen, verdammt noch mal. Du hast sie doch gesehen, die Police, vor ein paar Wochen. Wir haben noch Scherze darüber gemacht, daß die jungen Leute heutzutage nichts Besseres zu tun haben, als an ihre Renten zu denken. Das Ding muß hier irgendwo liegen.* Haufen eins, Haufen zwei, dann die Kommode, die keiner hatte haben wollen. Danach das Schlafzimmer. Pietsch blieb lange vor dem Doppelbett stehen. Er durfte gar nicht daran denken, rettete sich in nervöses, dennoch sorgfältiges Suchen.

«Da habe ich Sie ja», sagte Frau Möwe und tippte mit dem Kugelschreiber auf den Notizzettel, der Sängers Namen trug.

Es gibt angenehmere Gefühle, als die Augen von Norbert Sänger auf der Haut zu spüren, das merkte die Sekretärin sofort.

«Bitte nicht das Spiel mit dem Schmoren lassen», sagte Sänger mit vollkommen neutraler Stimme. «Ich werde mich noch 120 Sekunden in Ihren heiligen Hallen aufhalten. Danach können Sie mich gernhaben.»

«Oh», sagte Frau Möwe, «ich werde sehen.» Sie hatte den Finger schon über der Sprechanlage. In diesem Moment öffnete sich die Tür, und Lisa Kürten kam heraus. Sie schätzte Sänger in Sekundenschnelle ab und verließ den Raum. Frau Möwe, deren Finger immer noch über der Taste schwebte, lächelte Sänger an.

«Wenn Sie bitte gleich hineingehen wollen?»

Herz liebte es, einen Neuen vor sich sitzen zu haben. Während er diskret über die Mitte des rechten Oberschenkels rieb, ließ er Sänger in dem unbequemen Stuhl nach einer bequemen Position suchen. Die Sitzfläche des Gästestuhls war niedriger als der Chefsessel. «Sie wollten mich sprechen», begann Sänger. «Hier bin ich. Ich warte.»

«Aber nicht lange, lieber Herr Sänger, nicht lange. Ich bin es gewohnt, sofort zur Sache zu kommen.»

«Wir scheinen die gleichen Hobbies zu haben.»

Herz war das Lächeln des anderen etwas zu frech. *Aber der soll ja einer aus deinem Stall werden. Wenn er gut ist, ist es gut für dich. Außerdem ist er diskret. Er hat dir kaum auf die Haare geschaut.* «Herr Sänger, Sie sind mir empfohlen worden.»

«Unsere Branche ist unheimlich verquatscht. Aber sie weiß, was Qualität ist.»

Herz hatte auch schon gelöster gelächelt. «Große Aufgaben erfordern gute Männer. Und da wir große Aufgaben vor uns haben, mußten wir früher oder später auf Sie zukommen.»

«Früher.»

«Nun ja.» Herz griff den Brieföffner, dessen Griff eine weißgoldene Eule bildete. Er lehnte sich zurück und spielte im folgenden ständig mit dem Brieföffner herum.

«Herr Sänger, ich mache es kurz, nicht etwa, weil ich für Sie keine Zeit hätte, sondern weil es gar nicht gut wäre, wenn wir uns hier in epischer Breite über ein Thema ergehen, das am besten im Verschwiegenen gedeiht.»

«Ich soll Ihnen mit meinem Inkasso-Büro in irgendeiner Weise zuarbeiten?»

«Ja und nein. Ja: Wir wollen uns Ihrer Dienste und Ihrer Verbindungen als einer der erfolgreichsten Geldeintreiber der letzten Zeit versichern, weil wir Ihre ‹Kundschaft› als ein erfolgreiches Rekrutierungsfeld für die anstehenden Aufgaben sehen. Nein: Sie sollen uns nicht zuarbeiten, Sie sollen ausschließlich für uns arbeiten.»

«Wer ist das: ‹Wir›?»

«‹Wir›, das ist eine Dienststelle, die auf das Engste mit der heimischen Versicherungswirtschaft verflochten ist. Versicherung heißt Sicherheit. Sicherheit ist ein hohes Gut. Ein teures Gut. Es ist niemandem teurer als uns.»

Sänger hatte eine souveräne Art zuzuhören. Herz hätte sich etwas mehr unbezähmbare Neugier gewünscht.

«Sehen Sie, Herr Sänger, die Dimension des Versicherungsgeschäfts ist ja kein Fliegenschiß. Der Gesamtbestand der Gelder, den uns unsere Kunden anvertraut haben, liegt zur Zeit bei rund 500 Milliarden Deutschen Mark. Das ist fast das Doppelte des Bundeshaushalts in diesem Jahr. Ohne unsere Branche wäre dieser Staat gar nicht mehr zu finanzieren. Wir wollen dafür sorgen, daß das so bleibt. Deshalb müssen wir gelegentlich neue Wege gehen. Und für diese neuen Wege brauchen wir mutige Männer. Männer wie Sie, Herr Sänger.

Die Ziele in Stichworten: mit allen Mitteln den Versicherungsschutz auf einhundert Prozent der Bevölkerung erhöhen, den Versicherungsgedanken ins letzte Dorf und in die letzte Hirnwindung hineintragen. Motto: Wer nicht hören will, muß fühlen. Damit dies gelingt, hat eine Stabsabteilung unter Ausschluß der Öffentlichkeit ein neues Marketingkonzept erarbeitet, dessen Erprobung nun ansteht. Sie, Herr Sänger, sind ausersehen, das Konzept in die Tat umzusetzen.»

«Wieviel?»

«Bitte?»

«Ich habe etwas aufzugeben. Was ich habe, weiß ich.»

«Oh, das. Nun, wir werden darüber zu sprechen haben. Einstweilen dies: Exklusiv-Vertrag, sechsstellig dotiert und vorne steht eher eine Zwei als eine Eins.»

Sänger schmunzelte. Herz wurde das Gefühl nicht los, daß das der richtige Mann war.

«Spesen extra, Wagen extra, nur rasieren müssen Sie sich auch in Zukunft allein.»

Sänger lachte, Herz liebte ihn dafür.

«Also Herr Sänger, Sie erhalten von uns einen Auftrag, zu dessen Ausführung die tätige Mithilfe einer Vielzahl von Menschen nötig sein wird. Wir erwarten von Ihnen, daß Sie diese Menschen auswählen und motivieren. Wie, ist Ihnen freigestellt. Wir verlangen absolute Diskretion, das heißt, kein Wort zu Ihren Mitarbeitern, alle Unterlagen nur in einfacher Ausfertigung und an einem sicheren Ort und: Sie müssen Erfolg haben, und zwar kurzfristig, sonst sind wir geschiedene Leute. Haben wir uns verstanden?»

«Auf diesem Ohr höre ich sehr gut.»

«Fein», sagte Herz und ließ Kaffee kommen.

«Die Aufgabe ist pikant. Jede Aufgabe in dieser Größenordnung ist pikant. Aber Sie haben alle Trümpfe in Ihrer Hand. Die Stabsabteilung arbeitet Ihnen zu, gewisse Sonderkommandos, über die noch zu sprechen ist, stehen Gewehr bei Fuß. Und, Herr Sänger, was Sie freuen wird ...» Herz lehnte sich weit über den Tisch: «Alle Mittel sind erlaubt.»

«Welche Sicherheiten habe ich?»

«Keine.»

Sänger lächelte: «Und wenn ich erwischt werde?»

«Erstens: Sie werden nicht erwischt. Zweitens: Ich habe Sie nie gesehen. Drittens: Noch Fragen?»

«Ist das nicht alles ein wenig aufwendig?»

«Nun ja», sagte Herz geschmeichelt. «Diese Initiative setzt voll auf Zukunft. Kurzfristig rechnet sich das nicht, Sie würden wahnsinnig vor den hohen Kosten, Herr Sänger. Wir buchen Sie bei uns deshalb auch nicht unter Personalkosten, sondern als Investitionsgut, als *joint venture*, wenn Sie diese saloppe Kategorisierung Ihrer Person erlauben.»

«Geschenkt.»

«Ich lasse uns noch einen Kaffee kommen – Sie wollen doch auch? – Dann reden wir über das Eingemachte.»

Herz trennte sich vom Briefbeschwerer und drückte die Taste: «Möwchen, fliegen Sie uns doch bitte zur Feier des Tages noch einmal zwei Tassen Kaffee im Schnabel ein. Danke.»

Die Küche – da hatte Pietsch innerlich schon aufgegeben. Warum sollte die Police in der Küche liegen? Daß er zum Schluß im Badezimmer suchte, nahm Pietsch nicht mehr ernst. Er warf auch noch einen Blick auf den Balkon, schnappte sich eine Flasche aus dem dort stehenden Kasten mit seiner Lieblingssorte Einbecker, fand keinen Flaschenöffner und knackte die Flasche am Türrahmen. Er zischte das Bier in zwei langen Zügen weg und war gespannt, wie es sich mit dem Librium vertragen würde. Mit der zweiten Flasche stand Pietsch am Balkonfenster. Er versuchte sich zu erinnern. *Die kann doch keiner geklaut haben. Wer klaut denn Policen? Ist doch albern so was*. Flasche drei und Flasche vier. Pietsch wurde albern, schwankte durch die Räume, warf einige Tischdecken durch die Gegend. Und weil er spürte, daß er betrunken oder high oder beides war, konnte er auch genausogut gucken, was es heute abend im Fernsehen gab. In der Ecke, wo bis vor einer Stunde der Farbfernseher gestanden hatte, lag noch die Programmzeitschrift für die laufende Woche. Pietsch bückte sich und wäre beinahe gefallen.

«Hoppla.»

Ein Papier fiel aus der Programmzeitschrift. Verdutzt hielt Pietsch die gesuchte Lebensversicherungspolice in den Händen. Käthe hatte die Versicherung gekündigt! Die Eintragungen auf der Police waren in einer fremden Handschrift ausgeführt worden!

«Mami, sehe ich gut aus?»

Irene, die seit Minuten im Flur herumstand, verzog das Gesicht:

«Du siehst phantastisch aus. Wenn Julia dich erblickt, wird sie begeistert sein.»

Mit zwiespältigen Gefühlen verfolgte Irene das unglaublich selbstgefällige Gesicht, mit dem sich ihr neunjähriger Sohn Till im Flurspiegel betrachtete. «Till, würdest du jetzt bitte kommen? Ich muß zur Uni. Ich fahre dich aus reiner Freundlichkeit in die Schule.»

«Einzelkinder muß man gut behandeln. Die werden leicht neurotisch.»

«Wo hast du denn das wieder her?»

«Gestern lief eine Sendung im Fernsehen, da haben sie das gesagt.»

«So, haben sie das. Nun mach schon.»

Aber Till mußte erst noch die Locke in die Stirn kämmen und ihren Sitz mehrere Male mit Hilfe von Spucke korrigieren. Irene sah ihm fasziniert zu. *So sind sie, die Männer, aber genau. Und da wundern wir Frauen uns, warum später solche komischen Figuren dabei herauskommen. Ganz einfach: Wir hätten ihnen rechtzeitig ihre albernen Frisuren durcheinanderbringen müssen.*

«Fertig, Mami. Jetzt kann Julia kommen.»

Irene betrachtete den kleinen Mann, der stolz wie ein Spanier vor ihr stand, mit alles überdeckender Mütterlichkeit. Ihre Hand zuckte – aber sie ließ die Frisur heil.

Till lief frontal in einen Windstoß hinein. Er spürte das Verhängnis auf seinem Kopf und fragte schreckensbleich:

«Mami, was ist auf meinem Kopf passiert?»

Irene spürte, daß der Sohn die Wahrheit nicht ertragen hätte. Deshalb murmelte sie: «Halb so schlimm.»

Sie hatte den Wagen in der Rothenbaumchaussee geparkt.

«Ich muß zur Schule. Ich will nicht spazierengehen», quengelte Till.

Irene gähnte, das Kind schritt munter fürbaß. Die Mutter sah es mit Freude. Ihr saß immer noch die Diagnose des Orthopäden in den Knochen, der vor zwei Wochen bei Till auf einen Schlag Platt-, Senk- und Spreizfüße diagnostiziert und auf Irenes schockierte Frage nach Gegenmaßnahmen geantwortet hatte: «Bringen Sie das Kind beim Zirkus unter. Dort lernt es, auf den Händen zu gehen.»

Irene, wiewohl selbst mit einem unbarmherzigen Mutterwitz ausgestattet, hatte den Arzt gewechselt und sich vom nächsten Orthopäden haargenau die gleiche Diagnose sagen lassen müssen – allerdings ohne nachgeschobenen Brutalscherz.

«Guck mal, Mutti, kein Zettel hinterm Scheibenwischer.»

Sie strebten dem Wagen zu. Da geschah es: Über dem männlichen Passanten, der ihnen entgegenkam, leger gekleidet, liberale Presse unterm Arm, erschien ein dunkler Gegenstand. Er kam mit rasender Geschwindigkeit, traf den Mann, riß ihn durch die Wucht des Aufpralls von den Beinen. Etwas klirrte oder schepperte, zerbrach jedenfalls. Der Mann stieß einen Schrei aus. Passanten zuckten zusammen, Irene federte zu Till herum und deckte mit ihrem Körper alle schrecklichen Dinge ab, die da noch vom Himmel auf die Erde herniederprasseln mochten.

«Mami, laß das. Ich kriege keine Luft», keuchte Till.

Automatisch streichelte Irene das Haupthaar ihres einzigen Kindes, reduzierte damit die Chancen von Till bei Julia auf Null. Dann war die Schrecksekunde vorbei, Irene verlor den Tunnelblick, und das war es, was sie sah: Der Mann lag auf dem Bürgersteig, neben ihm die Reste eines Blumentopfes, möglich, daß es ein Alpenveilchen war.

Im nächsten Moment war Irene an seiner Seite.

«Sind Sie verletzt?»

«Wenn ich das wüßte», stöhnte der Mann.

«Nicht bewegen, bloß nicht bewegen. Das ist jetzt das Wichtigste.»

«Ich muß mich aber bewegen», stöhnte der Mann. «Ich bin auf dem Weg ins Reisebüro. Ich will endlich die Fahrt buchen. Helga freut sich doch schon so auf Madeira.»

Der Mann krümmte sich, stöhnte dabei. Irenes Herz floß über vor Mitleid. Von allen Seiten strömten jetzt Menschen heran. Till hielt bereits seit 60 Sekunden den Mund, ein deutlicher Hinweis, wie beeindruckt er war.

«O Gott, mein Bein», sagte der Mann mit lauter Stimme. «Ich kann mein Bein nicht mehr bewegen. Was hat das zu bedeuten? Sollte mein Bein gelähmt sein? Mein Bein, mein Bein. Ist denn kein Arzt da?»

Alle Zuschauer schüttelten wie auf Kommando den Kopf.

Irene faßte einen Entschluß.

«Ich bringe Sie ins Krankenhaus. Das dauert ja viel zu lange, bis ein Krankenwagen . . .»

Sie blickte die Passanten an, die den Unfallort umstanden.

«Was glotzt ihr so? Tut doch was! Ruft einen Krankenwagen! Seht ihr nicht, wie schlecht es dem Mann geht?»

«Mami», sagte Till so leise, daß er es zweimal sagen mußte, bevor Irene ihn hörte. «Mami, der Mann blutet.»

Im nächsten Moment wurden Irenes Augen fast so groß, wie Tills Augen schon waren. Die Hose um den einen Oberschenkel des Mannes färbte sich dunkel. Unter den Umstehenden setzte Gemurmel ein. Rufe der Betroffenheit, leise Schreie des Ekels und ein Ruf, der immer lauter wurde:

«Tut doch was! Wir müssen etwas tun. Warum tut denn keiner was?»

Irene faßte den Mann unter einen Arm, versuchte, ihn so sanft wie möglich in die Höhe zu ziehen.

«Kein Krankenhaus», murmelte der Mann. Irene hatte das Gefühl, als ob er sich heroisch bemühte, den starken Schmerz zu unterdrücken.

«Ich muß ins Reisebüro. Helga. Helga wartet. Was soll bloß Helga ...?»

Irene zog den Mann in die Höhe. Ein Passant sprang hinzu, half ihr.

«Mami», flüsterte Till, «ich muß in die Schule.»

In diesem Moment drängte sich ein anderer Mann durch den dichten Kreis der Umstehenden.

«Lassen Sie mich!» rief er. «Lassen Sie mich durch. Ich muß zu Harald.»

Dann stand er vor dem Verletzten.

«Harald!» stieß er hervor.

«Hallo, Udo», entgegnete der Verletzte mit schwacher Stimme.

Udo drängte Irene zur Seite.

«Ich will ihm doch nur helfen», rief sie empört.

«Das will ich auch», sagte Udo. «Mein Wagen steht gleich nebenan. Ich wollte doch gerade ... warte, Harald ... geht's?»

Er quälte den Verletzten in die Senkrechte. Das gesamte Hosenbein war durchnäßt. Einige Passanten wandten sich ab. Aus einem auf der anderen Straßenseite parkenden Wagen fotografierte jemand.

«Mami, muß der Mann jetzt sterben?»

Irene legte eine Hand auf den Mund ihres Sohnes. Sie bekam den Blick des verletzten Mannes mit. Er ging ihr durch und durch. *Entsetzlich. Wie er leidet. Und alles aus heiterem Himmel.* Irene blickte am

Haus hoch, vor dem sich alles abspielte. In einem der oberen Stockwerke stand ein Fenster offen. *Da!* In diesem Moment wurde es geschlossen. Irene starrte auf die Reste des Blumentopfes. Udo hatte in der Zwischenzeit Harald bis zur Beifahrertür eines Mazda geschleppt. Ein Passant hielt die Tür auf. Dreißig Menschen wurden Zeuge, wie der Mann mit dem zerschmetterten Bein auf den Sitz verfrachtet wurde. Zum Schluß hing nur noch das verletzte Bein aus dem Wagen. Der hilfreiche Udo faßte den wimmernden Mann ins Auge.

«Harald, Harald, hörst du mich?»

Harald stöhnte.

«Harald, ich tu dir jetzt weh. Ich muß es tun, weil ich dir helfen will. Versprich mir, daß du die Zähne zusammenbeißt. Versprichst du mir das?»

Harald stöhnte und nickte. Udo drehte sich zu den Passanten um. Seine Augen begegneten Irenes. Till hatte sich hinter ihren Beinen in Sicherheit gebracht. Udo zögerte einen Moment – noch mehr Passanten wandten sich ab. Dann faßte er Haralds Bein. Der Schmerzensschrei des gepeinigten Mannes gellte durch den Morgen. Im nächsten Moment sackte sein Kopf kraftlos auf die Brust.

«Er ist ohnmächtig geworden», murmelte jemand.

Udo blickte sich noch einmal um, als ob er sich dafür entschuldigen wollte, daß er gezwungen war, seinem Freund dermaßen weh zu tun. Dann eilte er um die Kühlerhaube herum hinters Lenkrad, schlug die Tür zu und fädelte sich zügig in den Strom der Wagen ein. Augenblicklich begann erregtes Gemurmel der Passanten.

«Man sieht es und man glaubt es nicht.»

«Aus heiterem Himmel.»

«Da glaubst du, die Welt gehört dir. Und dann so was.»

«Einen Moment unaufmerksam, und es ist passiert.»

«Ich habe eine Tante, die hat mal ...»

«Komm, Tilli, es ist spät.» Irene schob ihn Richtung Auto. Till redete erst wieder mehrere Ampeln später.

«Mami, das kann dir aber nicht passieren. Oder?»

Irene fühlte den ängstlichen Blick des Kindes. Unwillkürlich drosselte sie die Geschwindigkeit und nahm davon Abstand, dem lahmarschigen Derby-Lenker ihren Auspuff zu zeigen.

«Rrrums!»

Ruhig bleiben, ganz ruhig bleiben. Rose drehte sich in seine Decke ein, aber es geschah ohne Hoffnung.

«Rrrums!»

Wollt ihr unbedingt einen übellaunigen Nachbarn, der kleine Kinder frißt?

«Rrrums!» Wieder knallte die Tür vom Kinderladen.

«Rrruhe, verdammt noch mal, Ruhe! Ich bin berufstätig.»

«Rrrums!» und gleich darauf: «Rrrums!»

Rose kroch aus dem mollig warmen Bett und schlich ins Badezimmer. Er guckte lange in den Spiegel. Er streckte sich die Zunge heraus, zog ein Augenlid herunter und bog die Haare nach hinten. Kein Zweifel: Sein Haaransatz war auf der Flucht. Immer noch mißmutig nahm er die Morgentoilette in Angriff. Auf dem Weg in die Küche blieb er unter den Deckenplatten im Flur stehen. Ein Quadrat hatte sich weiter gelockert.

Erst wollte Rose am Küchentisch Platz nehmen, dann beschloß er, sich etwas Gutes zu gönnen, und deckte den Schreibtisch. Rose genoß die Morgensonne. Im April hatte er sie bis halb zehn, dann verschwand sie hinter den Häusern auf der anderen Straßenseite. Im Mai hatte er die Sonne eine halbe Stunde länger. Im Juni schien sie auf den Teller mit Königsberger Klopsen, sein Lieblings-Mittagessen. *Wunderbar. Du denkst wieder in längeren Zeiträumen als Viertelstunden. Nur weiter so.* Rose lächelte, verzog im nächsten Moment das Gesicht zu einer fürchterlichen Grimasse. Die drei Kinderladen-Kinder, die vor dem Fenster standen, gackerten.

«Noch ein Gesicht! Noch ein Gesicht!» bettelten sie.

Rose tat ihnen den Gefallen, legte eine gräßliche Fratze hin. Im nächsten Moment vereiste sein Gesicht. Neben den Kindern war der Briefträger aufgetaucht. Die Kinder bettelten ihn sofort um eine Fratze an. Eher hätte ihnen der Postzusteller seine Dienstmütze geschenkt. Und das war das größte Opfer, das er sich vorstellen konnte.

«Schönen Tag noch», wünschte Rose und bekam, bevor er die Tür schloß, den mißtrauischen Blick des Beamten mit.

Er schlitzte den Brief mit dem margarineverschmierten Messer auf. An diesem Morgen aß Rose nichts mehr. Er ließ den Briefbogen sinken, blickte aus dem Fenster. *600.* Der Kreditvermittler forderte 600 Mark. Im Monat. Die erste Rate sofort. *Das ist doch albern.*

Woher sollst du 600 Mark nehmen? Du mußt das klären, sofort. Die 600 Mark müssen vom Tisch. Du hattest doch schon Probleme bei 350 ... In Roses Kopf erschien das Gesicht des sympathischen Herrn Schwerte. Das Gesicht lächelte. *Keine Panik. Du schaffst das. Du bist nicht mehr der Rochus vom letzten Jahr. Keine Panik, nur keine Panik. Das ist jetzt das Wichtigste.* Er suchte minutenlang nach dem Autoschlüssel, die Kopfhaut kribbelte, seine Handflächen waren feucht. Mehrmals ließ er etwas fallen. Die Wohnung war ihm auf einmal zu klein, sie wollte ihn erdrücken. Rose flüchtete regelrecht aus dem Haus. Als er im Auto saß, atmete er tief durch. Er steckte den Schlüssel ins Loch, drehte.

«Huihuiuiuiuiuiuiuiuiui!»

Rose hechtete hinaus, riß die Motorhaube hoch, löste den Kontakt der Alarmanlage. Er ignorierte alle Blicke, stieg in den Wagen und klemmte sich den Trench in der Tür ein. Es tat ihm gut, daß er gezwungen war, sich während der Fahrt nach Billbrook auf den Verkehr zu konzentrieren.

Er sah die Bescherung schon von weitem. Eine Autoschlange stand vor den Zapfsäulen. Die Fahrer rannten hin und her, Mimik und Gestik drückten Wut aus. Sie fielen über Rose her, noch bevor er ausgestiegen war.

«Na endlich. Das ist vielleicht eine Wirtschaft bei euch.»

«Ach nee! Schaut der Herr Chef ausnahmsweise persönlich nach dem Rechten?»

«Nun mal ein bißchen plötzlich. Ich habe noch eine kleine Nebenbeschäftigung, Meister.»

Rose kassierte die erzürnten Fahrer ab. Er bat sie mehrmals um Entschuldigung, sie lachten ihn aus. Als der letzte den Kassenraum verlassen hatte, atmete Rose tief durch. Er ging durch die Küche in den Aufenthaltsraum.

«Guten Morgen, Hans-Joachim Pillau! Die Sonne lacht dich an.»

Hajo hatte sich aus Autorückbank, Vordersitz und Kissen ein Lager gebaut, auf dem er tief schlafend lag. Rose war so aufgebracht, daß er ohne besondere Rücksicht an Hajo herumzerrte. Der Mechaniker knurrte, Rose schnüffelte.

«Dein Dienst ist zu Ende. Los, du Saufnase, komm endlich hoch.»

Brummelnd und schimpfend setzte sich Hajo hin. Er öffnete die Augen – sofort tat Rose seine Grobheit leid.

«Menschenskind, Hajo, fehlt dir irgendwas?»

«Doris», kam es unartikuliert zurück.

«Was?»

«Mir fehlt Doris. Doris ist meine Frau, die mir ewige Treue geschworen hat. Treue, ich lach mich tot.» Hajo lachte verzweifelt.

«Komm, Junge, nun reiß dich zusammen.»

Rose zerrte Hajo in die Senkrechte. Hajo wehrte müde ab. «Wieso ich! Doris soll sich zusammenreißen.»

«Was war heute nacht? Hast du geschlafen oder hast du die Tankstelle offengehalten?»

Hajo blickte Rose aus waidwunden Augen an.

«Kein Wort zu Adler, Rochus. Versprichst du mir das?»

«Ich habe noch nie jemanden verpfiffen. Nun erzähl schon.»

«Kaffee. Oder Wasser. Am besten beides.»

Rose brachte ihm Cola, etwas anderes war nicht im Kühlschrank. Dann setzte er Wasser auf, bediente zwischendurch zwei Kunden und wimmelte einen dritten, der seinen Wagen nach der Reparatur abholen wollte, mit einer fadenscheinigen Begründung ab. Danach brühte er Kaffee auf und ging in den Aufenthaltsraum. Hajo hing halb liegend im Autositz.

«Mir ist ja so schlecht.»

«Hast du dir sauber verdient. Schluck für Schluck.»

Rose entdeckte die Flasche weißen Rum und zwei große leere Flaschen Cola. Sie lagen in den Kisten mit den Ersatzteilen.

«Mensch, Hajo, so geht das nicht weiter. Du säufst dich um deinen Verstand.»

«Dazu muß ich nicht saufen. Dazu reicht ein Kurzer. Ich bin nämlich ein bißchen dusselig, falls du das noch nicht wissen solltest. Hajo ist der dümmste Ehemann der Welt. Hajo liebt nämlich Doris, und Doris ist eine alte ...»

«Laß gut sein. Selbstmitleid ist was Ekelhaftes. Hier, trink und mach endlich deine verdammten Augen auf.»

Hajo schlürfte den heißen Kaffee.

«Weg ist sie», sagte Hajo mit zitternder Stimme. «Zu diesem Kerl, diesem Ehebrecher, diesem Sauhund, wenn ich den erwische ... mit dem Wagenheber oder Schraubenschlüssel, voll zwischen Rippen und Bauchnabel in die Gedärme. Dieser Sauhund ...»

«Hajo!»

«Ist doch wahr.» Hajo zog sein T-Shirt nach vorne, blickte dann Rose beschämt an.

«Hast dich bekotzt heute nacht», sagte Rose sachlich. «Räum wenigstens die Flaschen weg. Wenn Adler das sieht, scheißt er dich zusammen.»

«Der soll sich mal nicht pampig machen. Ich erinnere mich noch sehr gut an einen gewissen Adler Kühn vor einem Jahr, als ihm seine heiße Kiste mit einer gewissen Irene Lachmund in die Grütze gegangen ist. Da hat der hier genauso rumgelegen und die Bierchen literweise in sich reingekippt.» Hajo brach ab, schien zu überlegen: «Nur vollgekotzt hat er sich nicht. Das muß ihm der Neid lassen. War eben nicht genug verliebt in die Frau. Frauen, ich lach mich tot ...»

Hajo knetete mit beiden Händen den Kaffeebecher, fuhr sich durch die völlig verwüsteten Haare, strich sich übers unrasierte Kinn. Dann blickte er Rose an.

«Du warst doch mal Privatdetektiv.»

«Nun ja», entgegnete Rose geschmeichelt und wand sich ein wenig. Aber nur ein wenig.

«Dann weißt du doch Bescheid mit Beschatten und so.»

«Das bleibt nicht aus in dem Beruf.»

«Wie muß ich es anstellen, Doris zu überwachen?»

«Du meinst außerhalb eurer Wohnung?»

«Zwischen Küche und Wohnzimmer schaffe ich es gerade noch, ihr auf der Spur zu bleiben.»

«Das erfordert Fingerspitzengefühl und jahrelange Übung. So was lernt man nicht von heute auf morgen. Beschatten, das ist was ganz Spezielles. Mancher lernt das nie. Du mußt geschmeidig sein, ein Schatten, gar nicht anwesend und irgendwie doch, wenn du verstehst, was ich meine.»

Hajos Gesicht drückte nicht übermäßig viel Verständnis aus.

«Warum redest du nicht mal mit ihr?» fragte Rose.

«Was meinst du wohl, womit ich seit zwei Wochen meinen Feierabend verbringe?» entgegnete Hajo trübe. «Mit Reden. Das heißt natürlich nur, wenn sie zu Hause ist. Meistens ist sie ja nicht zu Hause. Da ist sie ja bei diesem ... diesem ...»

«Und was ist mit deinem Sohn?»

«Ach ja, wir haben einen Sohn. Den haben wir seinerzeit aus einem Gefühl der Zusammengehörigkeit hergestellt. Hat ja auch alles doppelt: Arme, Beine, Nieren, immer ein Teil von mir, ein Teil von Doris.» Hajo dachte nach. «Na ja, einiges hat er auch nicht paarweise, das baumelt einsam und allein in der Gegend herum.»

Dann schoß er in die Höhe.

«Wie bei diesem Kerl, diesem Sauhund, dem ich ...»

«Ich weiß», unterbrach ihn Rose. «Mit dem Schraubenzieher in die Gedärme. Und damit hast du Doris dann zurück oder wie?»

«Dann kann sie mich wenigstens im Gefängnis besuchen, zusammen mit Christian.»

«Bevor du deinem Rivalen irgendwas in den Bauch stichst, wäre es vielleicht ganz sinnvoll zu wissen, wo er wohnt, der Rivale.»

«Deshalb habe ich dich ja gefragt», sagte Hajo. «Du könntest wohl nicht zufällig ... ich meine ja nur, wo du doch so viel Erfahrung mit dem Beschatten hast.»

«Was weißt du denn von dem Burschen?»

«Wenn sie mit dem Scirocco zu ihm gefahren ist und am nächsten Tag zurückkommt, sind 48 Kilometer mehr auf dem Tacho.»

«Donnerwetter», sagte Rose anerkennend. «Da muß man erst mal drauf kommen.»

«Sie hat mal gesagt, daß man von der Wohnung von dem Sauhund den Fernsehturm sehen kann.»

«Das kann man von ungefähr 200 000 Wohnungen.»

«Aber von der anderen Seite der Wohnung kann man auf die Alster gucken. Die Außenalster.»

«Scheint kein Sozialmieter zu sein.»

«Natürlich nicht. Meine Frau verliebt sich nicht in einen Sozialmieter. Dann hätte sie ja bei mir bleiben können.»

«Was noch?»

«Fährt einen Riesenschlitten. Doris weiß aber nicht, welche Marke. Oder nennt sie jedenfalls nicht.»

«Mit den paar Informationen kommst du nicht weit. Du mußt schon noch ein bißchen mehr rauskriegen. Geh jetzt lieber nach Hause und bring dich in Form. Ich räume hier auf, Adler muß gleich kommen.»

Hajo lächelte Rose an:

«Manchmal glaube ich, du bist ein richtiger Freund.»

«Und sonst?»

«Sonst denke ich, du bist ein merkwürdiger Mann, bei dem man nie richtig weiß, wo man mit ihm dran ist. Aber das würde ich dir natürlich nie sagen.»

Hajo lächelte müde und schleppte sich aus dem Raum.

«Muß das sein?» fragte Adler so unlustig wie möglich.

Er lag hingegossen im bequemsten Sessel seiner kleinen Wohnung.

«Es muß», erwiderte Irene ungeduldig. «Das tut dir gut. Du bewegst dich doch überhaupt nicht mehr.»

Adler grinste.

«Ich meine sportlich», Irene griff ihre Sporttasche. «Na los! Nur mal reingucken, das war abgemacht.»

«Ich kann mich gar nicht erinnern, daß ich ...»

«... Valentin!»

Adler suchte demonstrativ langsam zwei Handtücher, seine Lieblings-Turnhose und Kleingeld zusammen.

Vor dem Haus stand ein Taxi, Irene hatte heute Nachtschicht. Adler bestand darauf, sich nach hinten zu setzen.

«In aller Freundschaft», sagte Irene. «Aber du hast einen Schatten.»

«Ich weiß doch gar nicht mehr, wie das geht: Taxifahren», erwiderte Adler und winkte dem Pkw-Fahrer neben ihnen leutselig zu. Der Fahrer kriegte einen Schreck, überprüfte sofort sämtliche Funktionen seines Wagens. Dabei war er einen Moment unaufmerksam. Der Wagen scherte nach links aus – nur leicht, aber ausreichend, um mit dem Lieferwagen zu kollidieren.

«Da hat's einen Unfall gegeben», sagte Irene nach kurzem Blick in den Rückspiegel.

«Oh, nein.» Adler prallte zurück und hielt sich am Dach des Taxis fest. Ein Mann und eine Frau kamen gerade aus dem Fitness-Center und gingen über den Parkplatz. Der Mann war keine 1 Meter 70 groß. Er besaß einen extrem kurzen Unterkörper. Alles, was oberhalb seines Bauchnabels lag, waren ungeheuer ausgebildete Muskelmassen.

«Der hat Unterarme so dick wie meine Oberschenkel», sagte Adler staunend. Und dann die Frau! Sie trug extrem kurze Shorts und ein T-Shirt ohne Ärmel. Instinktiv wünschte Adler, daß die

Frau nicht auf ihn zukommen möge. Er hatte Angst vor den Schlägen.

«Geil», hauchte Irene. Die Frau bemerkte sie und schickte einen unglaublich lässigen Gruß hinüber. Irene freute sich wie damals mit zwölf, als sie das Autogramm von Cliff Richard ergattert hatte. Die Muskelmenschen bestiegen einen Golf GTI, der schneeweiß und extrem getunt war.

«Bißchen klein, der Kopf von dem Kerl, findest du nicht?» fragte Adler.

«Komm endlich runter von deinem 68er Schönheitsideal», riet ihm Irene freundlich. «Vor Schwäche kaum laufen zu können, ist ja noch kein Wert an sich. Was du schon schön findest! Du hast ja damals sogar mich attraktiv gefunden – bevor ich begonnen habe zu trainieren.»

«Dazu stehe ich heute noch.»

«Die alte Irene gibt es nicht mehr.»

Das war genau das, was er befürchtete.

Sie betraten das Gebäude und standen in einem großartigen, nicht mal geschmacklosen Foyer mit einer Unmenge Grünpflanzen und ausgeklügelt strahlendem künstlichen Licht. Irene grüßte routiniert nach links und rechts.

«Mein Gott, sehen die alle gesund aus», staunte Adler. «Und so kräftig. Die könnten dich auf Händen tragen.»

«Warte noch ein halbes Jährchen, dann trage ich dich auf Händen.»

«Bist du sicher, daß ich hier reinpasse?» fragte Adler verzagt und knetete seine ordinäre Stofftasche. «Hoffentlich treffe ich keine alten Bekannten. Die sind ja mittlerweile alle in dem Alter, wo man solche Etablissements aufsucht.»

«Kein Neid», sagte Irene und verstummte. Eine Art Bademeister kam auf sie zu: betörend blond, die Augen himmelblau, wenn auch etwas dicht zusammenstehend, der ganze Mann strahlte in Pastelltönen. Uhr, Ring, Halskette, Turnschuhe – er hatte nichts dem Zufall überlassen, war perfekt durchgestylt. Die Begrüßung zwischen Irene und dem Bademeister schien einem Paarungstanz südpazifischer Eingeborenen-Stämme abgeguckt. Danach überschütteten sie sich hemmungslos mit Komplimenten, die ohne Ausnahme körperliche Attribute betrafen. Der Bademeister buffte Irene gegen die Bauchpartie. Das gleiche Manöver bei Adler –

man hätte ihn mit akutem Nabelbruch ins Krankenhaus einliefern müssen.

«Das ist der Nachwuchs», sagte der Bademeister und lachte Irene mit 32 Zähnen an. Selbst sein Tonfall war pastellfarben.

«Aus diesem Holz sind Meister von morgen geschnitzt», fuhr der Athlet fort. Irene konnte vor Rührung kaum noch aus den Augen gucken.

«Tschau, Renni, man sieht sich, man liebt sich.»

Zum Abschied trommelten sie wieder unvermittelt auf ihre Bauchpartien ein.

«Ortwin ist im Herbst Vierter geworden», flüsterte Irene andachtsvoll.

«Vierter», murmelte Adler. «Oijoijoi.» *Wovon bloß?*

Irene faßte ihn an der Hand und rief mit strahlender Miene:

«Und jetzt zeige ich dir alles. Laß dich überraschen.»

Adler lernte alles kennen: Umkleideräume, in denen Spinde mit Namensschildern und kleinen goldenen Schlössern hingen; die Krafträume, in denen Maschinen standen, von denen sich ein normaler Zeitgenosse keine Vorstellung macht; die Abteilungen für Squash, Karate und Jazzdance; die Sauna; die diversen Sonnenbänke; das Entspannbecken; die Milchbar, in der Longdrinks und Krafttrünke, Ionen-Mixturen und einfache Milch gereicht wurden, in die der Barkeeper löffelweise eiweißreichen Puder hineinschaufelte. Irene bestand darauf, Adler solch ein Glas auszugeben. Er war nach den paar Streck- und Dehnübungen völlig zerschlagen.

«Na?» fragte Irene strahlend. «Wie findest du das alles hier?»

Adler ließ sich voll in diesen mitreißenden Blick hineinsinken. Wieder mal, wie seit einem Jahr alle vier Wochen, suchte ihn die Erkenntnis heim, daß er eine große Chance verpaßt hatte. *Du hättest sie betäuben sollen, als Büchersendung nach Gretna Green schicken, langsam wieder auftauen und solange sie noch so schlapp ist, daß sie nicht widersprechen kann, vom Fleck weg heiraten. Dann stimmen wenigstens schon mal die Rahmenbedingungen. Der Rest findet sich. Ein, zwei Jahre würde sie sich noch wehren. Aber dann würde sie dich auch lieben, dann wären wir ein Paar.*

«Was guckst du so komisch? Ist dir schlecht?»

Er bestand darauf, sich mit einem «Body-Bitter» – was immer das sein mochte – bei Irene zu revanchieren.

«Soll ich dir was Witziges erzählen?» fragte sie über den Rand ihres Glases.

«Mmh.»

«Ich habe eine Lebensversicherung abgeschlossen.»

«Ich habe schon albernere Sachen gehört.»

«Na ja», sagte sie schüchtern. «Ich dachte nur, weil du doch bestimmt keine ...»

«Logo nicht. Aber weniger aus grundsätzlichen Erwägungen, mehr aus diesen.»

Er machte mit Daumen und Zeigefinger das bekannte Reibezeichen.

«Ist ja auch nur eine Risiko-Lebensversicherung», fuhr Irene fort.

«Hast du im Lotto gewonnen?»

«Ich und Lotto», sagte Irene tadelnd. «Ich spiele doch kein Lotto.»

Gemeinsam sahen sie einem braungebrannten Enddreißiger nach. Er wurde vor dem Eingang des Centers von einer jungen Frau begrüßt. Sie umarmte ihn stürmisch. Bevor Adler ihr Gesicht erkennen konnte, versperrte die zufallende Tür ihm den Blick.

«Risikolebensversicherung», sagte Irene. «Das sind im Monat 30 Mark. Kein Pappenstiel für eine arme Studentin. Soll ich dir erzählen, wie ich dazu gekommen bin?»

Sie erzählte ihm von dem Unfall mit dem Blumentopf und dem entsetzlich verletzten Mann, der von einem Freund ins Krankenhaus gefahren worden war.

«Aha», sagte Adler, der gerade sehr müde wurde. «Da stand dann zufällig so ein Versicherungsfritze neben dem zerdepperten Alpenveilchen und hat euch allen eine Versicherung angedreht.»

«Natürlich nicht. Das war erst am nächsten Tag. Es klingelt an der Tür, ich hin, und da stand dieser Vertreter.»

«Laß mich raten: Mitte 20, schwarzer Diplomatenkoffer mit Zahlenschloß, schicke Kombination von C & A, raucht leichte Zigaretten und erzählt am laufenden Band Sätze, denen du genau anhörst, daß er die letztes Wochenende auf dem Fortbildungsseminar eingetrichtert bekommen hat.»

«Na ja», sagte Irene. «Aber sonst war er sehr nett. Im Normalfall hätte ich ihn natürlich rausgesetzt – wenn nicht gerade am Tag vorher diese schlimme Sache passiert wäre. Da wird man doch nachdenklich, speziell als Mutter.»

«Natürlich. Speziell als Mutter.»

«Werde du erst mal Vater, dann kannst du mitreden.»

«Aber gerne. Hast du heute abend schon was vor?»

Er riskierte es einfach mal, mehr als zu Boden schlagen konnte sie ihn ja nicht.

«Ich muß heute nacht Taxi fahren. Und überhaupt ...»

Irene wurde plötzlich ärgerlich.

«Ich habe es nur wegen Till gemacht. Er hat doch sonst keinen außer mir.»

«Er hat immerhin noch seinen Vater.»

Sie blitzte ihn an: «Nimm doch nur mal an, mir passiert heute nacht was. Ein Autounfall, batsch und Ende der Vorstellung. Deshalb habe ich diese Versicherung abgeschlossen. Damit Till nicht vor dem Nichts steht, wenn ich mal nicht mehr bin.»

«Kenn ich gut», entgegnete Adler freundlich. «Diese Platte haben die Kerle bei mir auch immer drauf. Zukunft, Angehörige, Risiko ausschalten. Als ob das überhaupt geht, solange du lebendig bist.»

«Ich weiß nicht», entgegnete Irene mit milder Schärfe. «Du als Alleinstehender hast natürlich leicht reden.»

«Komm, komm! Das sind doch Sprüche. Dein Sohn ist immerhin acht Jahre alt geworden, ohne daß ...»

«Neun.»

«Wieso ‹Nein›?»

«Ich sagte nicht ‹Nein›, sondern ‹Neun›.»

«Wieso ‹Neun›?»

«Till ist neun.»

Adler blickte Irene an, suchte nach Worten, haspelte, stieß einige Laute aus:

«Scheiße. Ich weiß nicht mehr, was ich sagen wollte.»

Beide lachten. Irene beugte sich über die Theke und rief:

«Zwei Korn. Aber doppelte.»

Dem Barkeeper fiel vor Überraschung die Mohrrübe aus dem Mund.

«Meine Güte, wie siehst du denn aus?»

«Alles easy», sagte Adler mühsam munter. «Ich habe nur ein bißchen was für meine Gesundheit getan.»

«*Für* deine Gesundheit?»

Adler blickte in Roses zweifelndes Gesicht, schlug ihm auf die Schulter und sagte:

«Ich übernehme. Du hast Feierabend, herzlichen Glückwunsch. Du kannst dich in aller Ruhe der Dame deines Herzens zuwenden.»

«Ach ja», erwiderte Rose.

«Potzblitz, was höre ich denn da läuten? Läuft was?»

Und als Rose nicht gleich antwortete:

«Rochus, alter Schlawiner, du hast einen Schwarm. Ich seh's deinem verklärten Blick an.»

«Sie arbeitet bei einer Bank.»

«Sauber», sagte Adler. «Das nenne ich raffinierte Gattenwahl. Erst ein Blick ins Portemonnaie, dann ein Blick in die Herzen der Frauen. Sauber.»

«Sie weiß noch nichts davon», sagte Rose leise.

«Soll eine Überraschung sein, wie?»

Rose nickte. Er druckste herum, ging dann aber lieber. Ihm lag der Brief im Magen: die Mahnung des Kreditvermittlers.

Rose war kaum verschwunden, als ein Radfahrer auf die Tankstelle fuhr.

«Hallo Henry, alter Anarcho.»

«Erlaube mal. Ich bin in Trauer.»

«Oh, pardon. Das ist mir sehr peinlich.»

Adler lief dunkelrot an, aber Pietsch nahm ihm den Fauxpas nicht krumm.

«Ich will auch gar nichts Besonderes», sagte er, «kannst ruhig deinen Schriftkram erledigen. Ich störe dich garantiert nicht.»

Adler blickte Pietsch prüfend an.

«Sag mal, Henry, hast du abgenommen?»

«Acht Pfund seit Käthes Tod. Sieht man das? Das wäre ja immerhin ein Vorteil. Ein einziger Vorteil in dem ganzen Schlamassel.»

Adler widmete sich dem Schriftverkehr, den die Tankstelle mit sich brachte. Pietsch tigerte im Hintergrund herum, er war von ansteckender Nervosität.

«Bist du denn einigermaßen drüber weg?» fragte Adler vorsichtig.

Pietsch starrte ihn aufgebracht an: «Das Schlimmste steht mir noch bevor.»

«Wieso?» fragte Adler verdutzt. «Die Beerdigung ist doch vorüber.»

Er spürte, wie Pietsch hinter ihm seine Wanderung einstellte und dann mit ruhiger Stimme sagte:

«Sie haben sie totgemacht. Ermordet.»

«Ich hoffe doch stark, daß ich mich verhöre.»

«Ich weiß, was ich sage. Und ich sage, was ich weiß. Käthe ist keines natürlichen Todes gestorben. Da hat einer nachgeholfen.»

Adler drehte sich um.

«Henry, entschuldige, aber du hast sie doch nicht mehr alle.»

«Und dieser Schnösel von der Versicherung, was ist mit dem?»

«Keine Ahnung. Was ist mit dem?»

Pietsch erzählte. Von seinen Anrufen bei Käthe Cathomens Lebensversicherung, vom ersten, zweiten, dritten Anruf. Wie sich alle hinter dem Datenschutz versteckt hatten. Pietsch war empört.

«Was braucht Käthe noch Datenschutz? Der kann keiner mehr weh tun. Aber mir, mir könnten sie reinen Wein einschenken, diese Brüder. Aber sie stellen sich dumm. Sie tun so, als ob sie nicht wissen, wie die kleinen Kinder auf die Welt kommen.»

Pietsch kratzte mit beiden Händen die juckende Kopfhaut.

«Henry, du spinnst.»

«Datenschutz, ich lach mich tot. Da steckt der Wurm drin. Ich knie mich da rein. Ich krieg das raus. Ihr werdet euch noch wundern.»

Pietsch eilte aus dem Raum. Adler hörte, wie er sein Fahrrad bestieg, irgendwo gegenstieß, daß es metallen schepperte, und lautstark fluchte. Dann war Henry Pietsch verschwunden.

Der Mai spielte verrückt. Die Menschen wurden von hinterrücks ausbrechendem Sonnenschein überrascht. Manch einer, der nicht schnell genug auswich, füllte ein Krankenhausbett mit schwerem Sonnenbrand. Der Umsatz der Sonnenbankunternehmer ging dramatisch zurück. Irene Lachmund verbrachte mit Till und einer Freundin aus dem Fitness-Center ein verlängertes Wochenende auf Sylt. Henry Pietsch schrieb seinen neuesten Protestbrief an die Passau Paderborner-Versicherung mit nacktem Oberkörper auf dem Balkon. Und Rochus Rose bekam Post durch einen Briefträger zugestellt, der ein kurzärmeliges Diensthemd trug. Er spießte den grünen Brief ungeöffnet auf den Nagel. Sorgenvoll betrachtete er die zehn lockeren Deckenplatten, goß die Pflanzen, wienerte die Badezimmer-Armaturen und rückte so lange an den Kartons mit den Alarmanlagen herum, bis sie Kante auf Kante übereinanderstanden. Dann hielt er es nicht mehr aus. Mit fliegenden Fingern riß Rose den grünen Umschlag auf. Er hielt einen Mahnbescheid in Händen. Grund: Nicht-Rückzahlung eines Kredits. In Rose summte und brummte es. *Die Vorhänge runter. Nicht mehr ans Telefon. Du besorgst dir Konserven, ist sowieso gesünder. Sollen sie dich doch ausräuchern, freiwillig kommst du nicht raus.* Roses Augen brannten, wenn er den furchteinflößenden Briefkopf betrachtete. Nicht, daß er Einzelheiten wahrnahm, er spürte jedoch, daß es jetzt ernst wurde. Der runde Stempel ließ keinen Zweifel: Die Gegenseite hatte Verbündete gesucht, sie hatte Verbündete gefunden. Jetzt würden sie vereint losschlagen. Abwesend hielt er den beigelegten roten Zettel in der Hand. Dann ließ er alles fallen und rasierte sich.

Eine halbe Stunde später stand Rose vor dem Haus. Er stürmte ins Büro durch.

«Rose!» rief er. «Mein Name ist Rose, ich muß Herrn Schwerte sprechen. Sofort. Es ist sehr wichtig für mich.»

«Da würde ich Ihnen gern zu verhelfen», sagte die fremde Sekretärin freundlich. «Sie müßten mir nur eins sagen: Wer bitte ist Herr Schwerte?»

«Na Schwerte, der Chef. Er ist doch hier Chef. Ihr Vorgesetzter.»

«Mein Vorgesetzter heißt Palmer und ist eine Frau.»

Rose suchte nach Worten.

«Könnte es sein, daß Sie sich in der Tür geirrt haben?»

«Was sagen Sie, sind Sie für eine Firma?»

«Ich habe noch gar nichts gesagt. Wir sind eine Sportschule.»

Die Frau war dann so nett und fragte ihre Kolleginnen. Niemand hatte je von einem Ulf Schwerte gehört. Rose ließ sich ein Telefonbuch geben – kein Schwerte, Ulf. Abends rief er die Auskunft an, fragte nach Schwerte und einem Kreditvermittlungsbüro gleichen Namens – ohne Erfolg.

Der Mahnbescheid lag eine Woche auf dem Schreibtisch. Am achten Tag nahm Rose das Schreiben und pfefferte es in die unterste Schublade des Schreibtisches, dorthin, wo er noch nicht einmal aus Versehen hineingucken würde.

Der Verkehrsfunk wußte es mal wieder ganz genau: Im Elbtunnel war die Höhenkontrolle ausgelöst worden und auf Borkum der Notruf 110 ausgefallen. Die Morgensonne verballerte brütende Hitze, der Fahrer des Saab Cabrio hatte die Gunst der Stunde genutzt und fuhr oben ohne. Rose kaute auf der Unterseite eines Mohnbrötchens herum, als die weiße Limousine – von rechts nach links vorfahrend – die ganze Breite des Wohnzimmerfensters ausfüllte. Der Fahrer war Mitte Dreißig und braungebrannt. Seine Haare waren mittellang, dunkelblond mit braunen Strähnen. Der Schnauzbart war voll und sehr gepflegt. Eine Sekunde lang hatte Rose das Gefühl, als wenn der Mann ihn anblicken würde, er hörte auf zu kauen. Aber der Mann trug eine verspiegelte Sonnenbrille. Eine halbe Minute später – Rose gönnte sich die Oberseite des Mohnbrötchens – klingelte es.

«Herr Rose? Ich darf sicher hereinkommen.»

Rose prallte vor dem übermächtigen Eindruck des Mannes nach hinten. Der Mann trug elegante Jeans, ein hellblaues Seidenhemd und eine leichte Jacke mit kleinen bunten Karos. Die Sonnenbrille steckte im Hemdausschnitt.

«Bitte», sagte Rose.

Aber der Mann brauchte keine Aufforderung. Wie selbstverständlich inspizierte er das Wohnzimmer.

«Wohnen und arbeiten im gleichen Raum. So ist es richtig, Herr Rose. Diese entsetzliche Spaltung in verschiedene Lebensbereiche ist ja ein entsetzlicher historischer Irrtum, der ... was haben wir denn da?»

Der Fremde trat auf die Kartons zu, wollte den obersten öffnen. Rose drängte sich zwischen den Mann und die Kartons. Er tat es mit einer Mischung aus Aggressivität und Furcht. Als der Fremde Roses Gesicht sah, ging er einen Schritt zurück.

«Gut», sagte er. «Bringen wir zuerst das Offizielle hinter uns. Sie haben ganz recht, Herr Rose. Man möchte doch wissen, mit wem und wieso, nicht wahr? Dann weiß man, woran man ist.»

Er blickte Rose intensiv an. Seine Augenfarbe war Braun.

«Man macht sich dann auch weniger Illusionen über den Ernst der Lage.»

«Nun sagen Sie schon», drängte Rose.

Der Fremde reichte ihm ein amtliches Schreiben. Roses Augen irrten über das Papier.

«Das ist ein rechtskräftiger Zwangsvollstreckungsbescheid über 38000 Mark und ein paar Zerquetschte.»

«38186,16», stieß Rose hervor.

«Sag ich doch. Mein Name ist Sänger. Norbert Sänger. Ich betreibe ein Inkassobüro. Die Kreditvermittlung Ulf Schwerte hat meinem Büro alle Ansprüche und Forderungen, die es gegen Sie hat, übergeben.»

«Aber ... aber», stammelte Rose. «Das ist doch irrwitzig. Das sind utopische Zahlen. Das ...» er blickte Sänger mit neuem Mut an, «... das ist auch viel mehr, als in dem Schreiben stand, das mir das Gericht geschickt hat.»

«Klar», sagte Sänger und machte es sich auf Roses Lieblingssessel bequem. «Da ist ja jetzt auch alles zusammengekommen: Kredit, Gebühren, Zinsen. Das läppert sich. Sie könnten mir eigentlich was zu trinken anbieten. Kleinen Kaffee vielleicht. Man plaudert dann leichter miteinander.»

«Aber ...» versuchte Rose erneut, «das stimmt doch nicht. Das ist doch nicht rechtens. Da gehe ich gegen an.»

«Zu spät, Herr Rose, zu spät», entgegnete Sänger nicht mal unfreundlich. «Einspruch einlegen hätten Sie ja können. Dem Mahnschreiben lag groß und breit die juristische Information bei. Die Jungs drucken den Zettel, auf dem Sie Widerspruch einlegen können, ja extra in Knallrot, was ich, nebenbei gesagt, skandalös finde. Wer auf der Suche nach dem Recht ist, wird es auch auf weißem Papier finden. Meinen Sie nicht auch? Na ja, meinen Sie wahrscheinlich nicht. Ist ja auch egal jetzt.»

«Warum?» stieß Rose hervor.

«Warum? Nun, weil es eine Frist gibt, die einzuhalten ist. Wenn man sie nicht einhält, läuft sie ab. Sie haben keinen Widerspruch gegen den Mahnbescheid eingelegt, Herr Rose. Darum sind alle Forderungen gültig geworden. Die Kreditvermittlung hat sie, wie gesagt, an mein Büro abgetreten und deshalb ...»

«Das können Sie mit mir nicht machen. Ich kenne mein Recht.

Das ist garantiert sittenwidrig, liest man doch immer wieder in den Zeitungen. Ich habe erst kürzlich im Fernsehen gesehen, daß solche überhöhten ...»

«Darf ich mal unterbrechen, ja? Danke. Es erspart Ihnen Nerven und Zeit. Herr Rose, die eventuelle Sittenwidrigkeit der Forderung wäre geprüft worden, wenn Sie Widerspruch eingelegt hätten. Haben Sie aber nicht. Deshalb gilt die Forderung nicht als sittenwidrig. Basta, Punktum und Zapfenstreich. Kriege ich nun meinen Kaffee oder wollen wir so ... so trocken? Das würde ich, ehrlich gesagt, als etwas sehr nüchtern ansehen.»

Rose ließ sich in den Sessel fallen. «Ich gebe Ihnen nichts. Von mir kriegen Sie nichts.»

«Auch keinen Kaffee?» fragte Sänger, dessen Gesicht vor Zufriedenheit strahlte.

Rose schüttelte den Kopf.

«Schade», sagte Sänger. «Ich meine, es ist letztlich natürlich völlig gleichgültig, ob Sie Ihren Gastgeberpflichten nachkommen oder nicht. Obwohl: Wer seine Schulden nicht zurückbezahlt, sollte wenigstens zwei bis drei bürgerliche Höflichkeitsregeln beherrschen, meine ich. Aber bitte, ich kann mich irren. Also, Herr Rose..», Sänger nahm den Zwangsvollstreckungsbescheid in die Hand: «Dieses Papier kann ich jetzt zurück in meine Jackentasche stecken. Oder ich kann es dem Gerichtsvollzieher ins Posteingangskörbchen legen. Wie wollen wir es halten? Was ist Ihnen lieber?»

«Gerichtsvollzieher», wiederholte Rose.

«Das wäre der nächste logische Schritt», sagte Sänger. «Aber ich belehre Sie hier ständig in rechtlichen Fragen und nehme meinen Kollegen Rechtsanwälten Geld und Kundschaft fort. Los, Mann, seien Sie nicht so stur. Ich brauche jetzt einen Kaffee. War ein langer Abend.»

Rose sah den Mann an. Es bereitete Sänger auch nicht den Hauch eines Problems, Roses Blick standzuhalten. Er lächelte ihm sogar verstärkt zu – als wenn er ihm Mut machen wollte, nicht eher mit dem Gucken aufzuhören, bis er alles gesehen hatte, was er herauskriegen wollte. Dann stand Rose auf, ging in die Küche, und Sänger rief ihm nach:

«Danke. Sie sind ein wahrer Freund.»

Rose setzte Wasser auf, plazierte Filter, Filterpapier und Kaffeepulver. Nebenan hörte er Geräusche, er ging nicht nachsehen, was sie zu bedeuten hatten. Rose blickte aus dem Fenster. Es führte auf einen Innenhof hinaus, der in handtuchgroße Parzellen unterteilt war, die von meterhohen Jägerzäunen eingekesselt waren. Hinter einem Maschendrahtzaun lag eine Buddelkiste für die Kinder. *Du hast den Kopf in den Sand gesteckt. Du hast den Kopf immer an der falschen Stelle. Wenn er nicht im Sand steckt, steckt er über den Wolken. Jetzt haben sie dich.* Rose ließ die Stirn gegen die Fensterscheibe sinken, genoß die Kühle des Glases. *Mutti hat also doch recht gehabt: Du bist zu kraus, um zu leben. Karin sagt das auch. Immer.* Karin war Roses zwei Jahre jüngere Schwester.

«Aufwachen!» rief Sänger hinter ihm. «Heißer wird das Wasser nicht.»

Rose fuhr herum, goß Wasser auf und versuchte, den neugierig in der Küche herumschnüffelnden Mann zu ignorieren. Es war ein aussichtsloses Unterfangen. Die Gegenwart dieses Menschen wäre auch durch achtzig Zentimeter dicke Betonwände gedrungen.

«Geben Sie schon her, Sie schlafen ja ein dabei.» Verärgert nahm Sänger Rose den Wasserkessel aus der Hand und brühte den Kaffee auf.

«Sie könnten Tassen und Milch auf ein Tablett stellen. Kein Zukker, auf keinen Fall Zucker. Oder haben Sie Süßstoff im Haus?»

«Natürlich.»

Sänger fuhr herum: «Donnerwetter. Sie haben mich zum erstenmal positiv überrascht.»

Dann saßen sie sich im Wohnzimmer gegenüber. Roses Augen klebten an der Schranktür, hinter der der Mahnbescheid mit dem Formular für das Einlegen des Widerspruchs lag. Gierig nahm Sänger einen ersten Schluck.

«Also Herr Rose, ich warte immer noch auf Ihre Antwort.»

«Ich glaube Ihnen nicht. Sie bluffen.»

Sänger verzog sein Gesicht.

«Herr Rose. Machen Sie es uns doch nicht so schwer. Draußen lacht die liebe Sonne vom Himmel. Sie scheint für dich und mich, wie bestimmt schon mal ein Dichter formuliert hat. Was ich Ihnen bezüglich der Rechtslage erklärt habe, ist bombensicher. Den Vollstreckungsbescheid habe ich mir nicht geschnitzt, den hat eine Behörde ausgestellt. Und der Gerichtsvollzieher, der Ihre Wohnung mit Kuckucks bepflastern wird, den engagiere ich mir nicht privat, wie man sich ein Callgirl engagiert. Oder einen Privatdetektiv», sagte er mit Blick auf das Schild «Private Investigations», das im Fenster lehnte. «Den guten Mann bezahlt Väterchen Staat, den Sie und ich mit unseren Steuern finanzieren. Na ja, ich jedenfalls.»

Sänger trank die Tasse aus, ging in die Küche und kam mit einer vollen Tasse zurück.

«Pardon», sagte er, «Sie wollten nicht zufällig auch noch ...?»

«Was ist ein Inkasso-Büro?» fragte Rose.

«Das ist eine Einrichtung, die völlig überflüssig wäre, wenn die Zahlungsmoral nicht in solch skandalöser Weise zurückgegangen wäre.»

«Reden Sie nicht drum herum.»

«Wie Sie wünschen. An mein Büro wendet man sich, wenn man bei seinen Schuldnern keinen Erfolg gehabt hat und nun nicht mehr weiß, wie man an die ausstehenden Scheinchen herankommt. Firmen, Anwälte, Selbständige und ab und zu auch mal eine Kreditvermittlung, die Forderungen haben – berechtigte Forderungen –, die aber auf dem zivilisierten Weg mit Mahnungen und eindringlichen Warnungen nichts erreicht haben, die vertrauen mir ihre Forderungen an. Um genau zu sein: Sie verzichten auf ihre Forderungen, ich nehme ihnen Forderungen und Sorgen für ein paar Mark ab. Und dann – ja, und dann klopfe ich an Ihre Tür, Herr Rose, um meine Unkosten wieder hereinzukriegen. Da bin ich nun. Es wäre mir sehr lieb, wenn wir langsam zum Thema kommen könnten. Sie sind nicht mein einziger Kunde. Allerdings sind Sie mein jüngster Kunde. Deshalb ist es wichtig, daß unsere Geschäftsbeziehung gleich zu Anfang den richtigen Drive bekommt. Haben Sie mich verstanden?»

Rose nickte beklommen.

«Ich wünsche es mir, Herr Rose, ich wünsche es mir wirklich. Und Ihnen erst recht. Wir beide werden wunderbar miteinander auskommen, wenn ich die Richtung angebe und Sie sich entsprechend verhalten. Ich liebe guten Willen, ich schätze korrekte Zusammenarbeit. Ich werde krank, wenn es da hakt. Und ich werde geradezu wild, Herr Rose, wenn jemand versucht, mich aufs Kreuz zu legen. Das hat, im Vertrauen gesagt, im Laufe meiner Tätigkeit bisher auch nur eine einzige Person geschafft. Wollen Sie wissen, was mit dieser Person passiert ist?»

Rose traute sich kaum zu nicken. Der Raum war erfüllt von diesem Menschen. Wie er da auf dem Sofa saß, die Hände hinter dem Kopf verschränkt, die Beine übereinandergeschlagen.

«Ich sag's Ihnen trotzdem», lachte Sänger. «Der gute Mann lebt im Ausland, weil er sich nicht mehr in seine Heimat traut. Er weiß genau, wer ihn auf dem Flughafen gleich hinter der Zollkontrolle erwarten würde. Das ist also – wenn Sie so wollen – noch eine offenstehende Rechnung. Aber, Herr Rose, es ist die einzige offenstehende Rechnung.»

«Was soll ich tun?» brachte Rose heraus. Er mußte sich räuspern.

«Welch angenehme Melodie», rief Sänger freudig erregt. «Sagen Sie mir, Herr Rose, wie Sie sich die Rückzahlung der Schulden vorstellen.»

Rose schwieg.

«Los, Herr Rose. Nicht verstockt sein. Legen Sie ein Angebot auf den Tisch, damit wir eine Verhandlungsgrundlage erhalten.»

Rose zögerte: «100 Mark.»

Sänger wollte sich ausschütten vor Lachen.

«Das ist aber auch zu komisch», keuchte er, sich mühsam wieder fassend. «Wissen Sie, was ich eben verstanden habe? Ich habe verstanden ‹100 Mark›. Ist das nicht komisch? Herr Rose, ich wollte nicht wissen, was Sie pro Viertelstunde zurückzahlen, ich will die monatliche Summe wissen. Und nun bitte.»

Die letzten drei Worte peitschten in den Raum.

«Ich habe nicht mehr als 100 im Monat übrig», versuchte es Rose erneut. *Du mußt ihm deine Lage schildern. Dann begreift er.*

«Es geht mir nicht gut, finanziell. Im Moment. Das wird wieder besser, sicherlich bald. Aber im Moment ...»

«Herr Rose, ich habe in meinen Unterlagen eine Verdienstbescheinigung von einer freien Tankstelle. Trifft es zu, daß Sie 2900 Mark brutto verdienen?»

«Nein, ja, das heißt nein.»

«Was heißt nein?»

«Ich verdiene im Moment weniger. Es geht der Tankstelle nicht besonders gut, wenn Sie ver...»

«Wieviel verdienen Sie im Moment?»

«Wieviel? Oh, ja, also ... rund 2000 Mark.»

Sänger holte ein sehr kleines Notizbuch aus der Tasche und notierte sich etwas. Ohne aufzublicken, fragte er:

«Was haben diese Kartons zu bedeuten?»

«Die? Ja, das ist, das sind, Alarmanlagen sind das. Die verkaufe ich.»

«Das tun Sie nicht.»

«Wie?» fragte Rose ängstlich. «Ich verstehe nicht.»

«Natürlich verstehen Sie. Sie bieten diese albernen Alarmanlagen an wie Sauerbier. Sie tun das seit nunmehr fünf Monaten. Sie haben seinerzeit 12 Stück erworben von der Firma Stumpf Alarm + Sicherheit in Hamburg 26. Ich habe die Kartons gezählt. Es sind 11. Ich weiß aus zuverlässiger Quelle, daß es auch vor acht Wochen schon 11 waren. Erzählen Sie mir also nicht, daß Sie das Zeug verkaufen. Sie fahren es bestenfalls durch die Gegend.»

«Woher wissen Sie ...?»

«Glauben Sie, ich komme zu Ihnen und stehe im Hemd da? Da wäre ich Ihren Lügen ja wehrlos ausgeliefert. Nein, nein, mein Freund. Sorgfältige Arbeit im Vorfeld ist die halbe Miete. Bei Journalisten heißt das Recherche, wenn Sie wissen ...»

«Sie haben mich ausspioniert», sagte Rose. Er sagte es mehr verdutzt als empört.

«Ich habe mich gekümmert», verbesserte Sänger. «Würde ich das nicht tun, sollte ich meinen Beruf aufgeben.»

Er stand auf, blickte in einen der Kartons und sagte, ohne sich umzudrehen: «Das verschärft natürlich die Lage.»

«Wieso? Die Alarmanlagen sind doch viel ... Das sind über 20000 Mark, die da stehen», rief Rose. Er sah Licht am Horizont.

«Das ist kalter Kaffee, was hier steht», sagte Sänger, drehte sich um, kam an Roses Sessel. Und plötzlich rüttelte er an den Lehnen.

«Mann, wachen Sie auf! Sie haben's anscheinend immer noch nicht kapiert. Der Bursche, der Ihnen diese Dinger angedreht hat, macht sein Geschäft damit, daß er Dumme wie Sie findet. Der hat sein Geld in dem Moment verdient, wo er Ihnen eine Ladung Alarmanlagen andreht. Die Dinger sind der letzte Schrott, die sind unverkäuflich, das wissen Sie doch am besten. Sie machen doch seit Wochen diese Erfahrung. Glauben Sie, es liegt an Ihrem mangelnden Verkaufstalent? Daran liegt es jedenfalls nicht allein.»

«15000», sagte Rose. «15000 sind sie bestimmt wert.»

«Ich gebe Ihnen für den Haufen, wie er hier steht, 500 Mark. 300 für die Verpackung und 200 für das Material. Das kann man nur einschmelzen oder ausschlachten. Kippschalter, Sicherungen, ein Viertel Pfund Kupfer, mehr holen Sie da nicht raus.»

«10000», rief Rose alarmiert.

«Sie wiederholen sich. Diese grotesken Zahlen stehen überhaupt nicht zur Debatte. 750, abgemacht?»

«Weg von den Kartons!» Rose ging auf Sänger zu.

«Machen Sie mir nicht den Vorwurf, daß Stumpf Sie übers Ohr gehauen hat. Da befinden Sie sich in guter Gesellschaft. Bevor's die Alarmanlagen waren, waren es Kosmetikartikel. Und davor waren es Suppen zum Abnehmen. Angefangen hat er übrigens mit Pornos. Hat seine Nase immer voll im Wind, der Schlawiner. Da könnten Sie noch was von lernen, Herr Rose. 1000, mein letztes Wort.»

«Hören Sie auf!» brüllte Rose. «Das ist alles, was ich habe. Ich werde die Dinger verkaufen, es ist nur eine Frage der Zeit.»

«Das glaube ich gern», erwiderte Sänger gemütlich, «nur – Sie haben keine Zeit mehr, Herr Rose. Sie hatten monatelang Zeit. Die Monate sind vorbei, jetzt wird Bilanz gezogen.»

«Dann gebe ich die Anlagen dem Stumpf zurück», sagte Rose energisch, «der muß sie wieder zurücknehmen.»

Sänger lächelte geradezu mitleidig. «Ach, Herr Rose, und da sagt man immer, die Welt würde keine Romantiker mehr zustande bringen. Sie sind ja geradezu rührend in Ihrer Naivität. Aber gut...» fügte er schnell hinzu, als er sah, daß Rose etwas einwenden wollte. «Gut, gut. Gehen Sie zu Stumpf und versuchen Sie Ihr Glück. Wenn er Ihnen das Zeug abnimmt, Respekt, wenn nicht, biete ich Ihnen für den Haufen 1000 Mark.»

«Dazu wird es nicht kommen», sagte Rose hastig, «darauf brauchen Sie sich nicht zu spitzen.»

Sänger blickte Rose lange an, schrieb etwas in sein Notizbuch und stellte sich ans Fenster, wo er mit einer Hundebesitzerin herumschäkerte, die darauf wartete, daß sich ihr Terrier eine Wurst abrang.

«Womit wollen Sie eigentlich die Kartons zu Stumpf transportieren?» fragte Sänger, ohne sich umzudrehen.

Rose lächelte: «Na, mit meinem Auto.»

«Mit welchem Auto? Sie haben kein Auto, Herr Rose.»

Rose befand sich in einem Stadium, wo er etwas länger brauchte, bis er die Bedeutung der Sätze begriff. Aber dann hatte er verstanden. Und er wurde sehr, sehr blaß. «Nein!»

«Aber ja, Herr Rose. Oder sehen Sie sonst irgendwas in Ihrer Wohnung, das einen Wert darstellt? Ich meine natürlich einen materiellen Wert. Es kann ja sein, daß Sie mit einigen Gegenständen emotionale Erinnerungen verbinden. Das hat man ja manchmal.»

«Sie können mir nicht mein Auto wegnehmen.»

«Das werden Sie ja gleich erleben, wie gut ich das kann.»

«Sie kriegen mein Auto nicht.»

«Dann steht morgen der Gerichtsvollzieher vor Ihrer Tür. Na, ich will nicht polemisch sein. Es kann auch übermorgen werden. Und bei diesem Vertreter können Sie sich dann das ganze Gejaule sparen von wegen derzeit schlechter Geschäftslage und solche Kamellen. Der räumt hier aus, Herr Rose. Falls Sie Gebißträger sein sollten, würde ich Ihnen empfehlen, Sie bringen die Beißerchen in Sicherheit. Gerichtsvollzieher sind gründlich. Grausam, aber gründlich.»

«Sie sind ekelhaft. Sie genießen es, wenn es anderen Menschen schlechtgeht.»

«Das will ich überhört haben», sagte Sänger etwas abgelenkt und schäkerte mit der Hundebesitzerin herum. Der Terrier blieb ungewöhnlich lange in der Hocke. «Sie selbst, Herr Rose, haben sich in die Ecke hineinmanövriert, aus der ich Sie nun heraushauen muß. Habe ich Ihnen übrigens schon gesagt, daß Sie mit einem Bein im Gefängnis stehen?»

Rose setzte sich hin. Er konnte nicht mehr beurteilen, wo Sänger die Wahrheit sagte und wo er log.

«Sie haben gut reden», sagte Rose mühsam. «Sie haben das gelernt. Es gibt Schulen, wo man das lernt.»

Der Terrier kam zu Stuhle. Sänger und Frauchen wurden staunend Zeuge, wie das zarte Tier sich einen Haufen abdrückte, der im Vergleich zur Größe des Hundes grotesk überproportional wirkte. Der Terrier konnte es wohl auch nicht fassen. Immer wieder blickte er zwischen Frauchen und Haufen hin und her. Sänger drehte sich zu Rose um.

«Wenn es nicht so albern wäre, würde ich Ihnen jetzt raten, meine Frau Mutter zu befragen. Die wird Ihnen gerne bestätigen, daß ich seit der ersten Klasse Hauptschule mit einem Redetalent gesegnet bin, um das mich manch führender Politiker beneiden würde.»

«Mein Auto kriegen Sie jedenfalls nicht.»

Sänger kramte in seiner Jackentasche und murmelte:

«Wollen wir doch mal sehen.»

Er zog eine kleine Broschüre heraus.

«Die Schwacke-Liste, kennen Sie bestimmt. Das ist die Tabelle, an der man sich orientiert, was die Preise für Gebrauchtwagen betrifft. Passat, Passat, wo haben wir denn Passat ... Hier. Baujahr?»

«1980.»

«Gelten ja als robust, die Motoren. Irgendwelche Extras?»

«Radio.»

«Ich meinte echte Wertverbesserungen. Servolenkung oder ein zweiter Motor.»

«Kein zweiter Motor», erwiderte Rose muffelig. «Keine Servolenkung. Aber vier Räder hat er und noch einen richtigen Ersatzreifen und nicht diese lächerlichen Dinger, die gerade für einen Kinderroller taugen.»

«Drei fünf.»

«Was?»

«3500.»

Sänger blickte Rose an. Er lächelte nicht, aber in seinen Augen war ein spöttischer Ausdruck. Rose stellte sich ans Fenster. Aber da war kein reizendes Frauchen, kein niedliches Hundchen. Da war nur dieses imposante Cabrio, das Sänger gehörte.

«Ich fasse zusammen», ertönte es hinter Rose. «Bewundern Sie solange ruhig meinen Wagen. Da können Sie sehen, zu was man es bringen kann, wenn man immer rechtzeitig seine Schulden bezahlt. Also 1000 für die Kartons. 3500 für den Wagen. Das wäre das eine. Und nun das andere.»

«Reicht das noch nicht?» fragte Rose leise.

Sänger stellte sich neben Rose, blickte auf seinen Wagen.

«Sagen Sie, Herr Rose, wie sieht's aus? Wären Sie unter Umständen bereit, ab und zu einen Auftrag zu übernehmen? Es soll auch Ihr Schaden nicht sein. Sie könnten damit Ihre Schulden tilgen.»

«Was für ein Auftrag?»

«Das sollten Sie immer bedenken, bei allem, was Sie tun oder lassen. Sie haben bei mir Schulden, die müssen Sie zurückzahlen. Und weil ich darauf verzichte, sofort schweres Geschütz aufzufahren, sollten Sie nicht glauben, mich könnte man hinhalten. Sie sollten mir statt dessen dankbar sein. Mit mir kann man doch reden.»

«Was für einen Auftrag haben Sie für mich?»

«Wenn der Gerichtsvollzieher vor der Tür steht, macht das auch auf die Nachbarn einen denkbar schlechten Eindruck.»

«Das werden Sie nicht machen.»

«Eigentlich müßte ich auch mit Ihrem Herrn Arbeitgeber ernstlich böse werden. Immerhin hat er eine schwere Urkundenfälschung begangen. Das können Sie mir doch nicht erzählen, daß diese Klitsche da draußen 2900 Mark Gehalt für Sie abwirft. Das haben Sie wohl mit dem Umsatz verwechselt.» Sänger lachte glucksend. «Versuchen Sie Ihr Glück mit den Alarmanlagen, Herr Rose. Ich nehme den Wagen mit.»

«Jetzt gleich?»

«Glauben Sie, der wird schöner dadurch, daß er noch länger hier herumsteht? Ich komme übermorgen wieder und hole die Anlagen ab. Ist doch ein Angebot: Ich hole sie ab. Ich könnte schließlich auch verlangen, daß Sie sie mir vor die Tür stellen. In zwei Tagen unterhalten wir uns über mein Angebot. Alles paletti?»

Rose schwieg.

«Na sehen Sie. Da haben Sie sich tagelang davor gefürchtet, was für ein schlimmer Mensch Ihnen ins Haus schneien könnte. Und nun hat sich alles auf diese elegante Weise gelöst. Sie haben nicht zufällig etwas Bargeld im Haus, das Sie mir als Zeichen Ihres guten Willens ...?»

«Nein!» rief Rose. Es war nur noch nackte Verzweiflung. «Ich habe kein Bargeld. Ich habe überhaupt kein Geld. Ich habe auch kein Konto mehr.»

«Ts, ts, Herr Rose. Wir wollten doch nicht flunkern. Selbstverständlich haben Sie ein Konto.»

Rose starrte den feixenden Mann an. «Aber da ist nichts drauf. Und ich habe auch nichts in der Wohnung, das wertvoll ist. Sehen Sie sich doch um.»

«Was meinen Sie wohl, was ich getan habe, während Sie den Kaffee gekocht haben?»

Rose ging im Raum umher, wußte nicht, was er tun sollte.

«Dann haben wir's ja für heute», sagte Sänger gutgelaunt. «Sie geben mir Schlüssel und Papiere. Im Laufe des Tages wird jemand den Wagen abholen. Wir schreiben Ihnen natürlich noch einen Kaufvertrag. Das erledigen wir mit den Alarmanlagen in einem Aufwasch. Und danach unterhalten wir uns über die restlichen 34000 Mark, die Sie mir schulden. Ich versichere Ihnen: Ich hole mir das Geld. Sparen Sie sich alle Bauerntricks, mit denen Sie vielleicht gerade hinter Ihrer hohen Stirn spekulieren. Die Zeit der Trickserei ist vorbei. Jetzt wird gezahlt. Cash. Keine faulen Schecks, kein Gerede Marke ‹In zwei Tagen habe ich das Geld›. Sie werden das Geld dann haben, wenn ich es abhole. Sie haben in nächster Zeit nicht zufällig eine Urlaubsreise vor?»

«Wieso?»

«Weil ich mich dann fragen müßte, woher Sie das Geld haben, sich eine Urlaubsreise leisten zu können. Noch Fragen?»

«Eine», sagte Rose schwach. «Machen Sie das häufiger?»

«Sie meinen, säumige Schuldner aufzusuchen und mit ihnen im konstruktiven Dialog einen für beide Seiten gangbaren Ausweg aus der selbstverschuldeten Bredouille zu suchen?»

Rose nickte müde.

«Das ist mein Beruf, Herr Rose. So wie es Ihr Beruf ist, anderen Leuten Geld fürs Tanken abzunehmen. Nur, daß mein Beruf nicht so stinkt wie Ihrer. Dieses Benzin und Öl, das kriegt man doch gar nicht mehr aus den Klamotten raus.»

Sänger ging zur Tür, drehte sich noch einmal um: «Danke für den Kaffee. Er war wirklich gut. – Eins hat mich aber trotzdem gewundert.»

«Sagen Sie's schon.»

«Sie haben nicht über den Preis des Wagens gehandelt. Kleiner Rat zum Abschluß: Sie müssen kämpfen, Herr Rose. Heutzutage wird einem nichts geschenkt. Nur wer kämpft, überlebt. Empfehle mich, und über den Auftrag reden wir später.»

Rose starrte auf die Wohnungstür. Plötzlich zuckte er zusammen. Jemand hatte an die Fensterscheibe geklopft. Draußen stand Sänger, lächelte ihn an und hielt etwas in die Höhe: den Autoschlüssel und den Kfz-Schein.

«Lag in der Schublade», rief Sänger. «Nur damit Sie nicht glauben, ich hätte es vergessen.»

Er winkte Rose zu, stieg in seinen Wagen, stieg wieder aus, entfernte mit dem Fingernagel einen Fleck auf der Windschutzscheibe. Dann stieg er ein und fuhr davon.

30 Sekunden später lag Rochus Rose im Bett. Er zog die Decke bis ans Kinn und preßte die Augenlider aufeinander. Abends guckte er einmal aus dem Fenster. Der Passat war verschwunden.

«Fährt wie eine gesengte Sau», murmelte Henry Pietsch, blickte dem Passat über die Balkonbrüstung hinterher und knackte die nächste Flasche.

Die Flötentöne des Herrn Sänger . . .

... sind alles andere als Musik in Roses Ohren – der arme Kerl kann einem leid tun. Aber Bauernfänger sterben eben nicht aus und ihre Opfer offenbar auch nicht.

Geschäften, die einen besonders hohen Gewinn versprechen, ist stets mit Vorsicht zu begegnen. Es sei denn, die Sicherheit ist durch Gesetz verbrieft.

«Das liegt an diesen Anarchisten», wußte Günni Fink, der sich auf der Camping-Liege des Nachbar-Balkons räkelte.

«Wieso denn das?» fragte Pietsch verdutzt.

«Na, hier haben sie doch jetzt diese ‹30 Kilometer›-Schilder aufgestellt.»

«Ja und?»

«Da haben die Anarchisten überall eine 1 vorgeklebt», sagte Fink. Pietsch blickte den Mann auf der Liege an. Günni war klein, drahtig, bissig und ein Schluckspecht vor dem Herrn. Sein Humor war gefürchtet, und wäre Günni nicht zufällig der Nachbar von Käthe Cathomen gewesen, hätte sich Pietsch eine schönere Art vorstellen können, den Abend zu verbringen.

«Sag mal, Günni, um auf das Thema zurückzukommen ...» Pietsch kratzte die Halskrause aus Stanniolpapier von der Einbekker-Flasche.

«Da ist wirklich nie einer zu Käthe gekommen? Ich meine einer, den du vorher nie gesehen hast?»

«Eifersucht über den Tod hinaus», rief Günni meckernd.

«Keine Eifersucht. Ein Verdacht.»

«Nein», sagte Günni, «wenn ich's dir doch sage. Mal ein Vertreter, so Marke Drücker, Behindertenwerkstätten, strafentlassen und alle diese Lügen, sonst verirrt sich keiner in unser Haus.»

«Aber sie muß doch mal jemanden in die Wohnung gelassen haben?»

«Der letzte Kerl, für den sie die Tür bis an die Flurwand aufgerissen hat, das war ein alter Seemann, der unbedingt bei einer Beamtenwitwe Anker werfen mußte.»

Günnis Gelächter holte zwei Kleinkinder im Nachbarhaus aus dem Schlaf.

«Na, so eine Überraschung! Der Herr Rose!» Unternehmer Stumpf umrundete seinen Schreibtisch und schüttelte begeistert an Roses Hand herum.

«Wie gehen die Geschäfte? Haben die Vororte flächendeckend mit Ihren Anlagen verkabelt, was?» Stumpf lachte. «Den entscheidenden Schlag gegen das Einbrechertum gelandet, wie? Die nächste Statistik wird's zeigen.»

Stumpf befand sich in ausgelassener Stimmung. Wenn er Roses

steinerne Miene bemerkt haben sollte, gelang es ihm jedenfalls vorzüglich, sie zu ignorieren. Er setzte sogar noch einen drauf, indem er Rose an beiden Oberarmen packte, zweimal herzhaft zuschlug und ausrief: «Gut schauen's aus. Richtig erholt.»

Um dem Mann zu entkommen, setzte sich Rose hin. Der Unternehmer verfügte sich hinter seinen Schreibtisch, faltete die Hände, lächelte gewinnend und sagte:

«Lassen Sie mich raten: Sie sind ausverkauft. Alles schreit nach Nachschub. Aber gewiß doch, aber sofort. Wie viele Anlagen dürfen's denn sein? Ich habe in der Zwischenzeit die allerneueste Entwicklung hereinbekommen. Ich sage Ihnen ...»

Rose wollte endlich zu Wort kommen, Stumpf ließ das nicht zu.

«... die neue Generation der Alarmanlagen. Lieber Rose, nun fehlt nur noch der vollautomatische Einbrecher, dann können die Maschinen die ganze Chose unter sich abmachen. Sie brauchen am Ende nur noch die Schrauben zusammenzukehren.»

Stumpf brüllte vor Lachen, er lachte entsetzlich.

«Herr Stumpf, ich muß unbedingt ...»

In diesem Moment klingelte das Telefon. Stumpf tappte mit der Hand – blind vor lauter Lachtränen – nach dem Apparat.

«Stumpf – Alarm, wo brennt's denn?»

Während er dann zuhörte, verschwand der Schalk. Den Gesichtsausdruck kannte Rose. So hatte Stumpf damals dreingeschaut, kurz bevor er den Kaufvertrag unterschrieben hatte.

«Ja, Herr Drummer», sagte Stumpf flötend, fast schnurrend, «der Name war Drummer, nicht wahr?» Er zog Block und Kugelschreiber heran. «Das hört sich doch alles ganz so an, als ob wir zueinander kommen könnten. – Natürlich kann ich Ihnen helfen, das ist mein Beruf, meine Berufung, haha. – Sie interessieren sich auf Grund meiner Anzeige für die Vertreter-Tätigkeit im Außendienst, und ich bin im Besitz der Hardware. Harte Ware, harter Gewinn.» Stumpf ergab sich wieder einem Lachanfall, zwinkerte Rose vertraulich zu. Rose lachte nicht mit.

«Wie es in der Anzeige steht, Herr Drummer. Verdienst ausgesprochen zufriedenstellend. – Wie? Nein, nach oben gibt es keine Grenze. Freie Bahn dem Tüchtigen. Sicherheit, lassen Sie das Wort doch einmal in sich nachhallen. Wer ist denn gegen Sicherheit? Was Sie verkaufen, ist ein Produkt, das bei 99 Prozent der Bevölkerung auf Sympathie stößt. Es gibt da Untersuchungen, die bekannte

Meinungsforschungs-Institute gemacht haben. Danach liegen Sicherheit und Umweltschutz an der Spitze der Wertetabelle aller Bundesbürger über 16 Jahre. Noch vor Frieden, darauf möchte ich ganz am Rande hinweisen. Und fast 15 Prozent vor Treue. Das darf ich Ihnen von Mann zu Mann ja wohl verraten, wie? Was?»

Und los ging's mit dem Lachorkan.

«Aber lieber Mann», rief Stumpf, «können Sie mir einen Grund nennen, warum wir beide uns erst heute kennenlernen? Sie haben den Biß, ich habe die Beißerchen.» Stumpfs Wangen blähten sich bedrohlich auf, doch er hielt den Lachanfall im Zaum.

«Herr Drummer, Sie haben mich überzeugt. Morgen vormittag 10 Uhr 30, paßt Ihnen das? – Wie? – Paßt Ihnen nicht, aha. Sehen wir doch mal weiter, 17 Uhr? Ist notiert. – Ein Wahnsinnsprodukt, eine überzeugende Argumentationslinie, 2000 Mark im Monat im Schlaf, was drüber geht, liegt ganz an Ihrem Talent, was? – Ex-akt, Herr Drummer, wir verstehen uns.»

Während Stumpf weiter zuhörte, beschlich Rose das Gefühl, das Spiel schon verloren zu haben.

«Jawollja, Herr Drummer», tönte Stumpf. «Schade, daß wir mit dem Bild-Telefon noch nicht weiter sind. – Wieso? Weil in diesem Moment ein Mann vor mir sitzt, der sich vor einem halben Jahr in exakt Ihrer Situation befand. Auch er hat sich bei mir auf Grund einer Anzeige gemeldet. Auch er war anfangs skeptisch, aber auch sehr, sehr wißbegierig und ehrgeizig, genau wie Sie, Herr Drummer. Es gelang mir, den Herrn zu überzeugen. Das war ein schweres Stück Arbeit. Aber es hat sich gelohnt. In Mark und Pfennig gelohnt. – Morgen, 17 Uhr. Obwohl: Ich finde, zu dieser Zeit des Tages sollte man eigentlich schon dabei sein, den Mehrwert zu versaufen.»

Lachorkan, Verabschiedung. Stumpf warf den Hörer auf die Gabel.

«Tschuldigung, Herr Rose, aber jetzt bin ich ganz Ohr.»

Rose sagte: «Ich möchte die Alarmanlagen zurückgeben.»

Im Vorzimmer telefonierte die Sekretärin. Vor den Fenstern des Büros rangierte ein Lkw herum, sonst war es ruhig, mucksmäuschenstill.

«Sagen Sie das noch mal», sagte Stumpf.

«Ich habe 11 Anlagen in meinem ... in dem Wagen, mit dem ich hier bin. Die möchte ich zurückgeben. Was geben Sie mir dafür?»

Stumpf schien plötzlich Probleme mit der Atmung zu haben.

«Ich habe mich doch sicherlich verhört», sagte er.

Rose holte zum nächsten Satz aus, da kam ihm Stumpf zuvor. Er schoß plötzlich hinter seinem Schreibtisch hoch und schrie:

«Kommen Sie mir bloß nicht damit!»

Rose, obwohl schon eingeschüchtert, zuckte weiter zusammen.

«Nicht mit mir, Rose! Suchen Sie sich, wen Sie wollen! Ich bin leider ein bißchen zu schlau dafür. Ich kann nämlich lesen und schreiben. Pech für Sie.»

Er schnaubte, wurde etwas leiser, dafür bedrohlicher.

«Wir haben miteinander einen Vertrag geschlossen über die Abnahme von Alarmanlagen. Inhalt der Abmachung: Das Zeug geht in Ihren Besitz über. Sie bemühen sich, das Zeug zu einem Preis, der Ihnen Gewinn bringt, abzusetzen. Punktum. Ein selten klarer Vertragstext. Warum, Herr Rose, belästigen Sie mich mit solchem Ansinnen?»

«Es ist nicht möglich, diese Anlagen zu verkaufen. Sie haben mir gesagt, es wäre ein Klacks, sie zu verkaufen. Ich habe Ihnen damals geglaubt. Aber es ist völlig unmöglich. Kein Mensch will so eine Anlage haben. Deshalb habe ich Ihnen die Anlagen zurückgebracht, die ich nicht verkaufen konnte. Ich verlange nicht mehr als den Preis, den ich Ihnen damals gezahlt habe.»

Stumpfs Kopf wackelte betrübt hin und her.

«Herr Rose, Sie enttäuschen mich. Sie sind ein so aufgeweckter Mensch ...»

«... Sie sollen nicht ablenken ...»

«In dem Vertrag steht laut und deutlich, was Sache ist. Das haben Verträge so an sich, Herr Rose.»

«Kommen Sie endlich zur Sache!»

«Paragraph 3, Ziffer 2 besagt, daß die Ware mit Abschluß des Vertrages und Bezahlung der Ware durch den Vertragnehmer in den Besitz des Vertragnehmers übergeht.»

Stumpf blickte Rose nun geradezu sorgenvoll an.

«Das heißt, Herr Rose, eine Rückgabe ist ausgeschlossen. Das ist auch einsichtig, denn schließlich haben Sie für die Anlagen den Großhandelspreis bezahlt. Das war Ihr Trumpf, lieber Herr Rose. Wir haben uns seinerzeit in epischer Breite darüber unterhalten.»

Rose wollte aufbegehren, Stumpf kam ihm zuvor.

«Keine Diskussion. Ich bin sonst jederzeit offen für verbale Scharmützel, das können Sie mir glauben. Ich liebe den Disput, das flotte Hin und Her der Argumente. Aber hier geht es um Geschäfte, hier geht es um den Vorschuß, den ich, Heribert Stumpf, in das Geschäft investiere, indem ich die Anlagen, die ich ja nicht für ein Butterbrot und ein Ei eingekauft habe, Ihnen, lieber Rose, für ein Butterbrot und zwei Eier weiterveräußere, damit Sie Ihr Glück machen, das ich Ihnen natürlich von Herzen wünsche, auf das ich jedoch keinerlei Einfluß habe. Sonst könnte ich ja genausogut selber losziehen und die Anlagen verkaufen. Ich habe mich nun einmal für den Zwischenhandel entschieden, und Sie haben den Vertrag unterschrieben.»

Stumpf, der schon lange nicht mehr gelächelt hatte, blickte Rose regelrecht erschüttert an.

«Sehen Sie, lieber Rose, wenn der Sub-Unternehmer Glück hat, dann freut er sich, dann sackt er den Gewinn ein, dann ist alles easy. Wenn der Sub-Unternehmer Pech hat, dann greint er. Dann schreit er nach dem Staat oder nach dem Stumpf. Gewinne privatisieren, Verluste sozialisieren, so kann es nun wirklich nicht gehen. Wir spielen hier nicht Murmeln. Das hier ist freie Marktwirtschaft. Hier siegt man oder man verliert.»

Stumpf atmete tief durch.

«Ich bin nicht die Heilsarmee, Rose. Ich bin keine Sozialstation und kein philosophisches Atelier, das den letzten Fragen auf den Grund geht. Ich bin Geschäftsmann. Wir haben unser Geschäft miteinander gemacht. Und ich frage mich schon seit diversen Minuten: Was, lieber Rose, wollen Sie eigentlich von mir?»

Rose stand auf, Stumpfs Blick begleitete ihn hinaus.

Adler wunderte sich sehr, als Rochus Rose schon mittags den Lieferwagen zurückbrachte, den er sich am Morgen geliehen hatte.

In der Nacht stand das Wetter auf der Kippe. Eine Stunde lang sah es so aus, als ob das Gewitter im nächsten Moment losbrechen müßte. Der Donnerschlag, der die Schwüle aufreißen würde, lag in der Luft. Aber es donnerte nicht. Das Gewitter zog um die Stadt herum. Der Horizont war weißgelb vor Wetterleuchten – erst im Westen, dann im Norden. Rochus Rose stand vor den Garagen und beobachtete das Gleißen. Rose war dankbar, daß er heute nacht arbeiten konnte. Das Grübeln quälte ihn. Es quälte ihn aber nicht so sehr wie der Anblick des weißen Saab Cabrios, das – aus der Stadt kommend – auf die Tankstelle fuhr.

«Grüß Sie Gott, lieber Rose», rief Sänger.

Rose vereiste.

«Ich war zufällig in der Nähe. Da habe ich gedacht, Norbert, habe ich gedacht, nutz die Gelegenheit und statte deinem Freund Rose einen kurzen Besuch ab. Bestimmt freut er sich, dich zu sehen. Vielleicht ist er in der Zwischenzeit ja in sich gegangen.»

«Abgemacht war morgen und nicht heute abend.»

«Korrekt. Aber glauben Sie im Ernst, Stumpf hat morgen eine andere Meinung als heute?»

Rose wunderte sich schon nicht mehr, daß Sänger über seinen Besuch bei Stumpf informiert war.

«Pech für Sie», sagte Sänger gutgelaunt. «Sie müssen das positiv sehen. Kommt wenigstens Platz in Ihr vollgestelltes Wohnzimmer, wenn die Kartons weg sind.»

Roses Eis schmolz in Sekundenschnelle, kippte über in Wellen pulsierender Hitze. Sie durchschwemmte seinen Körper so machtvoll, daß er schwankte. Dieses Gefühl hatte er ein einziges Mal im Leben verspürt. Das war in der Nacht, als er losgegangen war, um die Passau-Paderborner-Versicherung für den Tod seines Vaters zu bestrafen. Die Hitzewellen stiegen in den Schädel – und dann das großkotzige Auto, der lässig hingefläzte, grinsende Sänger. Rose griff zur Zapfpistole.

«Vielen Dank», rief Sänger, «kein Bedarf.»

Dann zog er die Augen zusammen.

«Vom Affen gebissen, was?»

Er sprang aus dem Wagen, hielt ein Zellstofftaschentuch in der Hand und wischte die Stelle sauber, auf die der Schwall Benzin gespritzt war.

«Hauen Sie ab», sagte Rose.

Sänger forschte in seinem Gesicht.

«Verschwinden Sie», sagte Rose, «ich will Sie nicht mehr sehen.»

«Hören Sie mal, ich ...»

«Sie fahren jetzt, oder ...»

Benzin kleckerte über die Motorhaube. Sänger wollte dazuspringen – und lief wie gegen eine unsichtbare Wand.

«Nicht durchdrehen», sagte er leise und starrte auf das Feuerzeug in Roses Hand.

«Sie sind ja immer noch hier», sagte Rose.

«Sie bringen sich in Teufels Küche.»

Rose hielt das Feuerzeug an den Wagen. «Sie kommen mit.»

«Nehmen Sie Vernunft an, Mann. Sie sind darauf angewiesen,

mit mir zusammenzuarbeiten. Sonst sind Sie weg vom Fenster. Ich schnüre Ihnen die Luft ab, Sie kommen nie mehr auf einen grünen Zweig.»

Ein Schwall Benzin schoß über den Saab, Sänger ging zwei Schritte rückwärts.

«Die Richtung stimmt», sagte Rose.

«Gut, Rose», knurrte Sänger. «Der Klügere gibt nach. Aber damit ist die Schonzeit vorbei. Jetzt wird geholzt. Und ich weiß auch schon, wer in diesem Spiel zweiter Sieger bleibt.»

Ein Schwall Benzin, das Feuerzeug zentimeterdicht davor.

Sänger stieg in den Wagen, fuhr rasant an. Beim Zurückspringen verhedderte sich Rose im Schlauch, wäre beinahe gestürzt. Und der Himmel war schweflig gelb vor Wetterleuchten.

Henry Pietsch steuerte gleich auf den Lift zu.

«He, Sie! Das geht aber nicht. Zeigen Sie Ihren Hausausweis.»

Pietsch faßte den aufgeregt heranhumpelnden Pförtner ins Auge und hielt ihm einen Ausweis entgegen, den er sofort wieder wegsteckte.

«Unsere Ausweise sind rot», tönte der Pförtner.

«Und die Sonderausweise?» donnerte Pietsch.

«Welche Sonderausweise?»

«Mann Gottes», flüsterte Pietsch erregt, blickte sich nach rechts und nach links um und näherte sich dem Pförtner. «Wollen Sie etwa sagen, daß Sie die Rundschreiben über die Sonderausweise nicht gelesen haben?»

«Nee, jaa, also ich weiß nicht.»

«Na, sauber», empörte sich Pietsch. «Sie stehen hier an vorderster Front unseres Unternehmens und lassen den lieben Gott einen guten Mann sein.»

Pietsch faßte den irritierten Pförtner ins Auge. «Oder kennen Sie Gott auch nicht?»

«Aber klar», beeilte sich der Mann zu versichern. Er zeigte mit dem Daumen nach oben.

Pietsch nickte ernst. «Also, guter Mann, an Ihrer Stelle würde ich mich jetzt auf der Stelle unauffällig nach den Sonderausweisen erkundigen. Sonst ...»

«Mach ich sofort», haspelte der Pförtner. «Können Sie ihn mir vielleicht noch mal kurz ...»

Pietsch zog den Ausweis aus der Tasche, hielt ihn dem Pförtner sehr kurz entgegen und ging Richtung Lift. Der Pförtner wackelte in sein Kabäuschen zurück und zog den Ordner aus dem Regal, in dem alle Rundschreiben abgeheftet waren. Im gleichen Moment steckte Pietsch im Lift seinen Angelschein in die Brieftasche.

Einmal lief er falsch, eine freundliche Frau schickte ihn in ein Großraumbüro und begleitete ihn den größten Teil seines Weges. Einmal hin und einmal her, und Pietsch saß einer Anfangs-Vierzigerin gegenüber, die ein betörendes Parfum benutzte, das bei Pietsch ein Gefühl erzeugte, als wenn er ständig kurz vor dem Niesen stehen würde. Er trug sein Problem vor. Die Gegenwart einer Frau sorgte dafür, daß er sich mäßigte und nicht gleich an die Decke ging wie letzte Woche bei dem flegelhaften Bezirksvertreter.

Die Sachbearbeiterin las die Kündigung der Lebensversicherung von Käthe Cathomen, blickte dann Pietsch an.

«Lieber Herr Pietsch. Ich verstehe Sie menschlich ja so gut. Aber wir bewegen uns hier auf einem Gebiet, wo Diskretion höchstes Gut ist.»

«Kenn ich», muffelte Pietsch. «Datenschutz.»

«Jawohl, der Datenschutz. Wir haben hier keinerlei Ermessensspielraum. Die Sache ist doch so: Die Versicherung wurde abgeschlossen von Frau Cathomen. Ein Begünstigter ist – soweit es die Police ausweist – nicht eingesetzt, also auch nicht Sie. Sie hinwiederum waren mit Frau Cathomen befreundet ...»

«... mehr. Das war viel mehr. Wir waren ein Paar, ein Liebespaar. Mann und Frau.»

«Ich weiß, daß nichteheliche Lebensgemeinschaften in unserem Land keine Seltenheit sind. Und das ist ja auch alles sehr zu begrüßen und im Einzelfall ein Segen für die Beteiligten. Aber gerade bei einem Todesfall gelten natürlich andere Regeln als für Eheleute.»

«Ich will doch das Geld nicht», rief Pietsch. «Ich will nur wissen warum. Sehen Sie hier, die Schrift, das ist nicht Käthes Handschrift. Frage: Wer war das? Frage zwei: Warum kündigt sie plötzlich ihre Lebensversicherung und stirbt am gleichen Tag? Sie hat nie davon gesprochen, daß sie es vorhatte, das Kündigen. So was macht man nicht aus einer Laune heraus. Das muß Gründe haben. Wenn sie nun einer gezwungen hat ...?»

Die Sachbearbeiterin blickte ihn an. Das Lächeln lief aus ihrem Gesicht wie Wasser aus einem undichten Aquarium.

Als es klingelte, stand Rochus Rose auf der Leiter. Zwei Deckenplatten hatte er bereits angeklebt. Rose öffnete die Tür – und prallte bis an die Wand zurück. Dabei blickten die beiden Polizeibeamten nicht besonders bedrohlich drein. Schon gar nicht verbreitete der dritte Mann eine Ahnung von Unheil. Er trug noch nicht einmal eine Uniform.

«Herr Rose? Rochus Rose?»

Rose nickte.

«Ziesler, Gerichtsvollzieher. Herr Rose, ich komme mit einem Pfändungsbeschluß zu Ihnen.»

«Geben Sie her», brachte Rose noch heraus. Der Gerichtsvollzieher hielt ihm ein Schriftstück entgegen. Aber Rose war nicht in der Verfassung, Einzelheiten wahrzunehmen. Nur den imposanten Stempel, den sah er.

«Wir dürfen hereinkommen», sagte Ziesler mehr als daß er fragte.

«Warum die Polizisten?» fragte Rose.

«Oh, die sind gar nicht da», sagte Ziesler gemütlich. «Solange wir gut miteinander auskommen, sind die beiden praktisch Luft. Nur wenn wir nicht so gut miteinander auskommen, wenn es Streit geben sollte, handfesten Streit, meine ich ...»

«Sänger», stieß Rose hinaus, «er steckt dahinter.»

«Das ist der bürokratische Weg», sagte Ziesler und steckte seinen Kopf in alle Zimmer.

«Aber warum? Ich bin doch, ich meine ...»

«Herr Sänger hat uns den gutgemeinten Hinweis gegeben, daß Sie in Stress-Situationen dazu neigen, sagen wir, unkonventionelle Methoden der Gegenwehr anzuwenden. Das möchte ich mir natürlich gern ersparen. Auf mich warten zu Hause Frau und drei Kinder. Haben Sie Kinder?»

Rose räumte die Leiter zur Seite, obwohl sich mittlerweile alle daran vorbeigedrückt hatten. Er wollte so viel sagen, doch Ziesler legte eine stummachende Geschäftigkeit an den Tag.

«Ich muß Sie darüber informieren, Herr Rose, daß ich das Recht habe, Ihre Wohnung nach pfändbaren Gütern durchzusehen. Das ist Ihnen sicher auch bekannt. Ich fordere Sie daher auf, mir im Guten etwaige Wertgegenstände zu zeigen. Es würde die Atmosphäre entspannen.»

«Aber ich habe nichts», beteuerte Rose. «Ich kann Ihnen mein ... warten Sie ...» Er suchte nach dem Sparbuch, fand es nicht gleich, wurde ungeduldig, zog die Schublade weiter heraus, immer weiter, bis sie auf den Boden fiel, wo Rose unter den Augen der Polizeibeamten Strümpfe und Schals nach dem Sparbuch durchwühlte. Er schämte sich, er kam sich nackt vor. *Sie machen mit dir, was sie wollen. Und du läßt sie gewähren. Du bist schwach, du bist ein Gummimann, Wachs. Wenn dich dein Vater sehen könnte ...*

Zitternd hielt er dem Gerichtsvollzieher das Sparbuch entgegen, der nahm es ohne Aufregung und sagte, während er blätterte:

«Bleiben Sie ganz ruhig, Herr Rose. Das nimmt jetzt seinen Lauf. Und hinterher atmen wir alle tief durch. Das erleichtert. Sie dürfen sich gern einen Schnaps eingießen, wenn es Sie beruhigt. Aber bitte auch nur in diesem Fall.»

Er sah nicht, daß Rose den Kopf schüttelte. Im Hintergrund tuschelten die Polizeibeamten über die uralte Schreibmaschine und das Schild «Private Investigations» im Fenster.

«Zweihundertdreizehn Mark», murmelte Ziesler, «das macht den Kohl nicht fett. Solche geringen Summen sind nicht pfändbar.»

«Nehmen Sie nur. Ich gehe gleich zur Bank und hebe ... und dann können Sie ...»

Rose schlug beide Hände vors Gesicht und schluchzte. Ziesler verständigte sich mit den Polizisten. Einer von ihnen verschwand Richtung Küche. Wenig später bekam Rose von wildfremden Menschen in seiner eigenen Wohnung seinen eigenen Weinbrand angeboten. Er genoß das brennend-heiße Gefühl in Speiseröhre und Magen.

«Danke», krächzte er. «Nehmen Sie auch, wenn Sie mögen.»

Ziesler und die Polizeibeamten schätzten sich mit Blicken ab. Dann drehte sich Ziesler um und sagte:

«Für mich sind Sie Luft.»

Die Polizisten strahlten und gossen ein. Rose bekam auch ein Glas ab. Die Luftfeuchtigkeit stieg.

«Irgendwelche Wertgegenstände?» fragte Ziesler. «Schmuck, Bilder, Briefmarken, Antiquitäten?»

Rose schüttelte den Kopf. Ziesler durchmaß den Wohnraum, der alte Schreibtisch, der Rollschrank, die Akten waren für ihn wertlos. Sein Gesicht wurde nicht fröhlicher. Mit dem Schlafzimmer war er schnell fertig. In die Küche warf er nur einen kurzen Blick. Das gleiche wollte er mit der Abstellkammer tun, und er hatte die Tür schon fast wieder geschlossen. Aber dann öffnete er sie wieder.

«Was haben wir denn da?» fragte Ziesler hoffnungsvoll.

«Das ist nichts», sagte Rose müde. «Alarmanlagen. Mit so was habe ich früher mal gehandelt.»

«Na, das ist aber doch ein Wort.» Ziesler schnappte sich einen Karton und packte ihn im Wohnzimmer auf dem Schreibtisch aus. Er mußte die Telefonbücher zur Seite schieben.

«Was treiben Sie denn mit Telefonbüchern aus Los Angeles?» fragte er verdutzt. «Und Asunción, also wirklich.»

Rose antwortete nicht, Ziesler beäugte das Alarmgerät.

«Elf Stück sind davon da», sagte Rose. «Die wollen Sie doch nicht etwa haben? Niemand will sie haben.»

«Aber ja, aber doch», sagte Ziesler. «In der Not frißt der Teufel Fliegen. Die Geräte dürfte ich Ihnen nicht abnehmen, wenn Sie damit Ihren Lebensunterhalt bestreiten würden.»

«Schön wär's», sagte Rose und entwand den Polizeibeamten die Flasche. Falls Ziesler bemerkt haben sollte, daß sich hinter seinem Rücken ein im Zeitraffertempo ausgetragenes Besäufnis abspielte, übersah er es taktvoll.

Ziesler wies die Polizeibeamten an, die Anlagen in seinen Wagen zu tragen, was wegen der unkoordinierten Bewegungen der Beamten seine Zeit brauchte. Als Rose schon dachte, daß der Alptraum vorüber war, sagte Ziesler gemütlich:

«Und nun zum Thema.»

Rose blickte ihn entsetzt an.

«Ich habe hier eine Verdienstbescheinigung», sagte Ziesler. «Daraus geht hervor, daß Sie 2900 De Em brutto ...»

«Ach was», unterbrach ihn Rose, «das haben wir damals doch nur aufgeschrieben, damit ich was in der Hand habe, wenn ich zum Makler gehe und die Wohnung hier ... hat ja auch geklappt», fuhr er fort, als er den milden Tadel in Zieslers Gesicht sah.

«Wieviel?»

«2000», antwortete Rose schneidig und wunderte sich, wie glatt ihm in letzter Zeit die Lügen rausrutschten.

«Brutto oder netto?»

Rose hielt dem Blick stand. «Brutto.»

Ziesler machte sich Notizen.

«Wissen Sie, was eine Lohnpfändung ist?»

Dies war der Moment, in dem Rose aufhörte, die Chose länger ernst zu nehmen. Er lachte und sagte:

«Hören Sie doch auf. Es reicht. Das ist doch affig.»

«Nein, Herr Rose. Das ist nicht affig. Das ist sehr ernst. Lohnpfändung bedeutet, daß Sie Ihr Gehalt in Zukunft nicht mehr auf Ihr Konto überwiesen kriegen. Der Arbeitgeber überweist stattdessen den Betrag auf ein Konto, das ich ihm aufgeben werde. An Sie geht lediglich der Rest, der nach offiziellen Berechnungen nötig ist, um den Lebensunterhalt zu decken.»

«So ein Quatsch», kicherte Rose. «Konto. Welches Konto denn? Adler gibt mir das Geld doch immer bar auf die Hand.»

«So?» Ziesler runzelte die Stirn. «Na, dann wollen wir nur hoffen, daß Herr Adler Ordnung in seinen Büchern hält. Gut möglich, daß ihm bald eine Prüfung ins Haus steht.»

«Er heißt nicht Adler, er heißt Kühn.»

«Sagten Sie nicht? ...»

Einer der Polizisten meldete Vollzug. Alle Kartons waren eingeladen. Ziesler stand auf.

«Das wär's, Herr Rose.»

«Fertig? Ist das alles?» fragte Rose hoffnungsvoll.

«Schätze, daß sich bald wieder Herr Sänger bei Ihnen meldet.»

Rose sackte im Sessel zusammen. Im Vorbeigehen legte Ziesler eine Hand auf seine Schulter und sagte:

«Doppeltes Pech für Sie. Viel schlimmer als den Sänger hätten Sie es nicht treffen können. Na ja, vielleicht doch: Sie hätten ja auch an einen tollwütigen Haifisch geraten können.»

Ziesler lachte, aber fröhlich klang es nicht. Er hielt schon den Griff der Wohnungstür in der Hand, als das Telefon klingelte.

«Telefon», rief Ziesler und verließ mit den Polizeibeamten die Wohnung.

Rose nahm nur ab, weil er sich zu schwach fühlte, um das Klingeln zu ignorieren.

«Rose.»

«Herr Rose? Hier Erdmann. Wo bleiben Sie denn?»

«Ich glaube, ich weiß im Moment nicht ...»

«Na, Sie sind vielleicht ein Geschäftsmann. Erdmann aus Henstedt-Ulzburg. Erinnern Sie sich nicht? Der bildhübsche gelbe Klinkerbau. Die Alarmanlage. Ich bin der, der die Sache noch mal überschlafen wollte. Und ich wollte doch meinen Nachbarn fragen, ob er Interesse hat.»

«Ich erinnere mich. Und?»

«Und? Na, was wohl! Wir haben Interesse. Beide. Also setzen Sie sich in Ihr Töfftöff und vergessen Sie nicht, zwei Anlagen einzupacken ... Herr Rose? Hallo, Herr Rose! Warum sagen Sie denn nichts? Sind Sie noch da? Herr Rose! ...»

«Rrrums!»

Rochus Rose verstand gar nicht, daß es Tage gegeben hatte, an denen ihn das Türenknallen des Kinderladens zur Weißglut getrieben hatte.

«Rrrums!»

Heute morgen war er froh, daß er um sich herum Geräusche wahrnahm, die von prallem Menschenleben zeugten.

«Rrrums!»

Rose lag im Bett wie gelähmt. Er war kaum fähig, sich von einer Seite auf die andere zu drehen. *Komm hoch! Kämpfe! Du mußt Adler alarmieren. Wenn den die Steuerfahndung rankriegt, der wird nicht wieder. Du mußt ihm sagen, daß es nicht deine Schuld ist, daß alle gegen dich sind, daß du Opfer eines Komplotts ...*

«Rrrums!»

Gegen zehn quälte er sich aus dem Bett. Jeder Schritt fiel ihm schwer. Er hatte das Gefühl, 3000 Pfund zu wiegen. Er haßte das Sonnenlicht, und er konnte wieder nicht stillsitzen. *Du mußt hier raus. Das ist wie eine Gruft hier.* Und ständig klingelte das Telefon! Um 10 Uhr 48 nahm Rose ab.

«Ja?»

«Endlich aufgestanden, Sie Murmeltier? Sänger hier.»

«Sie sind ein Dreckskerl, Sänger.»

«Gut gebrüllt, Löwe», sagte Sänger mit gewohnter Munterkeit. Er besaß eine angenehme Telefonstimme.

«Haben Sie Zeit und Muße gefunden, sich mit Ihrer pekuniären Zukunft zu beschäftigen?»

«Habe ich. Ich bin pleite, wenn Sie das hören wollen.»

«Will ich eben nicht, Rose. Will ich ganz und gar nicht. Mir blutet das Herz, wenn ich von menschlichem Leid in meiner nächsten Umgebung erfahren muß – zumal in einem Fall, wo es in meiner Macht steht, in Zusammenarbeit mit dem Betroffenen etwas gegen die sich anbahnende Katastrophe zu unternehmen.»

«Mir droht keine Katastrophe. Ich bin nur pleite.»

«Sie sehen da einen Unterschied?»

«Sie nicht?»

«Wachen Sie auf! Wir leben in der Zeit nach Erfindung des Bargelds.»

«Kann mir egal sein. Ich habe kein Bargeld mehr. Oder ... warten Sie ...» Rose fischte das Hartgeld aus der rechten hinteren Hosentasche, ließ es auf den Tisch fallen.

«4 Mark 24, nein 26. Ich bin stolzer Besitzer von 4 Mark 26. Was wollen Sie eigentlich noch von mir? Ich bin ausgelutscht. Da ist nichts mehr zu holen. Sie müssen sich ein fetteres Opfer suchen.»

Die Telefon-Membran vibrierte vom gutturalen Gelächter Sängers.

«Aber Herr Rose, gönnen wir uns vielleicht gerade eine klitzekleine Depression? Herr Rose, hallo, Rose! Noch ansprechbar?»

«Wir sind fertig miteinander.»

«Aber i wo. Ich sage es in Stichworten, weil ich noch andere Telefonate zu führen habe. Erstens: Ihnen droht lebenslange Verschuldung. Ich biete Ihnen die Chance, diese Gefahr nicht nur abzubauen, sondern auf Null zu bringen. Zweitens: Ihrem Busenfreund Kühn droht ziemliches Ungemach, wenn dieser als pflichtbesessen berüchtigte Gerichtsvollzieher Ziesler die entsprechenden Bescheide behördenintern weiterleitet. Schätze, daß Kühn eine auch nur bescheidene Interessenzuwendung von seiten der Steuerbehörden nicht übersteht. Sollte dieser Fall eintreten, hat er das Ihnen zu verdanken, Rose. Und Sie können drauf wetten: Er wird erfahren, wem er die Scheiße zu verdanken hat. Er wird es innerhalb einer Viertelstunde nach Abfahrt der Steuerfahndung erfahren. Mich kostet es ein Ortsgespräch. Sie, Rose, kostet es eine Freundschaft. Drittens: Sie selbst hinterziehen Steuern durch die Zusammenarbeit mit Kühn. Viertens a: Ihr Vermieter weiß nicht, daß ihm ein Import aus Ochsenzoll in die Wohnung geschneit ist. Viertens b: Ihre Nachbarn wissen es auch nicht. Das ließe sich schnell ändern. Sie wissen ja, wie das ist mit Ochsenzoll. Die Anstalt gilt im Volksmund als Klapsmühle und Brutstätte für Neurosen, Psychosen, Tüddelei eben, wie meine Oma selig zu sagen pflegte. Ab und zu treiben Sexualverbrecher ihr Unwesen, dann beißt eine junge Frau ins Gras. Aber dafür können Sie ja nichts, Rose. Oder? Jedenfalls denken Sie dran: Gerüchte vergiften das Leben, die Nachbarschaft aber ganz gewiß. Haben Sie mich verstanden, Mann?»

«... doch.» Rose war ganz atemlos, in solchem Stakkato hatte der Mann gesprochen. «Ich habe verstanden. Sie haben so eine Art, sich unmißverständlich auszudrücken.»

«Nicht wahr? Also sperren Sie Ihre großen Ohren auf: Ich habe einen Auftrag zu vergeben. Interesse? Dann sagen Sie schnell ja. Ich biete Ihnen diese seltene Gelegenheit bereits zum zweitenmal an. Schon das ist ungewöhnlich. Ein drittes Mal ist ausgeschlossen. Na los, Mann. Machen Sie sich Feuer unterm Hintern.»

Rose mußte etwas herumfummeln, dann hatte er den Kassettenrecorder auf Aufnahme gestellt.

«Ein Angebot?»

«Rede ich so undeutlich?»

«Und damit kann ich Geld verdienen?»

«Reichlich. Treffen wir uns?»

«Geht das nicht am Telefon?»

«Nein, geht es nicht.»

«Dann bin ich nicht interessiert.»

«Sagen Sie mal, Rose, haben Sie getrunken? Was soll dieser Eiertanz? Ich kann gerne noch eine Woche warten. Dann ist der Job aber weg. Sie müssen sich Ihre werten Hände nicht schmutzig machen, falls Sie diesbezügliche Ängste hegen sollten. Sie führen einen Auftrag aus. Ist das klar? Nach Erledigung sehen wir uns wieder. Wir ziehen Bilanz, und Ihre Schuld bei mir reduziert sich um iks oder üpsilon Mark. Ist das nicht Balsam für Ihre gepeinigte Seele, Rose? Sie bewegen sich Richtung Null.»

«Sagen Sie mir, wo Sie wohnen.»

Sänger lachte herzhaft. «So weit geht die Freundschaft nun doch nicht. Ich stehe übrigens auch nicht im Telefonbuch.»

«Ist mir bekannt.»

«Sehen Sie. Und nun sperren Sie Ihre großen Ohren auf: Sie werden übermorgen um 16 Uhr in Turnhemd und Turnhose an der Krugkoppelbrücke antreten und Richtung Süden die Alster hinuntertraben. Das Weitere findet sich.»

«Was soll das?»

«Adieu, Rose. Und wenn ich Sie wäre, würde ich etwas für meine Kondition tun.»

«Was ...? Hallo? Sind Sie noch ...?»

Hajo Pillau hatte wirklich genug andere Sorgen, aber als er Rochus Rose sah, zog ganz automatisch Grinsen ins Gesicht. Adler stand schon länger in der offenen Garage und betrachtete den Mann in kurzen Turnhosen und ärmellosem Turnhemd, der zum vierzehntenmal die 20 Meter zwischen Garage und Benzinpreis-Schildern zurücklegte.

Roses Laufstil war nicht alltäglich. Es war was von Jerry Lewis dabei, aber auch von Emil Zatopek und Harald Norpoth. Dazu ein Schuß Ente Lippens, versetzt mit viel Tati und einer Sportbekleidung, die bereits vor 15 Jahren nicht mehr up to date gewesen wäre.

«Da freut sich der Arbeitgeber, wenn die Belegschaft in der Freizeit etwas für die Spannkraft tut», sagte Adler strahlend.

Hajo wischte Lachtränen ab und gackerte: «Kennst du den Witz mit dem Löwen und dem Mann, wo der Mann ...»

«... kenn ich», bremste Adler. *Ich kenne deinen Sinn für Humor, das reicht.*

Ein Pkw-Fahrer, der es ursprünglich sehr eilig gehabt hatte, verweilte staunend und hielt sich während des Lachens an der Wagentür fest. Ein Lieferwagen fuhr auf die Tankstelle. Der Fahrer kam, als er Rose laufen sah, von der Ideallinie ab und fuhr das Tankstellen-Fahrrad um. Ein allgemeines «ooh» der Enttäuschung hallte über das Gelände. Rose lief zu Adler und Hajo und stoppte dort.

«Wozu das alles?» fragte Hajo.

«Wer rastet, rostet», keuchte Rose. «Körperbewußtsein und so weiter.»

«Hat Irene dich also auch gekeilt?» Adler war beeindruckt. «Sie läßt nicht locker. Eine Frau, die weiß, was sie will.»

«Wie Doris», murmelte Hajo, dem schlagartig die gute Laune abhanden gekommen war. «Die weiß auch, was sie will: nämlich nicht mich.»

«Vielleicht bist du ihr zu unsportlich», sagte Adler. «Mußt mehr für deine Muskeln und Sehnen tun. Immer nur Bücher lesen, damit fesselst du auf Dauer keine Frau.»

«Doris schon», murmelte Hajo, «wenn's Sparbücher wären.»

«Junge, nun laß dich nicht so hängen», rief Adler. «Wie sieht's denn überhaupt aus? Langsam müßte sie den Kerl doch satt haben.»

«Doris hat einen guten Magen, der wird so schnell nichts zuviel. Bei mir hat's ja auch zwei Jahre gedauert.»

Plötzlich zuckten alle drei zusammen.

«Schönen Gruß vom Getriebe, Frau Holländer!» rief Adler dem qualmenden Kleinwagen entgegen. «Ich hab's Ihnen doch gesagt: Der Knüppel zwischen den Sitzen, den müssen Sie zwischen 20 und 140 Stundenkilometern wenigstens dreimal bewegen.»

Frau Holländer, die geborene Automatik-Fahrerin, entstieg ihrem Wagen und lachte die Mechaniker an. Es war ein von Lernzugewinn weitgehend freier Ausdruck der guten Laune. Adler ging hin, um sich die neuen Probleme anzuhören, die die gleichen Probleme wie vor vierzehn Tagen waren. Hajo wartete, bis Rose sich Gesicht, Arme und Hals mit einem Handtuch abgewischt hatte.

«Sag mal, Rochus, wir haben doch schon drüber gesprochen damals, wegen dem Sauhund.»

«Weißt du jetzt was Genaues?»

«Ich glaube, ja. – Pöseldorf.»

«Pöseldorf ist mehr als eine Straße. Das ist ein Stadtteil.»

«Aber ist doch schon ganz gut. Oder?»

«Hast du auch rausgekriegt, was der Sauhund für ein Auto fährt?»

«Hab ich nicht, nein.»

«Aussehen? Name? Beruf? Arbeitsstätte? Hobbies? Bevorzugte Kneipen?»

«Nein, nein. Das braucht seine Zeit.»

«Du scheinst ja viel Zeit zu haben.»

«Du hast es gut, Rochus, du hast keine Freundin. Du weißt nicht, wie das ist, oder? Hast du eine Freundin?»

Rose wischte sich angelegentlich sein Gesicht ab. Er konnte gar nicht mehr damit aufhören.

«Stinka!!!»

Es dauerte weniger als eine halbe Minute, bevor der Assistent seinen Kopf um die Ecke steckte. Er war damit im Rahmen seiner Möglichkeiten geblieben.

«Was ist denn?» nölte Stinka. «Ich habe zu tun.»

Kommissar Golze war empört: «Wenn ich rufe, treten Sie hier an. Das wäre ja noch schöner.»

Heimlich studierte Golze das Gesicht von Henry Pietsch. Er war begierig, darin Spuren von Beeindrucktsein zu entdecken. Die Suche war wenig ergiebig.

«Wo ist die Akte Cathomen?» bellte Golze.

«Woher soll ich das wissen?» antwortete Stinka.

Golze sah seinen Assistenten an. Und je länger er blickte, desto klarer wurde es ihm.

«Stimmt», murmelte der Kommissar, «woher sollen Sie auch irgend etwas wissen?» Er lächelte Pietsch an. «Platzen Sie doch.»

«Kann ich wieder gehen?» fragte Stinka.

«Weiß ich nicht, ob Sie das können. Das ist diese komplizierte Geschichte, bei der man immer ein Bein vors andere setzen muß. Das schaffen nur die Besten.»

Mißmutig ließ sich Golze auf seinen Stuhl fallen.

«Ja, ja», begann Pietsch, «ein Team ist immer nur so gut wie das Schlußlicht.»

«Wem sagen Sie das?» muffelte Golze.

«Haben Sie Käthe jetzt endlich obduziert?»

«Wie komme ich dazu? Bin ich Arzt? Außerdem liegt die Dame doch schon unter der Erde.»

«Nun mal ernsthaft.»

«Herr Pietsch, da liegt nichts drin. Wir können nicht in jeder Leiche herumstochern, nur weil der Ehemann scharf drauf ist.»

«Ich bin scharf auf die Wahrheit.»

«Da sind Sie hier ja genau an der richtigen Stelle», sagte Golze geschmeichelt. «Aber wir haben nicht die Spur eines Verdachts gefunden, daß der Tod etwa ...»

«Seit wann braucht ihr einen Verdacht, um tätig zu werden?»

Diesem Argument konnte sich Golze nicht zur Gänze verschließen. Aber dennoch: «Der Arzt hat einen sauberen Herzschlag festgestellt, ein Tod wie aus dem Bilderbuch. Aus heiterem Himmel im freien Fall hinein in die Grube, das wünscht sich doch jeder.»

«Es gibt Gifte», sagte Pietsch energisch.

«Stimmt.»

«Manche hinterlassen keine Spuren.»

«Stimmt leider auch. Weshalb also danach suchen?»

«Sagen Sie mal: Machen Sie gerade Dienst nach Vorschrift, oder was?»

«Gucken Sie hier.» Golze tippte auf seine Nase.

«Getroffen.»

«Was ist das hier wohl mitten in meinem Gesicht?»

«Diese Wucherung mit dem sprungschanzenähnlichen Buckel oben und diesen eklatant großen Einflugschneisen unten?»

Golze nickte. Er haßte diesen Mann.

«Bei mir sitzt da die Nase», murmelte Pietsch lustlos.

«Fünf Punkte», sagte Golze strahlend. «Dieses Organ ist bei einem normalen Zeitgenossen gerade gut genug zum Popeln, aber nicht bei mir.»

«Sie popeln nicht?»

«Bei mir, da hat die Nase noch eine andere Aufgabe. Die Nase eines Kriminalbeamten pflegt anzuschlagen, wenn er auf ein Verbrechen stößt. Ich wittere ein Verbrechen tausend Meter gegen den Wind. Und ich sage Ihnen: Ihre Lebensgefährtin ist friedlich auf die andere Seite übergewechselt. Lassen Sie sie in Frieden ruhen. Erde zu Erde, Staub zu Staub, wie der Öko-Gärtner sagt.»

Pietsch stand auf. «Und ich dachte immer, die Polizei ist dazu da, dem Bürger zu helfen.»

«Das denken viele», lachte Golze. «Manche Vorurteile kriegst du einfach nicht ausgerottet.»

Pietsch blickte in den Nebenraum. Stinka saß am Schreibtisch. Der linke Zeigefinger steckte bis zum dritten Fingerglied im Nasenloch.

In der ersten Stunde des neuen Tages bewegte sich Rochus Rose wie eine Holzpuppe. Der Muskelkater brüllte in allen Körperteilen. Natürlich wußte Rose, daß Bewegung das beste Gegenmittel ist, aber wußte es auch sein Körper? Punkt 16 Uhr stand er an der Krugkoppelbrücke und kam sich vor wie im falschen Film. Er war beileibe nicht der einzige Läufer. Aber die anderen trugen viel schickere Trainingsanzüge. Dagegen kam sich Rose vor wie ein trabender Kartoffelsack. Er blickte sich um, kein Sänger zu sehen, kein weißer Saab. Dennoch wurde Rose das Gefühl nicht los, ständig unter Beobachtung zu stehen.

Die ersten Meter waren die schlimmsten. Die Meter danach fielen ihm überraschend leicht. Von weitem sah er das Eis-Auto, Angst überfiel ihn. *Das ist eine Falle. Da warten sie.* Dann war die Irritation vorüber. *Sie wollen dir nichts tun. Sie wollen ja was von dir.*

Eine Dogge umspielte ihn mit grotesken Sprüngen. Im Hintergrund amüsierte sich das Herrchen. Auf der Liegewiese schissen zwei Windhunde um die Wette. Die Besitzer standen daneben und freuten sich. Ein Beagle scheuchte eine Entenfamilie ins Wasser, sein Frauchen strahlte. Rose hätte einen guten Eindruck vom intellektuellen Niveau der Alster-Besucher bekommen können – aber Rose mußte laufen. Als er dann merkte, daß die Spaziergänger Besseres zu tun hatten, als sich um ihn zu kümmern, fiel eine Sorge von ihm ab. Seine Milchsäure witterte Morgenluft, die Geruchswolke des Bratwurst-Standes empfand er als ungeheure Versuchung. Und dann dieser Tolpatsch, der von der Seite kam und Rose anrempelte.

«Hören Sie mal ...» rief Rose.

Im nächsten Moment blickte er verdutzt auf den Briefumschlag in seiner Hand. Als er wieder hochsah, sprintete der Mann im Trainingsanzug Richtung Innenstadt davon. Rose wußte nicht, was ihn davon abhielt, den Umschlag an Ort und Stelle zu öffnen. Er sah sich um, erkannte niemanden. Und dann ging alles sehr schnell: Mit fahrigen Bewegungen schlitzte Rose den Umschlag auf. Er ging dermaßen heftig vor, daß er den DIN-A4-Bogen einriß. Der Riß war jedoch nicht so schwerwiegend, daß er die fünf Kfz-Kennzeichen und die fünf danebenstehenden Adressen zerstört hätte. *Das ist ein Versehen. Das ist nicht die Nachricht für dich. Was sollst du ...?*

Ein scharfer Pfiff, Rose drehte sich um.

Sänger trug einen betörend eleganten Sommeranzug. Die Sonnenbrille war verspiegelt, das Winken freundlich-gewinnend.

«Ich bin nie gern gejoggt», empfing ihn Sänger. «Und wenn ich Sie so anschaue, dann weiß ich: Ich habe recht daran getan. Setzen Sie sich bloß hin, Sie fallen ja gleich vom Fleisch. Da ist ein Stuhl freigeworden.»

Rose schnappte sich einen der über die Wiese verteilt stehenden schweren weißen Holzstühle und rückte ihn neben Sänger.

«Für die schweißtreibenden Aufgaben haben Sie Ihre Hiwis, was?»

Sänger lachte überrascht: «Vorsicht, Rose. Nicht frech werden. Das ist Arbeitsteilung. Die Beine sind zum Laufen da, und der Kopf, der Kopf denkt.»

«Was soll ich mit diesem Zettel? Wollen Sie mich verulken?»

«Das besorgen Sie doch selber. Ich will etwas ganz anderes.»

Schlagartig änderte sich Sängers Stimme. Sie hatte nichts Plaudernd-Lässiges mehr. Sie war jetzt wie der ganze Mann: sehnig und gespannt. Vor ihnen auf dem Weg promenierten Tiere und Menschen. Rose brach der Schweiß aus, und Sänger begann:

«Was ich Ihnen jetzt erzähle, bleibt unter uns, das möchte ich klarstellen. Wenn Sie Dritten davon erzählen, ist damit das letzte, sowieso nicht besonders dicke Band zwischen uns zerschnitten. Dann bricht über Sie nicht nur das finanzielle Unheil herein, dagegen waren die letzten Tage ein müder Galopp. Es wäre auch sinnlos, herumzuerzählen, daß Sie das Folgende von mir gehört haben wollen. Ich müßte das mit allen Anzeichen von Empörung zurückweisen. Ich würde Sie wahrscheinlich wegen übler Nachrede, Verleumdung und Beleidigung anzeigen. Das ist das eine. Das andere ist dies: Es ist möglich, daß Ihnen das Folgende etwas ungewöhnlich erscheint. Es ist ungewöhnlich, es ist deshalb keineswegs unmöglich. Zerbrechen Sie sich nicht den Kopf über den Sinn hinter dem, was ich erzähle. Und noch einmal: Maul halten. Sonst knallt's in der guten Stube.»

«Soll ich jemanden umbringen?»

Sänger blickte Rose an, als ob er nicht alle Tassen im Schrank hätte.

«Ich bitte Sie, doch nicht ausfallend zu werden. Sie sollen Automobile geringfügig im äußeren Erscheinungsbild verändern. Um es ordinär zu sagen: Sie sollen sie ankratzen. Und das nicht bei einem Wagen, sondern bei mehreren. Bei fünf, bei den fünf auf dem Zettel.»

Sänger musterte Rose. Rose fühlte sich wie auf dem Prüfstand.

«Sie erledigen Ihre Arbeit mit Umsicht und Diskretion. Wenn Sie die Liste abgearbeitet haben, ist damit Ihre Schuld bei mir um ...» Kaum wahrnehmbares Zögern «... um 1500 Mark gesunken. Dann erhalten Sie die nächste Liste. Sie beherrschen die vier Grundrechenarten, um sich ausrechnen zu können, wann Sie bei null angelangt sein werden. Null wäre ja nicht das Ende. Null wäre der Beginn einer schönen, schuldenfreien Zeit. Die Zukunft gehört Ihnen, Rose. Sie müssen nur zupacken.»

Rose wischte sich den Schweiß ab, wendete den Zettel hin und her. Er hatte selten etwas Unwirklicheres gehört.

«Eins noch», fuhr Sänger fort. «Sie sollen nicht Tarzan spielen. Nicht wie ein Panzer über das Gefährt rüberwalzen, sondern sich auf ausgesuchte Partien konzentrieren.»

«Das, was man in Kriminalfilmen ‹einen Denkzettel verpassen› nennt?»

Sänger lächelte Rose breit an.

«Sagen wir mal so: mittelschwerer Schraubenzieher, stabiles Schuhwerk und vielleicht noch etwas, das leicht in der Hand liegt. Damit sind Sie nicht overdressed.»

«Und wenn mich die Polizei erwischt?»

«Ich kann Ihnen eine günstige Rechtschutzversicherung vermitteln. Ansonsten gilt, was ich vorhin bereits sagte: Ich weiß von nichts. Allein schon deshalb würde ich es begrüßen, wenn Sie dem Laufsport treu blieben. Eine gediegene Grundschnelligkeit ist durch nichts zu ersetzen. Denken Sie an die mangelhafte Beinarbeit von Boris Becker.»

«Ich denke, Sie kommen von einem Inkasso-Büro», sagte Rose.

«Na und?»

Sie verfolgten die Frau im kurzen Sommerkleid. Sie war so schön, daß alle Frauen, die ihr entgegenkamen, aggressive Mienen hatten.

«Warum?» fragte Rose.

«Warum was?»

«Warum soll ich Autos demolieren? Was hat das für einen Grund?»

«Einen ganz einfachen: Sie bezahlen damit Ihre Schulden. Ist das nichts?»

«Aber ich denke ...»

«Falsch, Rose. Schon wieder falsch. Ich habe es Ihnen vorhin doch erklärt. Der eine läuft, der andere denkt. Der eine schlägt zu, der andere denkt. Der Kopf, der denkt, der gehört mir. Und nun rufen mich andere Aufgaben. Gehaben Sie sich wohl.»

Sänger stand auf, eilte Richtung Parkplatz.

«Wo kann ich Sie erreichen, wenn ich Fragen habe?» rief ihm Rose hinterher.

«Sie haben keine Fragen zu haben. Ich habe soeben alle Fragen geklärt. Ansonsten werde ich mich zu melden wissen. Adieu.»

Rose verbrachte einen Abend zwischen Muskelkater und Zweifeln. Am meisten wunderte ihn dieses Gefühl der Verbundenheit mit Sänger. Dabei gab es keinen Zweifel: Der Mann war gemein und gnadenlos. Wenn er den Mund aufmachte, lag die Chance, daß eine Lüge herauskam, bei über 50 Prozent. *Aber er lügt nicht immer. Wo er dich braucht, lügt er nicht. Er will dich nicht reinlegen. Er braucht dich. Und du brauchst ihn. Du hast über 30 000 Mark Schulden.*

Das war gegen 22 Uhr. Rose war sicher, daß er Sängers Angebot annehmen würde. Die Zweifel kamen keine Stunde später. Er hatte in einer Gaststätte ein Bier getrunken und fünf Mark in den Automaten gesteckt. Nach einem Zwischenhoch bei 6,90 hatte das Gerät sein Geld zügig verhackstückt. Dann zog es ihn wieder nach draußen. Er mußte gehen, gehen, gehen. Und dann sah er sie. Sie saß auf der überdachten Terrasse des Speiselokals, und sie war nicht allein. Sie lachten und scherzten, und wann immer einer eine Hand beim Essen freikriegen konnte, legte er sie auf die Hand des anderen. Traurig strich er Frau Töpperwien von der Liste der Frauen, mit denen er sich eine gemeinsame Zukunft vorstellen konnte.

Wenn sie nicht warten kann, ist sie es nicht wert. Rose wandte sich abrupt ab. Deshalb sah er das Paar nicht, das zwei Tische neben Frau Töpperwien saß. Henry Pietsch hatte sich mächtig herausgeputzt. Dagegen wirkte die Garderobe von Lisa Kürten zurückhaltend und vornehm. In einer Frittenbude munitionierte sich Rose mit einem Sechserpack Dosenbier. Zu Hause trank er alle Dosen aus, ohne im mindesten betrunken zu werden.

Auf dem Innenhof saßen noch einige Leute zusammen. Rose löschte das Licht im Schlafzimmer und beobachtete sie. Der Grill ging langsam aus, ab und zu wurde eine Flasche in einen Kasten gestellt. Keine Musik, sie redeten und lachten leise. *Immer beherrscht, immer korrekt, auch im Vergnügen. Sauber. Ihr kotzt wahrscheinlich auch appetitlich.*

Wut sprang ihn an, mal dumpf von weither kommend, mal spitz und aggressiv. Und er mußte sich wieder bewegen. In dieser Nacht wanderte Rose kilometerweit durch seine Wohnung. Mehrere Male war er kurz davor, jemanden anzurufen, Henry Pietsch oder Adler, keinen Dritten. Nur von den beiden versprach er sich Hilfe, wenigstens theoretisch. Praktisch mußte Rose allein klarkommen. Er hatte lange gebraucht, bis er die Lektion gelernt hatte. Er stand allein gegen den Rest der Welt. Nur daß die Welt diesmal ein Gesicht besaß und einen Namen. Norbert Sänger. *Er will, daß du kriminell wirst! Kriminell! Polizei. Verhöre. Gefängnis. Da hilft kein Trick, du kannst nicht wieder verrückt werden. Polizei ist überall. Und wo sie nicht ist, ist Sänger. Du sollst Autos zerstören. Autos! Tiere, Autos, Kinder, das ist schlimmer als einfacher Totschlag. Sie werden dich einsperren, und sie werden dich nie wieder freilassen.*

Zwei Gläser Weinbrand später sah die Sache wieder ganz anders aus. *Wenn du's nicht machst, kommst du von den Schulden nicht runter. Nie. Diesen Geldberg schaufelst du durch ehrliche Arbeit nie im Leben ab. Schulden am Hals, das ist auch wie Gefängnis.* Diese Erkenntnis entschied für Rose das Problem. *Die Frage ist ja nicht: Gefängnis oder nicht, du bist bereits in einem Gefängnis. Nur ist es unsichtbar – noch. Ein halbes Jahr später wird man dir das Gefängnis am Gesicht ablesen. Jetzt kannst du dich wenigstens noch wehren.*

In dieser Nacht war es wieder besonders schlimm. Er hatte sich am Abend mit dieser Frau getroffen. Lisa Kürten war zwar ganz nett und interessierte sich für alles, was Pietsch vorhatte, aber sie war in keiner Beziehung ein Ersatz für Käthe. Henry Pietsch brauchte nur die leere zweite Betthälfte anzugucken, und ihm wurde übel vor Traurigkeit. Er mußte sich jetzt bewegen. Dann stand er vor dem Doppelbett, das er vor einem knappen Jahr gekauft hatte. «Mit 62 das erste Doppelbett», murmelte er und hielt sich am Messinggeländer des Fußteils fest. «Du bist der späteste Spätentwickler der Welt.»

Pietsch tappte barfuß in die Küche, holte die Kornflasche aus dem Kühlschrank, dann die Tasse, goß ein, hob die Tasse an den Mund – und stellte die Tasse weg. *Nicht trinken in dieser Stimmung.* Pietsch goß den Korn in die Flasche zurück, stellte sie in den Kühlschrank, setzte Wasser auf. *Fünf Milliarden Menschen gibt's auf der Welt. Und du bist einsam wie noch nie.*

Pietsch brühte Kaffee auf. Er machte ihn so stark wie damals auf See, wenn er die «Hundewache», von Mitternacht bis vier Uhr morgens, gehen mußte. Diese Nacht würde er nicht mehr schlafen. Er setzte sich an den Tisch im Wohnzimmer. *Käthe hat aus deiner Bude erst eine Wohnung gemacht.* Pietsch war seit 30 Jahren Mieter der

1½-Zimmer-Wohnung im Stadtteil Ottensen. Die Miete war läppisch, der Komfort der Wohnung auch. Er hätte sich eine bessere Wohnung leisten können – ihm hätte nur jemand erklären müssen, was er mit Luxus anfangen sollte. *Später, wenn du mal alt bist, aber doch nicht heute. Was, Käthe, wir waren gut dabei. Liebe hält jung. Und große Liebe, das ist ... wie Frischzellen.*

Pietschs Augen wurden feucht. Er stand auf, jetzt wollte er's wissen. Er holte das Foto aus dem Schrank und stellte es auf die schwarze Lackkommode mit den Reliefschnitzereien, die er 62 in Indonesien einem morphiumsüchtigen Schiffsarzt für eine Flasche Reisschnaps und ein paar Stangen Lucky Strike abgeluchst hatte. Das Foto mit dem feinen Silberrahmen zeigte Henry und Käthe vor einem Ausflugsdampfer am Bootssteg in Herrsching am Ammersee. Pietschs Augen wurden immer feuchter. Dreißig Sekunden später stand eine Tasse Korn neben ihm. Zwei halbe Tassen später fühlte er sich stark genug, die Briefe und die vier Fotoalben aus dem Schrank zu holen. Das zweite Album blätterte er zwar noch durch. Aber er sah nichts mehr. Henry Pietsch war blind vor Tränen.

«Rrrums!»

Rochus Rose schlug die Augen auf und war gelähmt. Er schloß die Augen, gab Armen und Beinen den Befehl, sich zu bewegen – nichts geschah. Er verstärkte den Befehl – brüllender Schmerz war die Antwort. Rose hatte den Muskelkater seines Lebens. *Das ist ein Zeichen. Dein Körper will nicht, daß du Unrecht tust.* Es dauerte eine Viertelstunde, dann ging es einigermaßen. Aber die Waden blieben wie Eisenmanschetten. Das Telefon. Er riß den Hörer ans Ohr.

«Ja?»

«Rochus?»

«Hajo?»

«Bist du's?»

«Was willst du denn?»

«Warum stellst du ständig Fragen?»

«Ich stelle Fragen?»

«Etwa nicht? Rochus, ich habe ihn.»

«Den Sauhund?»

«Das heißt, ich habe ihn noch nicht. Aber ich habe einiges rausgekriegt. Ich glaube, ich weiß jetzt, wo er wohnt. Magdalenenstraße. Kennst du das?»

«Pöseldorf. Teure Gegend.»

«Hätte ich mir denken können.»

«Hajo, wir reden später darüber, ja? Dann will ich sehen, was ich tun kann.»

«Wirklich? Willst du das für mich tun?»

Ich tue alles für dich, wenn es hilft, diese verdammte Telefonleitung frei zu bekommen.

«Logisch, wir müssen zusammenhalten. Oh, Hajo, da ist jemand an der Tür. Ich müßte ...»

«... Logo, Rochus. Wir sprechen uns dann spä...»

Rose drückte die Gabel herunter. Dann stand er in der Abstellkammer vor dem Werkzeugkasten. Die nackte Glühbirne beleuchtete eine magere Ausstattung. Rose war einmal besser bestückt gewesen. Doch seitdem er auf der Tankstelle arbeitete, pflegte er von dort alle Geräte mitzunehmen, die er benötigte. Abschätzend wog er den Hammer in der Hand. *Wo sollst du den verstecken? Du kannst nicht mit einem Koffer anreisen.* Die Flachzange lag gut in der Hand, war aber etwas kümmerlich. Am Ende nahm er den größeren der beiden Schraubenzieher, ging in die Küche, zog die Vorhänge zu, stellte sich breitbeinig hin, holte aus und stieß mit ausgestrecktem Arm den Schraubenzieher nach unten. Danach blickte er sich scheu um und unternahm einen zweiten Versuch. Diesmal stieß Rose einen kleinen Schrei aus. *Rochus Kung Rose von Eimsbüttel, Träger des türkisen Bademantelgürtels.* Rose zog seine Lamafell-gefütterten Winterstiefel an. Sie hatten ihm früher bei mancher Observation gute Dienste geleistet. Als er sich im Spiegel betrachtete, seufzte er und zog sie wieder aus. Solche Schuhe im Mai waren eine der sichersten Methoden, aufzufallen. Rose wählte stabile Halbschuhe. Hose, Hemd und Jacke in gedeckten Tönen. *Aber kein Schwarz. Schwarz macht blaß. Wenn sie nach dir suchen, soll die Personenbeschreibung die eines gesunden Mannes sein.* Rose spürte verärgert, wie ihm als Inbegriff eines gutaussehenden Mannes das lächelnde Gesicht Sängers erschien.

Vor dem Spiegel stehend, probierte er die Tritte. Anfangs trat er zu wie ein kleiner Junge, der den Ball mit der Pieke kickt. Dann drehte er sich um und trat mit der Hacke nach hinten aus. Zum Schluß legte er die Arbeitshandschuhe und eine Pudelmütze ohne Bommel bereit. Dann begann das Warten. Rose ließ sich innerlich leerfallen, wie der Schiffer sein Boot bei Ebbe auf Grund setzt. In ihm war jetzt kein Zweifel mehr, keine Angst. Aber auch keine Hoffnung oder Zuversicht.

«Kriiietsch!» Als der Schraubenzieher den Lack zerkratzte, fuhr es Rochus Rose durch Mark und Bein. Noch einmal zog er das Werkzeug kreuz und quer durch das Burgunderrot der Fahrertür. Dann holte er aus und stieß zu. Zischend wich die Luft aus dem Reifen. Rose eilte zum Heck, sorgte für festen Stand, holte aus und trat zu. Verblüfft drehte er sich um und betrachtete die unversehrte Heckleuchte. Er holte erneut aus, trat zu – nichts. Er setzte den Schraubenzieher an, schlug mit der Handfläche hinten drauf, und die Heckleuchte zersprang. Rose fühlte schmerzenden Druck auf der Brust. Seit dem ersten Kratzer hatte er nicht mehr geatmet. Schlagartig war die Angst da. Er sprang in die Ziersträucher hinein, rettete sich in den Schutz des Laubes. Nun ging alles zugleich los: Herzjagen, Schwitzen, Zittern, Rauschen in den Ohren, flaues Gefühl im Magen, trockenes Schlucken, Gänsehaut. Rose stand unter Schock. Dabei hatte er es an Sorgfalt nicht fehlen lassen, als er sich auf den kleinen Parkplatz hinter den zweigeschossigen Sechziger-Jahre-Häusern geschlichen hatte. Schweißtropfen liefen in Strömen über Schläfen und Nasenwurzel. Rose wischte sie nachlässig fort. Der Aufstand des Vegetativen beunruhigte ihn sehr. Rose lebte mit einer Theorie, die die physische Seite seiner Existenz zu einer Mischung aus Überraschungsei, Werwolf, Black Box und Chemiebaukasten machte. Er traute seinem Körper in Extremsituationen nicht über den Weg. *Geschafft. Nummer eins kann abgehakt werden. Jetzt schnell Nummer zwei, drei, vier, fünf.*

«Heh! Du Pisser da unten! Pack ein und verpiß dich.» Die Stimme war so nah, laut und überraschend, daß Rose vor Schreck in den Knien einknickte. «Wir können hier nicht mehr auf dem Balkon sitzen, seitdem ihr Pisser die Büsche als Klo mißbraucht.»

22 Uhr 20, eine stille Wohnstraße im Stadtteil Lokstedt. Vor den Eigenheimen parkte ein Querschnitt bundesdeutschen Autoalltags. *Ein Scorpio, das ist bitter.* Rose wollte Jammer ergreifen. *Sänger, du Schuft.* Den Honda und erst recht den aufgedonnerten GTI hatte er trotz aller Ängste immerhin noch mit Gefühlen von Desinteresse (Honda) und Schadenfreude (VW) heimgesucht. Beim Scorpio versagten diese Denkweisen. Rose riß sich zusammen, trat auf den Wagen zu, setzte den Schraubenzieher an und betrachtete das Werkzeug mit Widerwillen. Das Geräusch schnitt ihm tief in die Därme. Zweiter Ratsch, dritter Ratsch, einmal in den Reifen, zweimal in den Reifen, Ellenbogen angewinkelt, herausgestoßen, und die Windschutzscheibe zerkrümelte. In diesem Moment ertönte der aus jugendlicher Kehle kommende Schrei:

«Da! Da macht einer den Ford kaputt!»

Rose knickte wieder in den Kniekehlen ein, blickte nach rechts und links, vorne und hinten. Dann gab er Fersengeld. Von weitem sah er, wie die Jugendlichen das kaputte Auto bestaunten.

Den letzten Wagen ging er fast euphorisch an. Der Wagen stand ganz am Ende des Parkplatzes, direkt an der Grünfläche. Rose lächelte, er fühlte sich wie ein Jäger. *Schraubenzieher raus, ausgeholt und bleibende Spuren hinterlassen; zugestoßen: Pfft macht die Luft.* Und dann dachte Rose, er sähe nicht richtig: Hinter der linken hinteren Scheibe des Nachbarautos erschien das Gesicht eines Mannes. Der Mann war ungekämmt, und obwohl es dunkel war und die weit entfernten Straßenlaternen nur wenig Licht warfen, sah Rose, daß der Mann erhitzt war. Im nächsten Moment erschien neben dem Mann das Gesicht einer Frau.

«Pardon», murmelte Rose.

Der Mann blickte die Frau an, dann tauchten beide Gesichter ab. Rose machte, daß er wegkam, zündete sich in sicherer Entfernung eine Zigarette an. Er spazierte dann ohne Eile durch die Stille der Nacht. Es war Mitternacht oder wenig später. Vor den Viertelmond schoben sich ausgefranste Wolken. *Die sind jetzt fertig. Die waren jung. Da dauert es nicht so lange.* Rose kehrte zum Parkplatz zurück. Er holte schon mal den Schraubenzieher heraus. Unmittelbar hinter der Biegung des von Hecken gesäumten Weges stand er ihnen plötzlich gegenüber: das Paar aus dem Wagen. Sie starrten ihn an, aber nur, weil sie sich erschreckt hatten. Rose glaubte nicht, daß sie ihn erkannten. Er nickte dem Mann im Vorbeigehen zu, der Mann nickte zurück. Dann entfernten sie sich voneinander. Sekunden später stand Rose vor dem gesuchten Wagen, einem funkelnagelneuen BMW 324td. *Jammerschade – aber wenn es einem guten Zweck dient.*

«Kriietsch!» kratzte der Schraubenzieher durch den Lack.

«Hui-ui-ui-ui–uiuiuiuiuiui-juijuijui!» Jaulende Töne gellten über den Parkplatz. Ohrenbetäubender Lärm zerriß die Nachtruhe. Die Alarmanlage des BMW funktionierte tadellos. Rose stand starr. Im Hintergrund ertönte eine Männerstimme, Rose rannte auf die Büsche zu. Aus der einen Männerstimme wurden zwei, vier, sechs. Rose rannte, in den Ohren trommelte der Puls. Er warf sich in den Schutz der Büsche.

Nie hatte Rose ein «Rrrums!» kälter gelassen. Sie kreischten, setzten Trillerpfeifen ein, schlugen auf Trommeln, und als die entnervten Erzieherinnen den Haufen teilten und eine mit ihrer Gruppe Richtung Spielplatz aufbrach, schlugen alle sieben Kinder beim Vorbeigehen mit Fäusten gegen Roses Wohnzimmerscheiben. Das ergab 128 Schläge. Aber Rose schlief. Er war vor Erschöpfung fast ohnmächtig, träumte wie wild, wälzte sich im Bett herum. Was gestern nacht als Laken die Matratze bedeckt hatte, lag ihm jetzt wie ein Schal um den Hals. Vor dem Bett lagen die Handschuhe, lag auch der Schraubenzieher. Rose konnte sich nicht daran erinnern, ihn dort fallen gelassen zu haben. Es dauerte bis weit nach 10, bevor er wieder einen klaren Gedanken fassen konnte. Rose schlug im Telefonbuch nach. Eine Handvoll Sängers, und einer hieß Norbert. Er rief sofort an, die Hand lag über den Aufnahmetasten des Kassettenrecorders. Niemand meldete sich. Rose trank drei Tassen Kaffee, rief erneut die Nummer an und ließ sich von einem älteren Herrn Sänger erzählen, wie man sich fühlt, wenn man beim Kaffeetrinken gestört wird. Rose holte das Branchenverzeichnis und schlug unter Inkasso-Büro nach. Da gab es einen Firmennamen *Klauer*, aber keinen Sänger. Vor Nervosität begann er, auf den Nägeln herumzubeißen, da klingelte das Telefon.

«Ja? Rose.»

«Hallo Rochus, ich bin's, Hajo.»

Er ließ sich von Hajo die übliche Leier runterbeten. *Du bist ein Schlappsack. Pack die Frau doch und schüttel sie durch. Oder laß sie in den Wind schießen.* Um ihn loszuwerden, versprach Rose dann:

«Ich sehe mir das an, Hajo. Vielleicht noch heute.»

«Wahnsinn, Rochus, ganz toll. Soll ich vielleicht mit ...?»

«Nein.»

«Nicht, aha, na, dann nicht. Also, Rochus, wenn ich mal was für dich tun kann, Anruf genügt.»

Rose wartete neben dem Telefon. Er wartete stundenlang. Er wollte Vollzug melden. Wollte wissen, wie es weiterging. Er wollte irgend etwas tun, nur nicht warten. Warten war grausam. Um sich zu beschäftigen, bemühte er sich, eine der lockeren Deckenplatten anzukleben. Das dauerte keine Viertelstunde.

Als er gegen 21 Uhr mit der S-Bahn nach Billbrook zur Tankstelle fuhr, fühlte er sich zerschlagen. Die körperliche Müdigkeit war dabei noch das wenigste. Vor den Garagen stand der schwarze Transit. Adler und Hähnchen waren dabei, Möbel auszuladen.

«'n Abend, Männer», sagte Rose, «ich dachte, das Entrümpeln lohnt nicht mehr.»

«Im Gegenteil», rief Adler enthusiasmiert, «im Gegenteil. Was du hier siehst, ist das erste Ergebnis einer dramatischen Wende auf dem Gebrauchtmöbelmarkt. Ich sage nur Eiche rustikal. Denkt an meine Worte, Leute. Die Parole heißt Eiche rustikal, rosa oder türkis lakkiert. Das kommt, Leute, ich sage es euch.»

«Der Mann besitzt die Fähigkeit, sich selbst besoffen zu reden», sagte Hähnchen und schob die Schiebermütze auf den Hinterkopf. «Er wiederholt es einfach so lange, bis er es glaubt.»

«Paß auf deine Worte auf», konterte Adler. «Du setzt deinen Extra-Zehner aufs Spiel.»

Hähnchen ließ die Zunge heraushängen und machte einige schnell hintereinander herausgestoßene Atemzüge.

«Bargeld», hechelte er und wuchtete einen Sessel auf die Schulter.

Rose betrat die Werkstatt. Obwohl niemand in der Nähe war, näherte er sich betont beiläufig der Werkzeugbank, ergriff nacheinander 20 Werkzeuge, wog sie nachdenklich in der Hand und vollführte einige Schläge in der Luft. Ein Schraubenschlüssel hatte es ihm besonders angetan. Rose ließ ihn in der Hosentasche verschwinden.

Adler und Hähnchen schufteten noch eine Stunde, dann mußte Rose die Möbel ansehen, die Adler in den nächsten Tagen farbig lackieren wollte. Hähnchen hielt die Hand auf, schloß sie zufrieden um 60 Mark und trollte sich. Adler drängte Rose eine Dose Bier auf und erzählte angeregt von Frauen, Finanzen, Phantasie und der Trendwende auf dem Möbelmarkt.

«Genug palavert, Rochus. Ich lasse dich jetzt mit der Verantwortung für den Betrieb allein.»

«Und du? Richtung Bett?»

«Ach ich weiß nicht», sagte Adler, vor dem winzigen Spiegel über dem Waschbecken seinen Stoppelbart betrachtend. «Ich glaube, ich schaue noch mal in dieses oder jenes Lokal hinein. Heute ist so ein Abend, weißt du. Der will uns was sagen.»

«Dann grüß sie unbekannterweise von mir.»

Die Männer grinsten sich an.

Adler hatte Schriftverkehr auf dem Tisch liegenlassen, Rose sichtete die Akten. 20 Minuten herrschte völlige Stille, dann gaben sich gleich mehrere Kunden die Zapfpistole in die Hand. Dann war wieder Stille. Dann glitt ein weißes Cabrio auf die Tankstelle. Rose lehnte in der Tür des Kassenraums. *Du bleibst hier stehen. Wenn er was will, soll er kommen.*

«Grüß Sie, Rose», sagte Sänger strahlend. Er sah aufgekratzt aus, Rose glaubte Alkohol zu riechen.

«Gut geschlafen nach dem aufregenden Abend?»

«Danke der Nachfrage, nein.»

«Das freut mich», sagte Sänger munter. Er griff – ohne hinzusehen – nach hinten, öffnete einen Diplomatenkoffer, holte eine dünne Mappe heraus, dazu einen Füllfederhalter.

«Kommen wir zur Bescherung.» Sänger schrieb. «Sie dürfen mir dabei gern über die Schulter schauen. Ist ja Ihr Geld.»

Rose umrundete den Wagen.

«Sehen Sie hier», sagte Sänger und tippte auf die einzelnen Posten. «Gesamtschuld 38186,16, aufgerundet 38200. Ich sehe gar nicht ein, warum ich immer zu meinem Schaden abrunden soll, so viel, wie Sie mich bisher schon geärgert haben. Minus null Mark für 11 Kartons Alarmanlagen, weil die der Gerichtsvollzieher abgegriffen hat, und ich kann jetzt sehen, wann er das Geld rüberschiebt. Minus 3200 Mark für eine Rostlaube mit der Tarnbezeichnung VW Passat ... macht ...»

«Wieso 3200? Wir hatten 3500 abgemacht.»

«Ach ja? Ich entsinne mich. Also 3500, das war ein Phantasiepreis. Wenn ich 2900 für das Wägelchen kriege, mache ich drei Kreuze. 3200 ist ein fairer Kompromiß. Macht 35000, und nun ...»

«Das geht nicht», begehrte Rose auf. Er spürte, wie ihn seine mühsam durchgehaltene Souveränität verließ. «Das können Sie nicht machen. Wir hatten 3500 abgemacht, ich bin von 3500 ausgegangen.»

«Na, also nun, Rose. Diese 300 gammligen Märker machen den Kohl nicht fett. Rechnet sich runder, sehen Sie mal hier, 38200 minus 3200 macht glatte 35000. Und nun der Lohn für viel Angst. 1500, bleiben 33500 nach. Was sagen Sie nun? Ist das nicht wie Weihnachten? Sie zocken hier in Windeseile die Tausender ab, da muß eine alte Frau ein halbes Leben lang für stricken.» Sänger fischte ein Blatt Papier aus der Mappe, hielt es Rose entgegen: «Liste 2. Glückauf. Und nicht leichtsinnig werden. Denken Sie dran: Für jeden Pkw-Halter ist es das erste Mal, was Sie ihm antun.»

Rose nahm ihm den Zettel nicht ab.

«Na los», sagte Sänger ungeduldig.

«Nein», sagte Rose, «nicht noch einmal.»

Auf Sängers Gesicht malte sich Ärger ab.

«Rose, wir gehen auf Mitternacht zu. Ich habe 14 Stunden malocht. Ich möchte ins Bett. Nun nehmen Sie endlich.»

«Nein, ich nehme diesen Zettel nicht. Das eine Mal war schon einmal zuviel.»

Sänger lehnte sich über das Lenkrad, blickte in die Nacht.

«Zuerst habe ich gedacht, Sie sind ein empfindlicher Zeitgenosse. Muß es ja auch geben, habe ich gar nichts gegen. Dann habe ich den Verdacht gekriegt, daß Sie ein bißchen linkisch sind und immer um zehn Prozent überfordert. Aber das ist es wohl auch nicht. Wissen Sie, was ich glaube?»

«Na?»

«Daß Sie ein riesengroßer Idiot sind, der immer noch nicht erkannt hat, was die Glocke geschlagen hat.»

«Jedenfalls demoliere ich keine Autos mehr. Dabei bleibt's. Zwingen können Sie mich nicht, weil Sie sich dann selbst reinreiten würden.»

Während Sänger erneut im Koffer herumsuchte, sagte Rose noch einmal:

«Sie können mich nicht zwingen. Sie hängen mit drin.»

Dann starrte er auf die Bilder, die ihm Sänger entgegenhielt. Rose riß sie ihm aus der Hand, blickte alle drei Fotos immer wieder an. Aus weiter Ferne kam Sängers Stimme:

«Können Sie irgendwo auf diesen Fotos meine Wenigkeit erkennen? Doch wohl nicht. Statt dessen sehen Sie eine verdächtige Gestalt mit Mütze, Handschuhen und einem mörderischen Schraubenzieher, die dabei ist, Autos zu beschädigen. Und zwar einen Scorpio, einen Honda und einen BMW. Der BMW ist leider etwas verwackelt. Aber es war ja wohl eine entsetzliche Geräuschentwicklung.»

Rose starrte Sänger an.

«Sie ...» stieß er hervor. «... Sie ...»

«Sagen Sie's nur», forderte Sänger ihn munter auf. «Nehmen Sie jetzt endlich die verdammte Liste oder wollen wir das Palaver bis zum Morgen fortsetzen?»

Plötzlich wurden Sängers Augen groß und rund.

«Rose, Sie haben sie doch nicht mehr alle.»

«Hauen Sie ab.» Rose wog den Schraubenschlüssel in der Hand.

«Sie bluffen», knurrte Sänger.

«Kann sein. Oder auch nicht.»

«Stecken Sie das Ding ein.»

«Sie sind ja immer noch da.»

«Nehmen Sie jetzt die Liste?»

«Welche Liste? Ich sehe keine Liste.»

«Gut», sagte Sänger nüchtern, drehte den Schlüssel, legte den Gang ein:

«Wir sehen uns wieder, Rose. Die Bilder dürfen Sie behalten.»

Er fuhr davon. Rose sah ihm nach, bis der Wagen verschwunden war. Dann blickte er die Fotos an. Er war wirklich gut getroffen.

«Hallo, Rochus. O Gott, wie siehst du denn aus?»

«Tach Adler, komm rein. Wie spät ist es?»

«Halb sechs gleich, auch bekannt als 17 Uhr 30.»

Rose ging ins Wohnzimmer, wo er ins linke Fach des Schreibtischs griff und eine Flasche Bourbon zutage förderte. Er hielt Adler die Flasche entgegen.

«No alcohol before sunset», wehrte er ab.

Rose blickte aus dem Fenster.

«Da ist überhaupt keine Sonne zum Untergehen.»

«Na, wenn es so ist», entgegnete Adler, wetzte in die Küche und kam mit zwei Gläsern zurück.

«So», sagte er nach dem ersten Schluck schmatzend. «Nun erzähl. Und erzähl nicht, daß nichts ist. Guck dir dein Gesicht an. Solche Ringe unter den Augen kriegt man nicht durch ordentlich zechen. Da muß ein bißchen mehr passiert sein.»

«Quatsch», knurrte Rose, trank das Glas leer, goß sofort nach. «Ich habe nichts. Wenn ich was hätte, würde ich schon was sagen.»

Adlers Lachen war nicht übermäßig zurückhaltend.

«Was willst du eigentlich?» begehrte Rose auf. «Dir geht's doch gut. Du hast doch keinen Grund zu klagen. Dir fliegen die Frauen doch zu. Redest du doch Tag und Nacht von, wie du die Frauen aufs Kreuz schmeißt. Was willst du überhaupt? Willst du hier Sozialarbeiter spielen?»

Rose sprang auf.

«Ich bin nicht taub», sagte Adler.

Sein Blick regte Rose auf.

«Ich tu dir leid», zischte Rose. «Du denkst jetzt, ‹das ist ja der bekloppte Rochus, der vor einem Jahr in der Klapsmühle war›. Du denkst darüber nach, wie du mich am besten beruhigen kannst. Wenn du mich siehst, denkst du an kleine Kinder oder an alte, hilflose Menschen.»

Rose starrte Adler an. Dann schrie er:

«Schüttel nicht den Kopf! Ich kenn das doch. Vorne immer lächeln und Rochus hier und Rochus da, aber hintenherum immer auf der Suche nach dem nächsten Feuermelder, um die Polizei zu Hilfe zu rufen!» Rose geriet immer mehr außer sich.

«Ich will kein Mitleid!» brüllte er.

Rose ließ die Sau raus, und Adler war das Opfer – ein nichtsahnender Adler, der vorbeigekommen war, um Rose zu fragen, ob er heute abend außerplanmäßig die Nachtschicht übernehmen könnte, weil Hajo einen Depressionstiefstand erlitten und er, Adler, eine Frau kennengelernt hatte, mit der er sich unbedingt heute abend treffen mußte.

«Was ist?» fauchte Rose, als er Adlers verdattertes Gesicht sah. «Habe ich dem armen, kleinen Valentin unrecht getan? Ist Valentin jetzt beleidigt? Ist Valentin böse auf Rochus?»

Adler stand auf, Rose trat dicht vor ihn:

«Und jetzt? Jetzt willst du nach Hause, wie? Adler hat nicht sofort recht gekriegt; jetzt will Adler nach Hause. Adler ist sauer, und Rochus ist der Spielverderber. Sag doch, daß du an meinem Verstand zweifelst. Sag es doch.»

Adler, der sich immer stärker in die Defensive gedrängt fühlte, wollte zwar einerseits nicht vor Rose fliehen. Andererseits bedrängte ihn der wie in Panik vorwärtsdrängende Mann dermaßen, daß Adler unwillkürlich Abwehrhaltung einnahm. Dieser Ausdruck von Irritation bestärkte Rose in seiner wütenden Meinung, ohne Beistand auf der Welt zu sein. Rose wollte das bittere Gefühl der Einsamkeit auskosten. Dem stand Adler mit seiner linkischen Hilfsbereitschaft im Weg.

«Geh ruhig», knirschte Rose.

«Ist ja gut», entgegnete Adler. «Ich wollte ja nicht stören. Ich habe nur gedacht ...»

«Ja!?» geiferte Rose.

«Ich habe gedacht, daß du vielleicht ...»

Adler zuckte die Achseln und ging zur Tür.

«Typisch», rief Rose. «Der Herr kann mit seinen klugen Vorschlägen nicht landen. Der Herr geht.»

«Rochus Rose, du hast ein sagenhaftes Talent, jeden gegen das Schienbein zu treten, der dir helfen will.»

Adler verließ die Wohnung.

Geh doch! Hau doch ab! Ich komme sehr gut allein klar. Klugscheißer seid ihr. Große Klappe, nichts dahinter. Ich komme schon allein klar, ich brauche keine ...

Dann brach Rose zusammen. Ohne jede Vorwarnung. Als er wieder zur Besinnung kam, hatte er den Telefonhörer in der Hand.

«S-Bahn Rothenburgsort. Am Bahnsteig. Dort warten. Sofort auf den Weg machen. Ende.»

Zwei S-Bahnen kamen an und fuhren ab. Rochus Rose stand zahlreichen Menschen im Weg. Die dritte S-Bahn lief ein. Der Junge, der Rose den Umschlag mit der zweiten Liste in die Hand drückte, war keine vierzehn Jahre alt. Rose stellte ihm Fragen. Der Junge blickte ihn an. Und er schwieg.

Er verließ das Haus um 21 Uhr 45 und beschädigte im Verlauf der folgenden Tage fünf Autos.*

Zwei weitere Tage später hatte Rose Nachtschicht. Sänger rechnete in aller Eile ab, ließ Rose zusehen, wie er die Schuld von 33 500 auf 32 000 verringerte, und überreichte ihm eine weitere Liste.

«Diesmal nur vier. Freuen Sie sich. Bedeutet weniger Arbeit.»

Und als Rose tatsächlich beginnen wollte, sich zu freuen, fügte Sänger hinzu:

«Gibt natürlich auch nur 1200 dann, ist ja klar.»

Sie maßen sich mit Blicken, dann hatte Sänger gewonnen.

In den nächsten Tagen ging es Rose sehr schlecht.

Und dann stand Adler vor seiner Tür.

«Ist schon gut», sagte Rose schnell. «Ich habe gepatzt und war nicht da. Tut mir leid. Aber ich hatte Hajo angerufen, und Hajo hat zugesagt, daß er ...»

«... Stell Hajo keine komplizierteren Fragen als nach der Summe von 2 und 2», giftete Adler. Er ließ sich schwer in Roses Lieblingssessel fallen, sprang gleich wieder auf und tigerte durch den Raum.

«Natürlich hat Hajo gepatzt», rief Adler. «Ich konnte um Mitternacht zur Tankstelle fahren und für den Chaoten einspringen. Wir hatten vier Stunden Tag der offenen Türen, das muß man sich mal vorstellen.»

«Tut mir leid», sagte Rose.

Adler funkelte ihn an: «Spar dir dein Mitleid lieber für dich auf. Du wirst es gleich gebrauchen können.»

* Stimmen aus dem Volk, am Tag darauf:
Karl F. (Audi): «Was ist das für ein Land, wo man seinen Liebling noch nicht einmal nachts vor der Tür stehen lassen kann? Ein Sch...land.»
Peter H. (BMW): «Wenn die Vandalen mir wenigstens meine neue Stereoanlage gelassen hätten. Was soll ich jetzt mit der Kiste noch? Für die Reparaturkosten kann ich mir doch gleich einen neuen Wagen kaufen. Aber wer zahlt mir das?»
Bernd J. (Citroën BX): «Ich finde das gemein, ehrlich. Ich verstehe ja, wenn jemand Wut im Bauch hat, aber warum denn gerade mein Auto? Ich bin immer für ein offenes Gespräch, auch für Streit, aber bei so was fehlt mir das Verständnis, und ich frage mich als unbescholtener Bürger: Wo war sie denn, die Polizei? Unschuldige Demonstranten verhaften, das können sie. Aber die echten Randalierer, die lassen sie laufen.»
Fritz B. (Ford Granada): «Ab jetzt schlafe ich im Wagen! Und wenn ich einen von den Kerlen erwische, mach ich den platt.»
Angelika F. (Honda Civic): «Und wie komme ich jetzt zum Friseur? O Gott, ist das furchtbar, das ist ja wie im Krieg.»

Er warf Rose einen Brief entgegen. Während der noch las, redete Adler weiter:

«Bei dir war also der Gerichtsvollzieher und wollte pfänden. Er hat aber kaum was gefunden. Und jetzt findet eine Lohnpfändung statt. Ich darf in Zukunft dein Geld auf das Behörden-Konto überweisen. Toll, Rochus Rose. Du hast deine Probleme im Griff, wie? Ich lach mich tot.»

«Das ist ein Irrtum», sagte Rose.

Adler sah ihn lange an.

«Sag mal, schnallst du es wirklich nicht? Ich bin todsicher, daß das alles total seine Richtigkeit hat. Wir leben hier in Deutschland, hier hat immer alles seine Richtigkeit. Und wenn nicht, dann ist es wenigstens legal. Nun red endlich: Was hast du angestellt, daß sie dir dermaßen auf die Bude rücken?»

«Ich habe nichts Unrechtes getan.»

«Ach nee», höhnte Adler. «Rochus ist eine ehrliche Haut, der Gerichtsvollzieher ist eine ehrliche Haut. Ich selbst gelte ja bekanntlich als Erfinder der ehrlichen Haut. Mensch, die haben doch bald spitz, daß du keine 2900 bei mir verdienst. Sie werden merken, daß du bei mir steuermäßig nicht durch die Bücher läufst. In jedem Wagen, der auf die Tankstelle fährt, kann die Fahndung sitzen.»

Adler dachte nach: «Vielleicht ist das ein Zeichen. Vielleicht will mir das Schicksal einen Wink geben, daß ich mit der Tankstelle aufhören soll. Meine Zeit hat sich erfüllt. Ich bin am Ende des Weges angekommen.»

«Nun hör aber auf.»

«Sieh lieber zu, daß du deine eigenen Sachen klarkriegst. Fang gleich damit an. Und auf der Tankstelle läßt du dich vorher am besten nicht wieder sehen.»

«Bin ich entlassen?»

«Ja, warum eigentlich nicht? Warum soll ich mir nicht endlich mal eine Entlassung gönnen? Endlich mal das Arbeitgeber-Dasein genießen. Endlich mal ... ach was!»

Adler stürmte aus der Wohnung.

«Und du bist ganz sicher, daß Adler nicht zurückkommt?»

Hajo juxte sich über das besorgte Gesicht Roses, der am nächsten Tag den Kollegen um einen Gefallen bat.

«Kannst dich drauf verlassen. Adler sagt, wenn er mich ansieht, geht er immer leichten Herzens. Manchmal glaube ich, er hat was gegen mich.» Hajos Stimme bekam etwas Verschwörerisches. «Einverstanden, Rochus. Ich schweiße dir einen Wagen zusammen, und du machst dich dafür auf die Suche nach dem Sauhund.»

«Ich werde sehen, was ich machen kann. Versprechen kann ich dir nichts.»

Plötzlich kam Zwitschern aus dem Nebenraum.

«Was ist denn das?» fragte Rose verdutzt.

«Was? Ach das. Das ist ein Wellensittich.»

«Zugeflogen?»

«Henry hat ihn hier deponiert. Er sagt, er dreht ihm den Hals um, wenn er länger das Gepiepse von dem Vieh mit anhören muß.»

«Versteh ich nicht», murmelte Rose und steckte einen Finger durch die Gitterstäbe. «Henry als alter Seemann und dann ein Wellensittich, also allein schon vom na... au, du Mistvieh.»

«Der beißt jeden», sagte Hajo.

Sie gingen hinüber zur Werkstatt. Dort stand ein weißer Polo, der so jämmerlich heruntergekommen aussah, daß eine Schrottpresse die naheliegende Lösung gewesen wäre. Hajo fuhr die Schlempe auf die Hebebühne und begann zu schweißen.

«Vier Wochen muß er halten», rief Rose.

«Brauchst du ein paar zusätzliche PS?»

«Hast du welche da?»

«Muß mal gucken. Hier liegt ja alles mögliche rum.»

Rose stromerte durch die Werkstatt, öffnete den einen und anderen Karton: «Stellt ihr die vielen Rückleuchten jetzt selbst her?»

«Toll, was?» rief Hajo strahlend. «Rückleuchten gehen in letzter Zeit sehr gut. Ist vielleicht eine Epidemie, wie Grippe. Soll mir recht sein.»

Hajo schweißte. Rose sah ihm zu, kaute auf der Unterlippe. *Wer hat Sänger geschickt? Wer steckt hinter dem Kerl? Wer hat einen Vorteil von den Zerstörungen? Die Autoindustrie? Der geht es doch gut. Und was hätten die davon, wenn ein paar Kratzer auf den Wagen sind? Deshalb kauft sich doch keiner einen neuen Wagen.*

Etwas Metallenes fiel zu Boden. Hajo fluchte.

Vielleicht steckt eine Werkstatt dahinter. Aber nein: Davon kann keiner ausgehen, daß die beschädigten Wagen alle in dieselbe Werkstatt kommen. Wo ist der rote Faden? Was haben alle Wagen gemeinsam? Und woher hat

Sänger die Adressen? In diesem Moment fiel es Rose wie Schuppen von den Augen.

«Tach, kleiner Mann. Ist deine Mutti zu Hause?»

«Irene! Irene! Der komische Rochus ist da!» Till rannte den vierzehn Meter langen Flur nach hinten, wo Irenes Zimmer lagen. Rose schloß die Tür und folgte dem Kind.

«Herein.»

Rose betrat das Zimmer. Irene saß an ihrem winzigen Schreibtisch und stand sofort auf, als sie Rose sah. Sie mußte zwei Arbeiten nachholen, die sie während des Semesters wegen Faulheit und Taxifahrens nicht geschafft hatte. Irene quälte sich mit den Referaten herum und nahm jede sich bietende Abwechslung begierig an. Rose mußte sich eine Viertelstunde mit ihr unterhalten, bevor er zum Thema kommen konnte.

«Sag mal, Irene, du hast doch Kontakte.»

«Zu wem du willst.»

«Ich meine zur Taxizentrale, beziehungsweise ... wie soll ich sagen?»

«Sag's doch ganz einfach», forderte sie ihn auf, näherte sich dann vorsichtig der angelehnten Tür zum Nebenraum. Sie linste hindurch, kam auf Zehenspitzen zurück.

«Till hat eine Freundin auf dem Zimmer.»

«Wie alt ist er eigentlich?»

«Neun, wieso?»

Rose war 19 gewesen, als er die erste Frau auf dem Zimmer gehabt hatte. Sie war Ärztin gewesen und wollte nach seinem Ziegenpeter sehen.

«Ich habe da eine Nummer, ein Autokennzeichen. Und ich wüßte gern, wem der Wagen gehört.»

Irene grinste: «Hat dich wieder deine alte Leidenschaft gepackt?»

Rose lächelte.

«Geht klar», sagte Irene. Sie holte Papier und Kugelschreiber. Rose nannte die Nummer.

«Ist es eilig oder reicht dir heute abend? Ich fahre eine Nachtschicht.»

«Reicht völlig.»

«Du hast doch auch Nachtschicht heute. Ist doch dein Tag?»

«Eigentlich», sagte Rose gedehnt.

Irene stand auf, schlich wieder zur Tür. «Komm mal her.»

Rose war auf allerhand gefaßt, darauf nicht:

Till lag auf dem Teppich und studierte selbstvergessen ein Asterix-Heft. Ein gleichaltriges Mädchen saß am Schreibtisch und arbeitete verbissen. Die Zunge hing ihr etwas aus dem Mund, gerade so weit, daß es noch niedlich aussah.

«Bist du bald fertig?» knurrte Till, ohne die Augen vom Comic zu nehmen. «Ich brauche diese bekloppte Erdkunde-Zeichnung bis morgen.»

Das Mädchen hob den Kopf – und himmelte Till an.

«Aber ja, Tilli», sagte das Mädchen. «Ich tu doch alles für dich.»

«Tu es schneller», murmelte Till.

«Hier spricht der automatische Anrufbeantworter von Rochus ...»

«Rochus? Bist du da? Hier ist Hajo.»

«Hallo, Hajo. Du hast bestimmt was ungeheuer Wichtiges.»

«Du mußt sofort los», schrie Hajo ins Telefon. «Sie ist gerade abgefahren. Richtung Sauhund!»

Der Polo kam vorbildlich. Nur der Sitz war etwas hart und gewöhnungsbedürftig. Hajo hatte ein passend zugeschnittenes Holzbrett zur Stabilisierung der abhanden gekommenen Füllung der Sitzfläche verwendet. Auf dem Beifahrersitz lag Roses bewährte Ausrüstung: Kassettenrecorder, Fotoapparat, Thermosflasche, Steckschach, eine Rolle Toilettenpapier, eine Packung Bahlsen-Kekse, eine Banane und Lakritze, enorm viel Lakritze. Mit dieser Ausrüstung war Rose für 48 Stunden autark. Aber er wollte nicht im Ernst so lange an Hajos untreuer Ehefrau klebenbleiben. Rose betrachtete die Fahrt in den Stadtteil Pöseldorf als Trockenübung für die Verfolgung Sängers.

Er parkte den Wagen in einer Nebenstraße des Mittelweges gegenüber einer Flucht von drei Garagen. In der Wohnung über den Garagen hörte jemand Skifflemusik. Rose schlenderte Richtung Magdalenenstraße. Doris konnte aus Norderstedt noch nicht hier sein. Die Gegend stank nach Neureichtum. Aufdringliches Imponiergehabe hatte Marken gesetzt: dicke Autos, teuer behängte Frauen, vom Typ zwischen Boutiquenbesitzerin und Callgirl; Männer von frappierend tumbem Aussehen, vom Typ zwischen

Boutiquenbesitzer und Callboy; klotzige Hausfassaden und Geschäfte, die mit Ausnahme von Lebensmitteln ausschließlich Dinge von kompletter Sinnlosigkeit feilboten. Rose wünschte, daß Doris nicht auftauchen möge. Denn sollte sie es tun, war die Entfernung zwischen ihr und Hajo dermaßen groß, daß Rose für die beiden keine gemeinsame Zukunft sah. *Wenn er wenigstens nicht immer so schmutzige Fingernägel hätte.* Rose ging die Magdalenenstraße einmal hinauf und einmal hinunter, fand einen guten Platz in einer Hausecke, von wo aus er die gerade Straße auf fast der gesamten Länge überblicken konnte. Während er sich noch umsah, etwas abgelenkt durch eine die Straßenseite wechselnde Schönheit, ging alles sehr schnell. Der Scirocco mit der beigen Beifahrertür fuhr in die Magdalenenstraße, bog vehement nach links und verschwand in einer Tiefgarage. Ein dreigeschossiger Neubau, dessen Front mit viel Glas gestaltet worden war. Rose zögerte, dann eilte er über die Straße und durch den Vorgarten auf die Haustür zu. Drei Nachnamen, eine Firma mit drei «&» zwischen den einzelnen Namen. Zwei Kästchen neben den Klingelknöpfen waren frei. Rose blickte sich zur Straße um, dann drückte er einen der weißen Knöpfe. Die Sprechanlage blieb stumm. Er drückte den zweiten Knopf, wartete, drückte erneut.

«Jahaa», ertönte eine Frauenstimme aus dem Lautsprecher.

«Frau Pollack? Ist dort Frau Pollack?»

«Was?»

«Wer ist denn da?»

Aus dem Lautsprecher kamen Geräusche, wie wenn sich zwei Menschen miteinander unterhielten, dann ein Knacken, der Lautsprecher war stumm, blieb stumm.

«Tachchen, ihr Räuber und Beutelschneider», rief Irene beim Betreten der Funkleitzentrale ihres Taxiunternehmens. «Ist er schon da?»

«Meinst du, man würde ihn bemerken, wenn er den Raum betritt?» fragte Erna Tuth, 62, die Chefin.

Erna besaß einen rabenschwarzen Mutterwitz, an dem man sich Hände und Füße wärmen konnte. Irene mochte die Witwe gern. Das beruhte bei Erna auf Gegenseitigkeit. In den folgenden Minuten trudelten immer mehr Fahrerinnen und Fahrer ein. Die Kaffeemaschine brodelte, binnen drei Minuten hing meterdick Zigarettenrauch unter der Decke. Er blieb dort auch hängen, denn Erna Tuth haßte Zugluft. Mit ihrer dank jahrelanger Funkdurchsagen abgenutzten Stimme erzählte sie einige stramm-männerfeindliche Witze, die empfindlichen Gemütern den Magen umgedreht hätten. Aber man war ja unter sich.

Plötzlich knallte es vor der geschlossenen Tür, dann wurde die Tür geöffnet. «Alles easy», stieß Kommissar Achim Golze mühsam hervor und humpelte zu dem separaten Tisch. Niemand wußte, wo er gegengestoßen war. Draußen stand nichts, wogegen man stoßen konnte.

«Hallo, Leute», sagte Golze. Angesichts der vielen Lederjacken glaubte er sich eine legere Anrede gestatten zu können. Er selbst trug eine todschicke Kombination aus weiter Baumwollhose, einem alten Hemd aus Bundesgrenzschutz-Beständen und einer leichten Jacke, die aus den Beständen einer Razzia im Freihafen stammte, in deren Verlauf sich mancher Beamte auf Jahre hinaus kleidungsmäßig verproviantiert hatte.

«Setzen!» sagte Golze in einem Tonfall, den er für neckisch hielt. Der Tonfall fiel aus wie Golzes Resultat bei der jährlichen Schießübung: Knapp daneben ist auch vorbei. Golze hustete und blickte begehrlich auf die Fenster. Als Irene noch neu in der Firma gewesen war, hatte sie sich einmal dazu hinreißen lassen, den Gestank durch Öffnen eines Fensters hinauszulassen. Die Chefin hatte ihr in den Tagen danach ausschließlich Himmelfahrtskommandos gegeben. Irene war gar nicht mehr vom Kiez heruntergekommen.

«Also Leute», tönte Golze, «Thema ist ja klar. Ab 1. Oktober gibt es auf besonderen Wunsch einzelner Damen das Nacht-Taxi. Ab 22 Uhr 30 übernehmen Taxis den Abtransport der holden Weiblichkeit zum Sozialtarif. Das will organisiert sein, das wirft Sicherheitsprobleme auf. Was tun bei Malesche mit der Sicherheit? Richtig, da rufen wir die Polizei respektive Kommissar Golze. Ich darf mich vorstellen: Vereidigter Sicherheitsberater der Kriminalpolizei.»

Ein, zwei Fahrer pfiffen anerkennend, Golze konnte vor Rührung nicht weitersprechen.

«Danke, danke, oh, vielen Dank, das ist sehr nett, also wirklich, ich bin gerührt. Danke, aber hören Sie doch erst mal weiter zu ...»

Und genau in dieser Sekunde entdeckte Golze Irene. Die Folge war ein völliger Verfall seiner Gesichtsmuskulatur. Als er die herbe

Brünette zuletzt gesehen hatte, war er ja noch lumpiger Kriminalassistent gewesen. Nach dem zwischenzeitlich eingetretenen Karriereschritt war aus Golze ein anderer Mensch geworden. Seine Umwelt staunte jeden Tag aufs neue über die souveräne Art des Hüters von Recht und Ordnung. Golze hatte im Gefolge seiner Beförderung speziell seine Beziehung zu Frauen geradezu dramatisch forciert. So verkehrte er zeitweise mit nicht weniger als zwei Brieffreundinnen gleichzeitig. Und jetzt dies! Irene! Die Frau, in die er sich vor einem Jahr verknallt hatte! Golze hörte die Glocken klingen. *Das ist deine große Chance, Achim. Vielleicht siehst du sie nie wieder. Greif zu, zeig dich von deiner besten Seite. Mach sie blind vor Liebe. Treib sie zur Raserei. Zeig's ihr, Achim.*

«Heda, Meister», rief einer der männlichen Fahrer. «Wir warten auf den Vortrag.»

«Vortrag», stammelte Golze, als ob er das Wort zum erstenmal in seinem Leben hörte. «Vortrag. Aha, aja, natürlich, sofort.»

Er kam mit den Augen nicht von Irene los. Sie hatte ihn mittlerweile auch erkannt. *Ach du Scheiße, der Gendarm. Dir bleibt auch nichts erspart. Dieses Trampeltier. Wie hat der es überhaupt geschafft, das letzte Jahr zu überleben? Muß mächtige Verbündete besitzen, die ihn decken, die für ihn Brötchen holen gehen und ihm die Schnürsenkel zubinden. Und wie er dich schon wieder anglotzt! Als wenn er nicht alle Tassen im Schrank hat.*

«Vortrag», wiederholte Golze. Verzweifelt versuchte er sich zu erinnern, was er hier eigentlich wollte. *Da war doch was, da war doch was* ... Er fiel ihm dann wieder ein, der Auftrag. Golze haspelte seine Vorstellungen von Sicherheit und Bewaffnung der Taxifahrer zum Schutz der weiblichen Fahrgäste herunter. Seine Ausführungen gipfelten in dem Vorschlag, in den Kofferraum der Taxis einen Wasserbehälter einzubauen und einen Schlauch vom Kofferraum über den Boden des Innenraums bis zum Fahrersitz zu führen, damit der Fahrer im Falle von Belästigungen sofort mit einer scharfen Fontäne von mehr als 1,5 atü zur Stelle sein konnte. Während sich die Fahrer noch fassungslos anguckten, kürzte Golze seinen Vortrag ab, weil er endlich mit Irene ins Gespräch kommen wollte. Er blickte dramatisch auf seine großkotzige Armbanduhr und sagte:

«Termine, Termine, die Sicherheit ist überall akut bedroht. Ich muß für heute Schluß ... nächste Woche weiter ... Termin macht mein Büro ab, wenden Sie sich vertrauensvoll an den Kriminalassistenten Stinka. Sprechen Sie laut, deutlich und langsam, dann versteht er Sie auch.» Golze lachte und stürzte auf Irene los.

«Ja Irene», rief er und wurde von einer vollständigen Sprechhemmung befallen. Er wollte so viel gleichzeitig sagen, daß am Ende nichts aus dem Mund herauskam. Statt dessen himmelte er sie mit seinen verwässerten Augen an, und Irene hatte auch schon bekömmlichere Duftwässer gerochen. Sie spürte, wie knapp 20 Augenpaare sie und den Vortragskünstler diskret beobachteten.

«Schön, dich zu sehen. Ehrlich, nein wirklich. Toll, ich habe mir das so gewünscht, ehrlich du, in echt, manchmal habe ich tagsüber wachgelegen und habe gedacht: Die müßtest du jetzt mal ... also wenn du die jetzt ... das wäre was, mit der jetzt ... habe ich gedacht, wirklich, ich schwöre, hier guck, ich schwöre.»

Ehe sie ihn daran hindern konnte, hatte er schon geschworen.

«Du bist ja nun Kommissar geworden», sagte Irene.

Golze verging vor Seligkeit.

«Du hast es gemerkt, ja? Du hast es sofort mitgekriegt. Es war das erste, was du mitgekriegt hast. Hach ja, das ist nur zu verständlich. Kommissar Joachim Golze, Freunde dürfen mich Kommissar Achim nennen. Gute Freunde dürfen noch mehr, doch ein erfolgreicher Mann hat ja keine Freunde mehr.»

«Aber Frauen», warf Irene ein. «Die müssen dich doch jetzt umschwärmen wie Fliegen den Scheißhaufen. All die Sachbearbeiterinnen und Stenotypistinnen.»

«Na ja, na ja», entgegnete Golze kokett. «Das bleibt nicht aus. Da kommt schon manche Versuchung auf mich zu.»

«Nicht wahr», hauchte Irene.

Langsam begann ihr die Sache Spaß zu machen. Im Hintergrund verließen die Kollegen den Raum.

«Aber ein Mann hat einen Kopf», behauptete Golze, der es besser hätte wissen müssen. «Ein Mann kann sich beherrschen.»

«Ach ja? Und du?»

«Ich kann mich auch beherrschen. Es muß nur die richtige Frau kommen, dann ist es natürlich vorbei. Dann fliegen mir die Sicherungen raus, dann ist bei Achim Karneval, dann krachen die Hosennähte, wenn du weißt, was ich meine.»

Irene machte eine Handbewegung, aus der Golze schloß, daß sie wußte, was er meinte.

«Und ich?» fragte Irene mit dieser Säusel-Stimme, die jeden Mann beim erstenmal in die Hochpubertät zurückkatapultierte.

«Ach du», sagte Golze mit brüchiger Stimme. «Du ...»

Da fiel Irene etwas ein:

«Sag mal, Achim ...»

Golze brach in den Knien ein, suchte Halt an einem Tisch. Noch nie hatte sie ihn mit seinem Vornamen angeredet.

«Ich geniere mich ja etwas», sagte Irene, «aber es ist so: Ich habe da ein Problem.»

Golze war entzückt: «Aber das ist ja ganz phantastisch. Dafür bin ich doch da. Ich meine, dafür sind wir doch da, die Polizei.»

«Um Probleme zu machen?»

«Wir können alles.»

«Würdest du für mich den Besitzer eines Autos rauskriegen?»

Die Banalität des Wunsches holte Golze aus den oberen Luftschichten auf die Erde zurück.

«Sonst nichts? Nur einen popeligen Autobesitzer? Hast du sonst keinen Wunsch? Ich kann doch viel mehr.»

«Was kannst du denn sonst noch?»

«Ich kann das Formular 937C in Windeseile ausfüllen. Ich hänge Stinka dabei um 14 Sekunden ab. Ich weiß vier Durchwahlnummern auswendig. Stinka weiß nur zwei.»

«Und sonst? Bist du stark?»

Er winkelte den rechten Arm an und nötigte Irene, auf die Oberarmmuskulatur zu pieken.

«Na?» fragte Golze. «Was sagst du nun?»

Irene fiel zu dem Mückenstich so schnell nichts ein.

«So reagieren alle», sagte Golze schmunzelnd. «Ich kann dir Fotos zeigen von Galgenvögeln, die mir vor die Rechte geraten sind, wenn mich heiliger Zorn übermannte. Da hat sich schon mancher gewünscht, er wäre nie geboren worden. Seitdem ich bei der Truppe bin, haben sie alle Bluthunde abgeschafft.»

«Sag bloß.»

«Ja, ja. Das ist von wegen der Abschreckung. Aber ich sage immer: Was brauchen wir Abschreckung, wo wir doch mich haben?»

«Was ist denn nun mit dem Autokennzeichen? Kannst du da was für mich tun?»

Golze blies sich auf. «Pah. Her damit. Das Ding ist in fünf Minuten gegessen.» Er witterte seine Chance: «Wo kann ich dich heute nachmittag erreichen? Oder heute abend?»

Irene seufzte. Golze wirkte auf sie wie die Zahnspange auf Till.

Ab 18 Uhr ging sie nicht mehr ans Telefon und verbot es auch Till. Leider war Maria mit ihrem Geliebten in Schleswig-Holstein unterwegs, Resthöfe angucken; Frank hatte sich beim Repetitor eingemietet, um endlich die Prüfung zu packen; und Max war sonstwo. Irene schloß die Tür, wickelte das Halstuch um die Muschel.

«Bei Lachmund. Echternach am Apparat.»

Den Namen Echternach wählte sie stets dann, wenn sie am Telefon lügen mußte. Sie stellte sich dann immer einen unbekannten, aber durch seine physiognomische Schrägheit einzigartigen bürgerlichen Politiker vor. Irene hatte mal einen Freund gehabt, der zum Schutz vor vorzeitigem Samenerguß beim Geschlechtsverkehr stets eine von Alkohol zerfressene Leber imaginierte, oder Echternach.

«Ist Irene nicht da?»

«Frau Lachmund ist zur Zeit aushäusig.»

«Äh ja, es ist so, ich habe da eine Information für Frau Lachmund ...»

«Sprechen Sie, ich notiere.»

«Wann kommt Frau Lachmund denn wieder?»

«Das kann dauern. Sie guckt Männer aus.»

«Sie tut was?»

«Sie guckt Männer aus.»

«Macht sie das häufiger?»

«Selten. Sie hat jedoch heute einen sympathischen jungen Spitzenbeamten getroffen. Jetzt ist sie auf die Piste, will verifizieren, ob es davon mehr gibt. Frau Lachmund ist äußerst beunruhigt.»

«Ich nenne jetzt die erwünschte Auskunft.»

«Sprechen Sie, ich notiere.»

«Das kann nicht sein», war Rochus Roses erste Reaktion.

«Wenn ich dir's doch sage», sagte Irene.

«Der Besitzer des Saab Cabrio ist die Passau Paderborner-Versicherung?»

«Ja doch.»
«Und dein Informant ist zuverlässig?»
«Was Kfz-Zeichen betrifft, ja.»
«Danke», sagte Rose abwesend und legte auf.
«Idiot undankbarer», murmelte Irene.

«Passau Paderborner, guten Tag.»
«Könnte ich bitte Herrn Sänger sprechen? Norbert Sänger?»
«In welcher Abteilung arbeitet Herr Sänger?»
«Schadensabteilung. Oder nein: Ich weiß nicht.»
«Warten Sie bitte.»
Rose wartete.
«Sänger sagten Sie?»
«Norbert Sänger, jawohl.»
«Bei uns arbeitet kein Sänger.»
«Vielleicht heißt er nicht Norbert.»
«In unserem Hause gibt es überhaupt keinen Sänger. Kann ich Sie mit jemand anders verbinden?»
«Nein danke. Auf Wiederhören.»
Rose legte auf, steckte sich einen Zahnstocher in den Mundwinkel, kaute nachdenklich auf dem Holz herum.

Die nächste Liste hatte wieder fünf Nummern. Sie lag eines Nachmittags im Briefkasten.
Ein Toyota in einem Carport. «Kriiietsch!»
Stiche in beide linke Reifen, Rücklichter kaputt, ein Scheinwerfer – weil Rose gerade so günstig stand – auch kaputt. Niemand hatte ihn bemerkt, und Rose wollte sich unauffällig entfernen, als ihm der Streifenwagen entgegenkam. Er fuhr sehr langsam, fast im Schrittempo. Rose riß sich zusammen – und verlor den Schraubenzieher. Anstatt ihn beiläufig aufzuheben, blickte sich Rose wie ertappt um, starrte die Polizisten an, raffte das Werkzeug an sich und machte sich mit dieser Mittelfluchtgeschwindigkeit aus dem Staub, die den Ordnungshüter anlockt wie die Hündin den Rüden.
«Heh, Sie da vorne mit dem komischen Mantel!»
Die Stimme klang nicht unfreundlich, Rose begann sofort zu

sprinten. Er wetzte die Straße entlang, hinter ihm erklangen die Eisenplättchen-Halbschuhe des Polizeibeamten.

«Anhalten! Halt an, du Lump! Ich krieg dich doch!»

«Wüßte nicht, warum», keuchte Rose und rannte. Mit jeder Sekunde, in der er nicht den Griff der Ordnungsmacht um seinen Hals spürte, schossen mehr Kraft und Ausdauer in seinen Körper. *Du schaffst es! Du schaffst es! Du mußt nur einfach immer weiterlaufen.* Rose ballte die Hände zu Fäusten und lief.

«Halt endlich an!» keuchte der Polizist hinter ihm. «Das gibt mildernde Umstände! Ich sag vor Gericht aus! Anhalten! Halt endlich an. Mir tut schon alles weh.»

Rose bog in die Tordurchfahrt ein, sah Schuppen und Zaun auf sich zukommen, sprang ab, hatte beide Arme überm Zaun, zog, schwang ein Bein über den Zaun, das zweite und am Ende auch sein Hinterteil. Rose ließ sich fallen. Er kauerte in einem Hinterhof. Zwischen sich und den angeregt plaudernden Menschen um den gemauerten Grill stand eine Reihe übermannshoher Büsche, die Rose vollkommenen Schutz boten. Aus dem Radiorecorder rieselte Musik von Theodorakis in Leib und Seele des Nachbarschafts-Kollektivs. Rose lauschte erregt auf Unheil androhende Geräusche hinter sich. Es blieb ruhig. Jetzt erst begann er zu schwitzen. Bis jetzt war Roses Haut heiß und trocken gewesen. Nach einer halben Minute schwamm sie in Schweiß. Er ließ sich abwärts gleiten, bis er auf den Hacken hockte. *Das hältst du nicht aus. Gib auf. Geh zur Polizei. Geh nach Ochsenzoll. Geh fort von hier.* Schlagartig wurde er müde. Die Grillrunde löste sich langsam auf. Zum Schluß saßen nur noch zwei Schatten vor der immer dunkler werdenden Glut. Sie hatten Besseres zu tun, als auf die Gestalt zu achten, die sich aus der Nacht löste, keine zwei Meter neben ihnen das Treppenhaus betrat und auf die Straße schlich.

«Guten Tag. Hier spricht der automa...»

«Rochus? Rochus, bist du da?»

«Ja, Hajo, ich bin da. Was ist denn?»

«Hast du sie erwischt? In flagellanti oder wie das heißt? Hat sie was mit dem Sauhund? Sieht er besser aus als ich? Nun red endlich. Ich halt das nicht mehr aus, diese Ungewißheit.»

Schlagartig schmeckte Rose das Frühstück nicht mehr.

«Also Hajo, ich war da, wo du die Wohnung vermutest.»

«Und? Sag schon. Du brauchst mich nicht zu schonen. Ich kann die Wahrheit vertragen.»

«Sie war da. Um genau zu sein, der Wagen war da. Dunkelgrüner Scirocco mit beiger Beifahrertür. Aber ich konnte nicht erkennen, wer am Steuer saß.»

«Ist ja wohl kaum anzunehmen, daß sie den Wagen unterwegs einer Freundin leiht, oder?»

«Nein, das wäre ungewöhnlich. Der Scirocco fuhr in eine Tiefgarage. Sehr vornehme Umgebung. Da wohnt Geld.»

«Und der Kerl? Wie sieht der Kerl aus?»

«Tut mir leid. Ich habe nicht gesehen, in welche Wohnung sie gegangen ist.»

«Sind denn nirgendwo die Vorhänge zugezogen worden?»

«Wieso das denn?»

«Na, weil sie doch auf der Stelle, weil Doris und der Saukerl doch bestimmt gleich ...»

«Aber Hajo, tu dir doch nicht weh. Wir wissen doch nichts Genaues.»

«Mir reicht's.»

Rose konnte ihm nicht widersprechen.

«Wenn man sie braucht, sind sie nicht da!» Henry Pietsch wühlte die Schublade zum drittenmal durch. Keiner der Bleistifte oder Kugelschreiber, die er in die Hand nahm, funktionierte. Als er schon aufgeben wollte, entdeckte er in seiner kleinen Werkzeugkiste noch den Stummel eines Zimmermannsstiftes. Grimmig setzte sich Pietsch an den Küchentisch, legte den Block mit dem Karopapier zurecht und schrieb einen Brief, den er schon lange schreiben wollte:

Sehr geehrter Herr Kommissar Golze!

Kennen Sie eigentlich ‹Das Auge des Gesetzes› von Frank Arnau oder ‹Das Jahrhundert der Detektive› von Jürgen Thorwald? Bestimmt nicht, denn dann würden Sie ja wissen, was Daktyloskopie ist, oder Stimmoskopie. Die Welt wimmelt von Giften, die nach nichts riechen: Arsen, Zyankali. Meine liebe tote Käthe steckt voller Spuren, die Sie versäumt haben zu untersuchen! Was ist mit den

Pupillen, Haaren, Mageninhalt, Hautfarbe, haben Sie das untersucht? Wie ich Ihre Beamtenseele kenne, nicht.

Sie sind dafür verantwortlich, daß der Mörder weiter unbehelligt sein Unwesen treiben kann. Damit Sie wenigstens für die Zukunft daraus lernen, schenke ich Ihnen die erwähnten Taschenbücher.

Vielleicht lesen Sie sie Ihrem popelnden Assistenten vor. Von mir haben Sie nichts mehr zu erwarten. Und wenn eines Tages die Wahrheit herauskommt, dann trotz Ihnen und nicht wegen, wie es sich gehören würde.

Hochachtungsvoll
Henry Pietsch (Steuerzahler)

«Tachchen, Rose. Ich darf doch sicher hereinkommen?»

Rose riß die Wohnungstür auf und machte eine einladende Armbewegung.

«Da hängt eine Fliese runter», sagte Sänger und ging weiter ins Wohnzimmer.

Rose folgte ihm. Sänger sah frisch und saftig aus.

«Was grinsen Sie denn so?» fragte Sänger.

«Es ist nichts», entgegnete Rose. «Ich habe Sie nur gerade so ansehen müssen.»

«Ja? Und? Warum grinsen Sie dabei so? Warum verfallen Sie dabei nicht in andächtiges Staunen?»

Sänger ließ seine Aggressivität in ein versöhnliches Lächeln münden.

«Ich sehe, daß Sie mir auch heute wieder keinen Kaffee anbieten. Ich komme also gleich zum Geschäftlichen.» Sänger griff in die Innentasche seines feinen Jacketts. «Finde ich übrigens ausgesprochen schofel, Ihren Kaffee-Geiz, wollte ich nur mal nebenbei sagen.»

Er lächelte, es ging Rose durch Mark und Bein. Sänger ließ einen Zettel auf den Schreibtisch segeln. Rose wunderte sich, daß der Zettel auf dem Tisch landete. Er nahm das Papier. Fünf neue Autos.

«Wir waren bei 32000 Emmchen», sagte Sänger. «Vier Wagen behandelt macht 1200 minus, bleiben 30800. Na, Rose, ist das nicht ein gutes Gefühl, wenn man mit so einem bißchen Arbeit seine Schulden schwinden sieht?»

«Sie werden sich noch wundern.»

«Aber hallo», sagte Sänger. «Üben wir abends vor dem Zubettgehen den Aufstand? Sind wir dann ein klitzekleines bißchen frech gegen den lieben Norbert?»

Sängers Grinsen kam vom Gipfel, Rose hielt aus der Talsohle dagegen. Aber es war, als ob er in die Sonne gucken müßte.

«Halten Sie sich ran, Rose. Noch 20, 22 Listen, und Sie sind ein freier Mann, ein schuldenfreier Mann. Wer weiß, vielleicht sind Sie bis dahin ja auf den Geschmack gekommen. Vielleicht ergibt sich dann ja eine prächtige Zusammenarbeit.»

«Zwischen Ihnen und mir?»

Sänger forschte Roses Gesicht aus. Das war nicht schwer, weil es dort keine dunklen Ecken und Winkel gab.

«Adieu, Rose, Sie alter Sachbeschädiger.»

Der Saab glitt Richtung Innenstadt. Der weiße Polo schlug die gleiche Richtung ein. Sänger fuhr mit der Seelenruhe, die den geübten, guten Fahrer ausmacht. Er lächelte, wenn ihn winzige Stadtautos überholten, und er stieß verächtlich Luft aus der Nase, wenn GTI- oder GTX-Heißsporne ihn unbedingt hinter sich lassen mußten.

Der Polo blieb dran.

Auf gut 200 Meter Fahrstrecke stellte Sänger Blickkontakt zu einer Panda-Fahrerin her. Die Frau war blutjung. Sie hatte mit dem Autofahren noch weniger Übung als mit dem Austeilen und Aushalten von Blickkontakten. Sie war Sänger schutzlos ausgeliefert. Er machte mit dem Mädchen das, was die Hausfrau mit dem Schnitzel tut, wenn sie es klopft und paniert: Er bereitete alles vor. Dann entließ er das Mädchen.

Der Polo blieb dran.

Sänger stellte den Saab in einem Parkhaus ab und drang ins Gewirr der Passagen ein. In einem Schuhladen, der aussah, als ob hier der Innenarchitekt von Aldi gewirkt hatte, erstand er ein Paar italienische Slipper. Danach aß er in einem Nudel-Laden das Tagesgericht, kaufte an einem Kiosk *Capital, Impulse, Wirtschaftswoche* sowie *Manager Magazin* und betrat spontan eine Boutique, weil es ihm der wahnsinnige hellgelbe Sweater im Schaufenster angetan hatte. Ein Gläschen an einem Steh-Imbiß und ein Schwätzchen mit zwei Teenies, von denen er die Blonde zehnmal reizvoller fand. Danach half er einer Mutter, die beide Hände voller Einkaufstüten hatte, ihren wieselflinken dreijährigen Sohnemann einzufangen. Sänger klemmte sich das Kerlchen unter den Arm und trug es zur Mutter zurück, die ihm spontan eine Zigarette anbot. Sänger genoß das Leben, und Rochus Rose sprang von einer Deckung in die andere. Wachmänner patrouillierten mit Walkie-talkies durch die Gänge. Roses abgehackte Bewegungen interessierten sie sehr. Rose verfluchte den Trench. Er behinderte schnelle Ortswechsel, und er war zu warm. Sänger schnippte seinen Zigarettenstummel vor die Füße eines Wachmanns. Der blies sich sofort auf. Seine Wut lief an Sänger ab wie Wassertropfen an einem mit Pril gespülten Glas.

Dann wieder rein ins Parkhaus. Rose haßte diese unwirtlichen übereinandergeschichteten Parkflächen, in deren Planung zu Fuß gehende Menschen nicht vorgesehen sind. Natürlich hatte Sänger nicht Roses Probleme. Rose mußte sich sputen, um nicht den Anschluß zu verpassen. Durch die zugeparkten engen City-Straßen ging es Richtung Osten. Das Hinweisschild «Elbbrücken» deprimierte Rose. *Auf der Autobahn hast du gegen ihn keine Chance.* Aber es ging nicht auf die Autobahn, es ging in die Spaldingstraße. Sänger stellte den Saab auf den Parkplatz neben einem sechsstöckigen Fünfziger-Jahre-Zweckbau. Rose parkte weiter vorne an der Straße und näherte sich vorsichtig dem Parkplatz. Der Saab war da, Sänger war verschwunden.

Rechts und links neben dem Eingang hingen Firmenschilder bis weit über zwei Meter Höhe. Speditionen, Anwalts-Kanzleien, Großhandel, Im- und Export. Einige Schilder gaben keinen Hinweis auf das Gewerbe. *Der wird ein dummes Gesicht machen, wenn er dich sieht.* Erst fragte er nach Herrn Sänger. Wenn der Name unbekannt war, beschrieb er das Aussehen und erwähnte das auffällige Auto. Ein Mann in einer Stauerei glaubte sich an den weißen Saab erinnern zu können. Aber er war nicht sicher, und den Fahrer kannte er sowieso nicht. Rose wanderte von Büro zu Büro.

«Nie gesehen.»

«Ein so schöner Mann wäre mir bestimmt aufgefallen.»

«Gibt's hier nicht.»

«Sänger? Sänger? Ich glaube, nebenan arbeitet ein Herr Tannhäuser. Sie suchen nicht zufällig ...?»

«Schlagen Sie doch ein Zelt neben dem Eingang auf.»

«Saab Cabrio? Gibt's das überhaupt?»

«Kenn ich nicht. Kennen Sie Kilroy? Nicht? Können Sie mal sehen.»

«Haben wir nicht. Kriegen wir auch nicht wieder rein. Können Sie mir mal helfen, diese verdammte Flasche aufzukriegen?»

«Ich sage gar nichts. Ich habe seit fünf Minuten Feierabend.»

Und ein anderer Mann sagte auch nichts, obwohl Rose ihn zweimal höflich nach Sänger gefragt hatte. Rose fragte noch einmal. Nun hob der Mann wenigstens den Kopf. Die beiden starrten sich an, und in beiden Köpfen begann es zu arbeiten. Rochus Rose und Heinz Borbet kamen sich bekannt vor. Tief in der Erinnerung baumelte ein letzter Wissensfetzen. Aber er war nicht stark genug, um zu einer handfesten Erinnerung werden zu können.

«Ich suche einen Mann namens Sänger.»

«Da kann ja jeder kommen.»

«Sie kennen Herrn Sänger?»

«Wie kommen Sie darauf? Ich habe übrigens zu tun. Lassen Sie sich vorne einen Termin geben.»

«Termin? Ich weiß nicht einmal, was für eine Firma Sie hier sind.»

«Steht groß und deutlich draußen dran.»

«Da steht Büro Liechtenstein.»

«Na sehen Sie.»

«Und was ist das für eine Firma?»

«Eine Firma, die Geschäfte macht. Ich muß jetzt wirklich weitermachen. Termine, Termine.»

Rose blickte sich um. Der Raum wirkte dermaßen frisch bezogen, daß es ihn nicht gewundert hätte, wenn in der Ecke noch Farbeimer gestanden hätten. In den Regalen standen zahlreiche Ordner, sie sahen wenig gebraucht aus. Rose entdeckte noch nicht mal Ansichtskarten an der Wand, auf denen urlaubende Mitarbeiter Grüße an die Malocher zu Hause geschickt hatten. Das Telefon klingelte, der Angestellte nahm ab. Rose wußte nach dem ersten Satz, daß es seine Frau war. Er wandte sich schon zum Gehen, da entdeckte er zwischen Tageskalender und Speisekarte eines Lokals das DIN-A 4-Blatt. «Fort- und Weiterbildung im Juni. Wochenendseminar ‹Schadenfreude›, 22./23., Motel BAB-Raststätte Weiskirchen (Hessen). Inkasso-Ebene an aufwärts. Anreise bis 18.30. Beginn: 19 Uhr (pünktlich).»

200 Meter hinter der Raststätte Stillhorn fiel die Glasbedeckung des

Tachos heraus. Auf Höhe der Abfahrt Evendorf hatte er das Gefühl, als wenn der Polo, ohne daß er Gas gab, schneller wurde. Hinter Hannover mußte er tanken, vermutete ein Loch im Tank und errechnete einen Verbrauch von 19 Litern auf 100 Kilometern. Die Beifahrertür ließ sich nur noch öffnen, wenn man sich von innen mit großer Gewalt dagegenwarf; und den Übergang vom dritten zum vierten Gang quittierte das Getriebe mit einem Geräusch, das sich wie ein Weinkrampf anhörte. Immerhin fiel das Lenkrad nicht ab, und wenn er sich in den Mittelgebirgen die Anhöhen mit 35 Kilometern hinaufgekämpft hatte, schaffte er bergab und mit Windunterstützung satte 105 km/h. Im großen und ganzen war Rose zufrieden. Immerhin saß er im Trockenen. Und da er alleine fuhr, mußte er nicht gegen das peinigend pfeifende Motorengeräusch anbrüllen. An der Tankstellen-Ausfahrt hielt er neben einem Tramper an. Der junge Mann warf einen Blick in den Wagen und verzichtete unter einem fadenscheinigen Vorwand auf die Mitfahrt.

Er war am späten Vormittag losgefahren. Ab Göttingen steckte er im Wochenendverkehr, wurde gnadenlos eingekeilt zwischen Lkws und Wohnwagen-Gespannen. Rose tat sich den Tort an und verfolgte auf der Uhr, wie lange er brauchte, um von 80 auf 100 Kilometer zu beschleunigen: 3 Minuten und 11 Sekunden.

Er aß die mitgenommenen Stullen, und er verdrückte viele Süßigkeiten. Zwei Staus, das Gequäle am Frankfurter Kreuz, noch einmal voll aufs Gaspedal, und kurz nach 17 Uhr fuhr Rose auf die Raststätte Weiskirchen. Er suchte nach dem Motel und merkte erst später, daß es auf der anderen Seite der Autobahn lag. Es gab zwei Möglichkeiten, hinüberzukommen: zu Fuß über eine schmale Brücke oder im Wagen über den Wirtschaftsweg nach einiger Fahrt über eine breite Brücke. Rose ließ den Wagen stehen.

Er hatte kaum das Motel betreten, als der Mann am Empfang schon sagte: «Tut mir leid. Wir sind voll belegt.»

«Ich will nicht ... ich warte nur auf jemanden.»

Das Foyer des 60-Betten-Motels war überschaubar. Das gesamte Erdgeschoß war verglast, in einer Ecke ein Schild «Zum Tagungssaal». Regelmäßig kamen Gäste herein, fast ausschließlich Männer. Einer hatte eklatant fettige Haare. Rose hörte, daß für sie Zimmer reserviert waren. Er hielt sich in der Nähe der Sitzgruppe auf, nahm eine alte Ausgabe von «Geo» in die Hand und beobachtete, welche Wagen auf den Parkplatz fuhren: von oberer Mittelklasse aufwärts, viele sportliche Modelle, einige große Daimler. Rose sah genau hin: Der Mann am Empfang verhielt sich zuvorkommend, aber er machte nicht den Eindruck, als wenn er die ausnahmslos geschmackvoll gekleideten Gäste jemals zuvor gesehen hätte. Irgendwo im Hintergrund klapperte Geschirr. Rose verließ die Sitzgruppe, schritt einen Gang entlang, übersah das aufdringliche Sonnengelb und die zahlreichen Blumenbilder an den Wänden. Er bog um die Ecke; in der Küche herrschte routinierte Emsigkeit. Die drei Frauen bereiteten kalte Platten zu. Auf den Herden schmurgelten diverse Töpfe. Es roch nach Braten. Rose verließ das Motel, als sich ein Mann von Ende 50 und eine bildhübsche Frau von Anfang 20 eincheckten. Das kannte Rose, er hatte jahrelang als Nachtportier gearbeitet.

Rose schlenderte über das Gelände der Raststätte, kiebitzte auf den gut gefüllten Parkplätzen herum und wurde Zeuge zahlreicher skurriler Szenen: picknickende Familien; komplette Busbesatzungen, Gymnastik betreibend; Federball spielende Fernfahrer. Da das Restaurant überfüllt war, setzte sich Rose in das preismäßig gehobene Lokal. Hier gab es eine Klimaanlage, und er fand Ruhe. *Du mußt in diese Versammlung rein. Du mußt wissen, was die da reden.* Er aß ein Geschnetzeltes – Genuß für seine geplagte Seele. Die beiden Biere flossen runter wie Öl. Rose wurde von schwerer Schläfrigkeit befallen. Er kannte sich: So pflegte er unmittelbar vor großen Ereignissen zu reagieren.

Um 18 Uhr 49 verließ er das Restaurant, schlenderte zum Motel zurück. Der Parkplatz war gut gefüllt. Roses Augen wurden von einem einzigen Auto angesaugt: ein Saab Cabriolet, weiß. Im Vorbeigehen sah er die Ledersitze, die aufwendige Musikanlage und den Aufkleber «Wozu arbeiten? Die Bundesbank druckt doch immer wieder neues Geld!»

Um 18 Uhr 51 betrat er das Motel. Er hatte noch keinen Plan.

«Platz da. Hier wird gearbeitet», rief eine männliche Stimme hinter Rose. Die Stimme war quäkig und gepreßt. Sie klang, als ob der Mann seinen Kopf irgendwo eingeklemmt hätte. Roses Gesicht verzog sich zu einem Lächeln. Dann standen sie sich gegenüber.

«Rochus Rose, der Erfinder des Trenchcoats.»

«Alfred Pissi Pistorius, die schwächste Blase nördlich des Oktoberfests. Komm in meine ausgebreiteten Arme, alter Kollege.»

Pissi drückte der verdutzten Köchin das Tablett in die Hand, die Männer umarmten sich.

«Rochus, wie lange ist es her? Sechs Jahre, nein fünf.»

«Fünf Jahre. Dann hast du mich im ‹Deichgrafen› alleingelassen, weil du nicht glauben wolltest, daß auf Spiekeroog im Winter die tote Hose erfunden wurde.»

«War ja auch bald vorbei. Dann kamen Helgoland, Borkum, das Sauerland und Rüdesheim.»

«Wie lange bist du schon hier?»

«Im Herbst wird's ein Jahr. Ist ein schönes Leben, so on the road. Man ist immer schnell weg, Frankfurt ist nah. Und du, was hat dich hierher verschlagen?»

Rose nahm den Kellner zur Seite. Pissi war ein schmächtiger Mann von enormer Drahtigkeit. Wenn er ging, federte er. Seine Bewegungen waren sehr akurat, fast zackig. Pissis Haut war sonnenverbrannt. Seine Geheimratsecken waren in den letzten Jahren aus der Stirn Richtung Hinterkopf gekrochen. Natürlich trug der Anfangsfünfziger eine seiner großen Kellner-Jacken aus Leinen.

«Manuela, stell das Tablett voll. Die schreien da drinnen nach Flüssigem.» Pissi drängte sich an Rose vorbei in die Küche. «Bist du nachher noch hier? Ich muß jetzt ein bißchen springen. Im Restaurant drüben ist der Müllender ausgefallen. Angeblich Asthma. Aber wir kennen ja Müllender. Ich muß ...»

«Sag mal, Pissi. Wenn ich dich um was Komisches bitten würde?»

Pissi forschte in Roses Gesicht.

«Na?» sagte er dann, mit dem Finger drohend. «Du bist wieder an einem deiner geheimen Fälle dran, wie? Hast du diese Manie immer noch nicht überwunden?»

Rose näherte seinen Mund Pissis Ohren, die immer noch dünn wie Pergament waren. Pissi bekam große Augen, dann grinste er.

Zwei Minuten später stieß ein Mann die Doppeltür zum Tagungssaal auf. Die weiße Kellnerjacke paßte ihm wie maßgeschneidert. Der Kellner blieb mit dem gefüllten Tablett neben der Tür stehen, orientierte sich. Der Raum maß 8 mal 14 Meter; ein Kunststofftisch von zwei Meter Breite und einer Länge von acht Metern; an der Stirnseite zwei kleine Tische im rechten Winkel zu dem langen Tisch, eierschalenweiß, harmonierend mit dem grauen Teppichboden. An dem langen Tisch saßen 22 Menschen, 19 Männer und drei Frauen. An der Stirnseite saßen zwei Männer, zwischen ihnen stand ein dritter und sagte:

«Meine Damen und Herren, ich bedanke mich für die Ehre, daß ich heute als Vertreter meines Hauses vor Ihnen sprechen darf. Ich ...»

Rose setzte sich in Bewegung, verteilte Flaschen und Gläser. Während er sich im Raum aufhielt, parlierte der Redner über dies und das, Wetter, Essen, Anreise, Benzinpreise – ein Parforceritt durch die Tiefen des Small talks. Über seine fettigen Haare sprach er nicht. Roses Herz begann zu jagen, als er Sänger sah. Wenn Rose in größere Menschenansammlungen geriet, nahm er anfangs nur den amorphen Gesamteindruck wahr. Es bedurfte einiger Momente der Gewöhnung, bis die Masse in Individuen auseinanderfiel. Sänger hatte nur Augen für den Redner, beachtete den Kellner nicht.

«Sie haben mich eingeladen, um von mir etwas über Status quo und Zukunft des Versicherungswesens zu hören. Ich spreche darüber praktisch an der Front, denn niemand, meine Damen und Herren, wagt sich weiter in Richtung Kunden vor als Sie. Unser gemeinsamer Gegner sind sinkende Wachstumsraten, die zu einer dramatischen Verschlechterung des Geschäftsgangs führen werden, wenn wir nicht entschieden und entscheidend gegensteuern.»

Rose stellte die leeren Flaschen auf das Tablett, ging zur Tür, warf einen Blick zurück und sah, wie ihn der Redner etwas gereizt musterte. Rose öffnete die Tür und verschwand. Er stand in dem vielleicht einen Meter breiten Spalt zwischen den Doppeltüren. Und dort blieb Rose auch stehen.

«Sicherheit – Sicherheit ist das Thema unserer heutigen Zusammenkunft. Ich kenne schlichtweg kein wichtigeres Thema, denn ohne Sicherheit wird alles schal. Meine Damen und Herren, dieses Treffen ist streng geheim. Kein Wort verläßt den Saal. Das wissen Sie natürlich längst, das möchte ich dennoch ein weiteres Mal betonen. In aller Freundlichkeit gesagt: Sollte die Öffentlichkeit von dem Thema unserer Zusammenkunft erfahren, wird eine unbarmherzige Ausforschung der undichten Stelle beginnen. Ich darf in aller Zurückhaltung sagen: Wenn wir den rauskriegen, der das Wasser nicht halten konnte, es wird ihm schlecht ergehen.»

Der Redner nahm einen Schluck Ginger Ale. Außerhalb des Einflußbereichs seiner Ehefrau trank er das Zeug eimerweise. Zu Hause zwang sie ihm ihre stillen Wasser auf. Und wenn sie nach faulen Eiern rochen, geriet die Gattin in Verzückung. Der Redner stieß genußvoll auf.

«Wir arbeiten zum Wohl der Öffentlichkeit und müssen dennoch das Licht der Öffentlichkeit scheuen – tragisch, tragisch. Doch die Zeit arbeitet für uns. Wenn Kapital und Zeit Hand in Hand gehen, kann der Erfolg nicht ausbleiben. Daß ich für meine Familie und für meine Freunde und für 99,9 Prozent meiner Kollegen in dieser Minute zum Skifahren in den Dolomiten weile, stößt mir sauer auf.»

Er trank, die Zuhörer taten das gleiche.

«Sicherheit, meine Damen und Herren, nur ein Wort? O nein – ein grundlegendes Lebensgefühl wie Essen und Trinken und wie – ja doch – wie der Sexualtrieb. Sicherheit: überall anwesend, von jedem benötigt und dennoch ein unsichtbares Gut. Das ist das prinzipielle Handicap. Der Mensch liebt es, Dinge anzufassen, riechen, in der Hand wägen zu können. Abstrakte Gedankengebäude, Ideologien, Theorien flößen ihm Mißtrauen ein. Denken Sie nur an Gott. Die gesamte theologische Diskussion in unserem Kulturkreis liefe seit Tausenden von Jahren bedeutend entspannter, wenn sich dieses Wesen einmal, wenigstens einmal auf eine Art und Weise gezeigt hätte, daß kein Zweifel mehr an seiner Existenz herrschen kann. Am besten also im Fernsehen.»

Gutturales Gelächter brach sich an den Wänden.

«Die Versicherungswirtschaft handelt mit dem Gut Sicherheit. Der Außendienst ist die Speerspitze der Versicherungswirtschaft. Hier wird Überzeugungsarbeit geleistet, von der Wohl und Wehe des Unternehmens abhängen. Ein versagender Außendienst – und wir können den Laden zumachen. Dies als kleine Liebeserklärung an die vielen tausend Damen und Herren an der Front, deren Arbeit viel zu oft ungenügend gewürdigt, nicht selten belächelt oder sogar denunziert wird.»

Man klopfte mit den Fingerknochen auf die Tische.

«Sicherheit im Angebot zu haben und damit auf einen Kunden zu treffen, der kein Sicherheitsbewußtsein besitzt, das ist eine ähnlich tragische Ausgangslage wie bei einem Elfmeterschützen, der anläuft und feststellen muß, daß auf dem Elfmeterpunkt kein Ball liegt.»

An diesem Bild hatte der Redner lange gefeilt. Mit Bedauern

mußte er feststellen, daß die Wucht des Vergleichs keinen Zuhörer aus dem Sitz riß.

«Sicherheit ist wie Gesundheit. Wie wichtig sie ist, merken wir erst in dem Moment, in dem sie verlorengegangen ist. Ein vielleicht verständliches psychologisches Verhalten, aber eins, das wir überwinden müssen. Nun will ich hier nicht schwarzmalen. Das Sicherheitsbewußtsein in unserem Vaterland befindet sich auf erfreulich hohem Niveau. Wir werden regiert von Parteien der Mitte. Wir haben ein Wirtschaftssystem des Ausgleichs und der Chancengleichheit und nicht des Dirigismus und der Besserwisserei. Nach außen sind wir geschützt durch eine Armee höchster Güteklasse, unsere Werte ruhen sicher im Schoß der atlantischen Verbündeten. Sicherheitsnormen im Haushalt, im Straßenverkehr, ja sogar im Sexualverkehr ...»

Sekundenlang war kein Halten mehr. Ein männlicher Zuhörer verschluckte sich vor Begeisterung und geriet bedenklich ins Röcheln. Mit eitel nach unten weisenden Handbewegungen bat der Redner um Ruhe.

«Die Zahlen kennt jeder hier im Raum. Die Bundesbürger haben 377 Millionen Versicherungsverträge abgeschlossen. Jeder Einwohner wird durchschnittlich von sechs Versicherungen geschützt. Dieses wohlige Grundgefühl von Sicherheit und Aufgehobensein kostet eine vierköpfige Familie lumpige 800 Mark im Monat. 96 Prozent aller Bundesbürger vom Säugling bis zum Greis besitzen in irgendeiner Weise Versicherungsschutz. Das ist im Weltmaßstab gesehen Spitze. Das soll nicht weggeredet werden. Nur: Das ist aber leider auch der Grund für unsere Besorgnisse. Denn damit sich unsere Geschäfte weiter rechnen, sind zwei Taktiken möglich. Erstens: Wir kämpfen um die vier Prozent bisher nicht Versicherter. Ein hartes Stück Arbeit, das wissen Sie besser als ich. Zweitens: Wir legen unseren schon gewonnenen Kunden nahe, das Ausmaß ihres Status-quo-Versicherungsschutzes zu überdenken und gegebenenfalls aufzustocken. Damit das klappen kann, ist eine Bedingung unumgänglich. Unseren Kunden muß die allgegenwärtige Brüchigkeit und Gefährdung ihres Alltags vor Augen geführt werden – drastisch.

Zurück zu den vier Prozent.

Diese Minderheit stellt eine Provokation für jeden Versicherten dar. Man kennt diese Sprüche: ‹Ach bist du blöd, zahlst dich jeden Monat an Versicherungen blutig. Ich gehe schick essen, ich habe mir gerade ein neues Kleid gekauft, ich genieße mein Leben› und so weiter. Manch ein labiler Versicherungsnehmer wird sich fragen, was er denn hat von seinem Versicherungsschutz. Denn Sicherheit – ich sagte es –, sie läßt sich nicht mit Händen greifen. Natürlich stehen möglicherweise negativen spontanen Entschlüssen unsere Geschäftsbedingungen entgegen. Zum Glück! Zum Glück der wetterwendischen Versicherungsnehmer! Aber, meine Damen und Herren, ich verrate Ihnen ein offenes Geheimnis: Die Rate der Neuabschlüsse sinkt, sie sinkt bedrohlich, ja, sie geht in einigen Sparten sogar zurück. Was das bedeutet, liegt auf der Hand. Erst sinkt die Rate der Neuabschlüsse. Gleichzeitig sterben – Gott habe sie selig – Kunden. Die Zahlungseingänge fließen spärlicher, wir müssen sparen: an Leistungen, an Außendienstmitarbeitern. Das bedeutet: weniger Marktpräsenz, Verlust von Marktanteilen, Schrumpfen des Versicherungsmarktes insgesamt. Die Gesellschaften müssen auf Grund der geringeren Einkünfte ihre Rücklagen angreifen. Sie müssen Leistungen kürzen und die Prämien erhöhen, was wiederum dazu führt, daß die Versicherungsgegner noch offensiver gegen uns agitieren. Folge: Der Begriff Sicherheit, einer der Grundpfeiler unserer Wirtschafts- und Gesellschaftsordnung, er verliert an moralischem Gewicht. Da und dort lacht schon der erste über die Sicherheit. Die Leute werden leichtsinnig, sie gehen Risiken ein, sie führen sich auf wie Lemminge. Endzeitstimmung greift um sich, die Rendite sinkt. Was passiert, wenn die Rendite sinkt? Das Kapital sucht sich bessere Plätze. Die Folge? Es kann nicht mehr investiert werden. Arbeitsplätze geraten in Gefahr, soziale Verwerfungen als Menetekel des Untergangs. Ende von Lebensqualität und Optimismus. Dann sind wir da, wo uns die Versicherungsfeinde hinhaben wollen. Das ist Anarchie, das ist Steinzeit. Und deshalb, meine Damen und Herren, brauchen wir Sie.»

Der Redner hatte nun die richtige Betriebstemperatur. Das Ginger Ale floß in Strömen.

«Ein berühmter Dichter deutscher Zunge hat einmal gesagt: ‹Die im Dunkeln sieht man nicht.› Nein, es war nicht Herr Osram.»

Durchschnittliches Gelächter.

«Meine Damen und Herren, Sie wissen, daß ich kein Freund großer Worte bin. Doch Ehre, wem Ehre gebührt. Sie sind die letzten Helden der freien Marktwirtschaft. Ihrer Arbeit ist es zu verdanken, daß sich unser Volk auf der Grundlage eines noch nie dagewesenen

Massenwohlstands den Zielen des Menschseins Ende des zweiten Jahrtausends anheimgeben kann: Freizeit, Familie, Sport ...»

«... Würstchen grillen!» rief ein Mann, der nicht ahnte, daß man sich mit einem einzigen Satz alle Berufschancen verscherzen kann.

«Ihre Aufgabe, meine lieben Anwesenden, sie scheint mir frappierende Ähnlichkeit mit dem Wirken eines Arztes zu haben, der das Serum findet, mit dessen Hilfe man erfolgreich eine tödliche Seuche behandeln kann. Jede Gesellschaft ist vom Verfall bedroht. Nehmen Sie Rom, nehmen Sie Weimar. Man soll sich nie zu sicher fühlen. Kinderlähmung ist eine grausame Krankheit, der Impfstoff zu ihrer Vorbeugung, er ist süß, zuckersüß. Zwar ist unser Medikament, wenn ich den Vergleich weitertreiben darf, nicht ganz so schmackhaft. Aber bittere Medizin hilft am besten! Machen Sie sich bitte klar, aus was der Impfstoff gegen die Kinderlähmung denn eigentlich besteht. Er enthält Viren von der gleichen Art, die die grausame Krankheit auslösen. Nur ist die Anzahl der Viren dermaßen gering, daß der Körper gegen den Gegner Abwehrkräfte mobilisieren kann – und zwar nicht nur, um diesen vergleichsweise harmlosen Angriff abzuwehren. Der Körper wird instand gesetzt, alle Krankheitserreger, die im Verlauf seines weiteren Lebens auf ihn einstürmen, auszuschalten, sie unwirksam zu machen. Sie wissen nicht, worauf ich hinaus will? Hören Sie weiter. Wie sagt schon der Volksmund? Aus Schaden wird man klug. Fürwahr, das wird man. Fragen wir unsere Statistiker, die studierten Popelzähler ...»

Schmunzeln.

«... Sie haben einwandfrei nachgewiesen, daß die Zahl der Abschlüsse in dem Moment steigt, in dem den Menschen die Ambivalenz ihrer Sicherheit drastisch vor Augen geführt wurde. Beispiel: die Hagel-Katastrophe in Bayern. In den Wochen danach rennen Eigenheimbesitzer und Autofahrer der Assekuranz die Türen ein. Beispiel: eine Bande von Auto-Beschädigern in einer westdeutschen Mittelstadt. Vandalen natürlich. Und das Ergebnis? Ein Hoch in Vollkasko. Diese Bemerkung führt mich auf direktem Wege zu unserem eigentlichen Thema. Meine Damen und Herren: Ich sage nur: ‹Initiative 100›.»

Die Zuhörer raunten. Im Raum entstand Bewegung.

«Initiative 100 ist unsere Antwort auf die drängenden Fragen der Zukunft an die Ertragslage unserer Unternehmen. Eine bundesweite Initiative, eine streng geheime Initiative, ein Pilotprojekt, ein Versuchsballon. Und Sie, meine Damen und Herren, sind die ersten, die Initiative 100 testen. Könnte vielleicht für zwei Minuten ein Fenster ... oder zwei? Danke schön. Initiative 100, ich will ...»

«... huch!» sagte der Mann, als er gegen Rose prallte.

Roses Herz machte einen Sprung. Der vom Flur kommende Mann blickte sich um:

«Ist hier die Toilette?»

Rose schüttelte den Kopf, der Mann verschwand.

«... 100 steht für 100 Prozent versicherte Bundesdeutsche. 100 steht für hundertprozentige Sicherheit, mittelfristig für 100 Prozent Dividende.»

Schmunzeln.

«Was, meine Damen und Herren, haben nun Sie zu tun? Sie erhalten von uns Listen von Mitbürgern, die sich trotz wiederholter Ansprache versicherungsresistent verhalten. Diese Menschen sollen Sie in Angriff nehmen. Ihnen zur Hand gehen sogenannte Assistenten, deren Rekrutierung Ihrer Phantasie überlassen bleibt. Ich denke da an säumige Schuldner, Menschen aus dem großen Heer der Arbeitsuchenden. Gegen entsprechendes Honorar und unter Wahrung strengster Diskretion werden diese ‹Schädiger›, nennen wir sie ruhig einmal so drastisch, den Resistenten alle Vorteile des Versichertseins deutlich machen. Zur besseren Darstellung zeige ich Ihnen einige Dias. Bitte etwas abdunkeln.

Danke. Herr Homann, sind Sie bereit? – Hier sehen Sie zum Beispiel einen funkelnagelneuen Audi Quattro, dessen Besitzer sich strikt geweigert hat, eine Vollkasko-Versicherung abzuschließen. Die Folgen – nächstes Dia bitte – sehen Sie hier. Ein völlig verbeulter vorderer Kotflügel mit defektem Scheinwerfer. Reparaturkosten 2600 Mark. Der Mann hatte den kleinsten Vertrag unterschrieben und mußte zähneknirschend alles selber begleichen. Inzwischen ist er vollkaskoversichert – ohne Selbstbeteiligung. Bei Automobilen hat sich herausgestellt, daß die effektivsten, also die größten Denkhilfen beziehungsweise Schäden in Sekundenschnelle mit einem umwickelten Bleirohr oder auch mit einem großen Schraubenzieher verursacht werden. Das nächste Dia bitte.

Hier sehen Sie die von Grund auf renovierte Vierzimmerwohnung des Grafikdesigners K. und seiner Lebensgefährtin. Der Mann hatte viel Zeit und noch mehr Geld in seinen Loft – so nennt man heutzutage umgebaute Fabriketagen – gesteckt. Eine große Zeitschrift berichtete in ihrer Rubrik Modernes Wohnen über dieses schöne Beispiel heutiger Wohnkultur. Der Mann gehörte bis vor kurzem allerdings noch zu derjenigen Bevölkerungsgruppe, die Vorsorge als kleinbürgerliche Neurose schmäht. Das nächste Dia bitte.

Hier sehen Sie, was passieren kann. Der junge Mann geht zum Einkaufen, er ist eine halbe Stunde außer Haus – und dann dies! Können Sie sich vorstellen, daß die unglaubliche Sauerei, die Sie hier sehen, ein einziger Mann mit einem scharfen Messer und einer Flasche Ketchup in 3½ Minuten angestellt hat? Der Schaden betrug rund 15000 Mark. Vom Verdienstausfall, den der Grafiker erlitt, weil er, von Weinkrämpfen geschüttelt, tagelang nicht arbeiten konnte, schweigt des Sängers Höflichkeit.»

Ein einsames Lachen.

«Inzwischen ist der junge Mann versichert. Überversichert möchte ich sagen, aber bei uns ist das Geld ja in guten Händen.»

Kollektiver Lacher.

«Wir haben dem Kunden empfohlen, seine Wohnungstür mit Sicherheitsschieber und automatischem Alarmsystem auszurüsten. Das waren zwei Beispiele aus dem Bereich Sachversicherungen. Kommen wir jetzt zum Bereich Leben, ein – wie Sie wissen – höchst sensibles Thema. Das nächste Dia bitte.

Wir können ja schlecht jemandem zuerst die Nachteile des Todes vorführen, um ihm zu beweisen, wie schön Leben ist. Nach vielen Tests und einigen Irrwegen bieten wir Ihnen heute ein System an, wie es die Welt noch nicht gesehen hat. Dieses System steigert das Sicherheitsbedürfnis der Beteiligten unmittelbar nach Abschluß der Aktion Initiative 100 um bis zu 80 Prozent.»

Gemurmel, von Ungläubigkeit getragenes Gemurmel.

«Sie sehen hier einen Passanten auf einer belebten Straße, ein Spaziergänger unter Spaziergängern. Ort: das schöne Hamburg, Rothenbaumchaussee, ein Wochentag morgens gegen 8 Uhr. Unser Mann geht die Straße entlang, als plötzlich – Dia bitte – etwas von oben herabsaust. Die nächsten drei Dias mal in rascher Folge.»

Die Zuschauer waren betroffen.

«Sie sehen, wie der Mann von einem Blumentopf getroffen wird und zu Boden stürzt.»

«Entsetzlich», rief der Würstchen-Grill-Mann.

«Sogleich stürzen helfende Hände hinzu. Unser Mann windet sich in Schmerzen, spricht stöhnend vom geplatzten Rendezvous, von gescheitertem Urlaub, Geschäft oder ähnlichem. Und er schreit laut. Das ist wichtig. Er schreit und stöhnt und windet sich vor Schmerzen. Die Leute wollen helfen. Jetzt kommt eine kritische Phase. Deshalb zunächst die Kontrollfrage ‹Ist ein Arzt unter den Passanten?› Wenn nicht, kann unser Mann eins drauflegen und die Farbkapsel, die auf dem Oberschenkel klebt, aufdrücken. Ergebnis: Der Mann schwimmt in seinem Blut.»

«Wer denkt sich nur so was aus?» rief der Würstchen-Grill-Mann. Seine Nebenleute rückten von ihm weg.

«Sie können sicher sein, ein Laie hält Abstand bei soviel Blut. In unserem Fall konnte die Blut-Version gefahren werden. Unser zweiter Mitarbeiter, eben noch oben im Haus mit der praktischen Seite des Fallgesetzes beschäftigt, ist im Nu die Treppen runter und kümmert sich um den Verletzten. Er gibt sich als persönlicher Bekannter des Unfallopfers aus und schafft ihn weg. Die meisten Passanten werden froh sein, daß sich jemand gefunden hat, der den Schweinkram in seinen Wagen lädt. Wichtig: Die Aktion muß abgeschlossen sein, bevor professionelle Helfer eintreffen. Nur bei gutem Timing und absoluter Präzision kann diese Aktion gelingen. Der dritte Mitarbeiter sitzt unterdessen im Wagen gegenüber – nächstes Dia bitte – und fotografiert. Aber nicht den Unfallhergang, er fotografiert die Passanten und recherchiert mit Hilfe von Autonummern und Befragungen alle Adressen, die er dann im Laufe der nächsten Tage aufsucht.

Hier sehen Sie in Form einer Graphik, welche Abschlüsse in den Tagen nach dem Unfall getätigt wurden.»

Pfiffe und Rufe der Zuhörer.

«Das ist doch was. Lukrative Kapitallebensversicherungen, vier Stück. In einem Fall eine popelige Risikolebensversicherung. Da, diese Frau mit dem Kind. Aber immerhin! Die Frau ist Studentin und alleinerziehende Mutter, und Kleinvieh macht schließlich auch Mist.»

Jemand krähte, ein anderer muhte wie eine Kuh. Die anderen lachten.

«Sie sehen, meine Damen und Herren, hier haben sich keine Amateure ausgetobt. Hier weht die erfrischende Brise des Professionalismus. Die Brise wird zum Sturm bei den Tornados. Tornados nennen wir unsere kleinen, kernigen Teams von mutigen Männern und Frauen, die in unnachahmlicher Verbindung von Schauspielkunst und Artistik Überzeugungsarbeit vor Ort leisten. Respekt, meine Damen und Herren! Respekt vor der Leistung dieser unserer freiberuflichen Mitarbeiter. Ich darf Ihnen zwischendurch ein kleines Geheimnis verraten. Den Herrn Datenschutz schicken wir solange vor die Tür.»

Das Lachen wollte kein Ende nehmen. Der Redner lehnte sich vertraulich über den Tisch und blinzelte schelmisch: «Unsere Herren Artisten sind astrein versichert. Wir haben ihnen ein Sicherheitspaket auf den durchtrainierten Leib geschneidert, also ich muß schon sagen: Bis auf das ewige Leben ist da alles drin, zu was Versicherungen imstande sind. Derzeit durchlaufen in unserem Ausbildungslager weitere Schwadrone eine anspruchsvolle Ausbildung. Wir haben im südlichen Schwarzwald ganz sagenhaft günstig eine Badeanstalt erwerben können. Dort steht uns auch eine Schnee-Kanone zur Verfügung, mit der im Sommer und im Herbst die weiße und so herrlich unfallträchtige Jahreszeit simuliert werden kann.»

Plötzlich begann Rochus Roses Nase zu kribbeln. *Bitte nicht! Nicht niesen. Das ist kindisch, wie im Kino. Wie im schlechten Kino.* Dieser Einwand überzeugte den Niesreiz wohl, denn er verflüchtigte sich.

«Meine Damen und Herren, es ist länger geworden, als ich gedacht habe und Ihnen zumuten wollte. Lassen Sie mich Ihnen meinen Dank für Ihre Geduld und Aufmerksamkeit aussprechen. In maximal 120 Sekunden beginnt der gesellige Teil der Veranstaltung, bevor wir dann morgen zum Thema unserer Außenstellen beziehungsweise Rekrutierungsbüros beziehungsweise Inkasso-Büros kommen werden. Die kalten Platten warten, der Leberkäse dampft in der Kasserolle, und unsere Artisten werden sich beehren, Ihnen die Pausen zwischen den Gängen mit einigen Kabinettstückchen zu verkürzen. Motto des Abends: ‹Schadenfreude ist die schönste Freude.› Ich danke Ihnen.»

Der Beifall war frenetisch. Rose machte, daß er in die Küche kam. Pissi schob ihm den Rest des Leberkäses hinüber. Eine Klingel schlug an, Pissi pellte Rose aus der Jacke und begann, mit Hilfe von zwei Frauen Platten mit erlesenen Köstlichkeiten in den Tagungssaal zu tragen. Rose erzählte Pissi in einem günstigen Moment von seinen Quartier-Problemen. Der alte Freund drückte ihm den

Schlüssel des Dachzimmers in die Hand, in dem sonst Müllender schlief.

Er hatte nicht damit gerechnet, daß er so lange schlafen würde. Rose stand auf, machte das Bett, ignorierte auf dem Weg zur Treppe das erstaunte Gesicht einer Motel-Angestellten und verhielt sich im Treppenhaus sehr aufmerksam, um nicht Sänger in die Arme zu laufen.

Während Rose durch das Treppenhaus schlich, stand Sänger inmitten der Tagungsteilnehmer vor dem Motel. Alle trugen Jogging-Anzüge. Man reagierte cool auf die erstaunten Gesichter der anderen Gäste. Zum Schluß waren fast alle Tagungsteilnehmer beisammen. Sänger winkte nach oben, die Frau hinter dem Fenster spitzte den Mund zu einem Kuß. Dann setzte sich der Troß in Bewegung.

Um in den Wald zu gelangen, mußten sie über die Fußgängerbrücke und den Parkplatz. Sänger ließ den Blick über die Weiten des Parkplatzes schweifen. Plötzlich stutzte er. *Den kennst du doch. Diese Körperhaltung, wie kommt der Kerl ...? Na warte, den Spaß wollen wir uns gönnen.*

«Nun mal langsam in Bewegung setzen die morschen Knochen!» forderte er die Mitglieder der Laufgruppe auf und begann, auf der Stelle tretend zu traben. Er wies auf den Mann beim weißen Polo und flüsterte verschwörerisch:

«Das da vorne ist der Hase. Und wir, wir sind die Jäger.» Sänger blinzelte gutgelaunt in die Runde, drehte sich um und lief los.

«So, Rose, jetzt geht's Ihnen an den Kragen!»

Rochus Rose fuhr der Schreck in den Körper. Er sah Sänger in einem taubengrauen Jogginganzug mit dunkelrot abgesetzten Nähten auf sich zulaufen. «Hauen Sie ab, Rose!» rief Sänger. «Fliehen Sie, solange Sie noch können!» Rose folgte dem ausgestreckten Arm Sängers. In diesem Moment setzten sich fast zwanzig Menschen in Bewegung. Und sie kamen alle auf ihn zu! Rose drehte sich um und lief. Sänger blieb stehen und wartete, bis die anderen aufgeschlossen hatten.

«Saubere Idee, lieber Sänger», lobte der Redner vom Vortag, während er breitarschig an ihm vorbeitrabte. «Jetzt ist das wenigstens wie im Leben, dieses Gejogge. Man hat ein Ziel vor Augen.»

«Ein Opfer», entgegnete Sänger, wieder auf gleicher Höhe wie der Redner.

«Ein Opfer», wiederholte der schmunzelnd. «Ein Opfer, köstlich.»

Die ersten Meter lief Rose wie in Trance. *Haushalten mit der Kraft. Sie sind so viele, und du bist ganz allein. Das ist wie im Leben.*

Die Jagd ging Richtung Wald.

«Ein Hase im Trench», rief der Redner dem neben ihm laufenden Sänger zu. «Er weiß, wo er zu Hause ist. Im grünen, dunklen Tann.»

«So bringt es viel mehr Laune», rief ein Mitläufer.

«Danken Sie unserem Freund Sänger!» rief der Redner. «Der hatte die Idee.»

«Der Hase kann noch viel mehr als traben», knurrte Sänger. «Er kann auch richtig flitzen.» Mit dem Ruf: «Los jetzt, Rose, Endspurt!» wetzte Sänger plötzlich los.

Roses Muskeln wollten den Dienst versagen. *Gegen den hast du keine Chance. Der rollt dich von hinten auf.* Aus Angst legte Rose einen Zahn zu – und merkte erstaunt, daß Sänger sich seinem Tempo anpaßte. Keineswegs holte er auf.

«Schade», riefen mehrere Mitläufer. «Der Hase will nicht in den Wald. Wo will er hin?»

Und dann blieben alle wie auf Kommando stehen.

«Das kann er doch nicht machen», stieß jemand hervor.

«Entsetzlich», rief ein anderer.

«Bleiben Sie stehen, Mann!» brüllte der Redner.

Rose kletterte über die Leitplanken, ließ die beiden Lastwagen vorbei und eilte auf die rechte Spur der Autobahn. Sie hupten ihn an, Scheinwerfer flammten auf, die Fahrer nahmen den Fuß vom Gas. Es kam zu vier Beinahe-Auffahrunfällen. Rose sah die rasend schnell herankommenden Wagen, sprang auf die rechte Spur zurück, doch einige Wagen scherten im gleichen Moment von der Überholspur auf eben diese aus. Noch zwei Sprünge, und Rose stand wieder an der Leitplanke, hielt sich mit beiden Händen fest. Er war außer sich vor Aufregung und Angst. Er blickte zurück. Und obwohl er nicht wußte, ob es Sänger war, den er durch die dichtstehenden Büsche sehen konnte, stieß er sich ab, lief vor, stoppte, ein Schritt vor, stehenbleiben, ein Sprint – und Rose stand auf dem Mittelstreifen. Die Gesichter in den Autos wischten an ihm vorbei. Zitternd kletterte er über die Leitplanke. Die Gegenfahrbahn erledigte er in einem Zehntel der Zeit. Die Lenkerin des pfeilschnellen Golf Turbo-Diesel schloß unwillkürlich die Augen und hielt drauf. Ein Ausweichen wäre auch gar nicht mehr möglich gewesen, das mußte Rose besorgen. Er stürzte über die Planke, vor ihm das Motel. Er stürmte am Empfang vorbei, begegnete einem perplexen Pissi, rannte in den Tagungssaal, riß die eine Tür auf, die zweite. Rose raffte lose Zettel und ein Karussell mit Dias an sich. Hinter ihm auf dem Flur polterte es. Ein Satz, und er war durch das zum Lüften geöffnete Fenster draußen. Keine zehn Sekunden später stürmte Sänger herein. Er sah sich hektisch um, flankte durchs Fenster.

«Rose! Halten Sie an!»

Rose sprang die Stufen der Fußgängerbrücke hinauf. Er konnte den Wagen schon sehen. Aber jetzt lief Sänger wie im Wettkampf.

«Rose! Anhalten, verdammt noch mal!»

Roses Lungenflügel brannten, er hatte Seitenstechen, die Beine wurden schwer. *Liebes, liebes Auto. Laß mich nicht im Stich. Spring bitte an. Spring an. Spring!* Rose riß die Tür auf, warf alles auf den Beifahrersitz, ließ sich hinters Steuer fallen – ein siedender Schreck: *Der Schlüssel!* Griff in die Manteltasche.

«Rose! Sie werden Ihres Lebens nicht mehr froh! Rose, halt!»

Ins Schloß, drehen, das Herz bleibt stehen, der Motor springt an wie nichts, das Herz schlägt, Gang rein, Kupplung kommt und Gas. Das kleine Auto machte einen Sprung nach vorn. Ein eisessender Touristen-Junge, blond wie dänische Dünen, zog seelenruhig eine Sandale zurück und rettete damit seinen Fuß vor der Donaldduckisierung. Da schnellte Sänger heran, bekam eine Hand an die Tür, und Rose blickte in ein erhitztes aggressives Gesicht. Sänger wollte mit der anderen Hand Rose ins Lenkrad greifen. Doch Rose hatte schon zu viel Fahrt drauf, ein kurzer Biß in Sängers Handrükken, Sänger mußte loslassen. Der Schwung war so groß, daß er sich nicht halten konnte. Zwei, drei große Schritte im verzweifelten Bemühen, sich zu fangen, dann stürzte Sänger zu Boden.

Der Polo qualmte, als Rose sieben Stunden später auf die heimische Tankstelle fuhr. Gerade rechtzeitig, um einen heftigen Streit zwischen Adler und Hajo zu schlichten.

«Laß mich los», brüllte Adler Rose an. «Ich erwürge den Kerl, diesen Saboteur. Ich bringe ihn auf Null. Kündigen tu ich ihm sowieso.»

«Aber wenn es doch nur ein Versehen war», verteidigte sich Hajo matt.

«Versehen, Versehen», höhnte Adler. «Ab wann ist es denn bei dir kein Versehen mehr? Wenn der Wagen vom Gelände fährt und du hast drei Reifen und ein Lenkrad übrigbehalten? Laß mich los, Rochus, oder ich kündige dir auch gleich.»

«Mir hast du bereits gekündigt.»

Das verblüffte Adler nun doch. «Ach, habe ich das? War mir ganz entfallen. Kann man mal sehen, auf was man als Arbeitgeber alles achten muß. Möchte mal wissen, wie das die Chefs von Siemens und von Volkswagen schaffen, den Überblick zu behalten.»

«Was ist denn los?» fragte Rose.

«Frag den da, den Saboteur», knurrte Adler und ließ die beiden stehen.

«Es war kaum was», sagte Hajo ohne besondere Überzeugungskraft. «Irgendwann fällt jeder Auspuff ab. Ich habe es lediglich etwas beschleunigt.» Hajo zog den Kopf ein, als Adler von der Werkstatt herüberrief:

«Rochus, frag den Saboteur nach dem Austauschmotor.»

Rose blickte Hajo an, aber Hajo mußte gerade dringend woandershin gucken. «Hajo, Hajo», sagte Rose bekümmert. «Du darfst dich wegen Doris nicht so hängen lassen.»

«*Ich* lasse mich hängen? *Sie* läßt mich doch hängen. Tag für Tag. Und besonders Nacht für Nacht. Alles an mir läßt sie hängen.»

«Du mußt klare Verhältnisse schaffen, Hajo. Ihr müßt euch aussprechen. Und wenn ihr seht, daß es nicht mehr geht, dann müßt ihr eben in den sauren Apfel ... und so weiter.»

«Du hast gut reden. Du hast ja keine Freundin.»

«Immer Ärger mit den Frauen», sagte Rose zu Adler, der es ohne Hajo nicht aushielt.

«Nicht mit den Frauen», korrigierte Adler bösartig, «sondern mit Doris. Das ist ein Unterschied. Das ist der Unterschied zwischen einem Rolls-Royce und einem Matchbox-Auto.»

Eine Sekunde später hielt Hajo Adlers Weste in beiden Händen.

«Und nun? Und nun?» fragte Adler mühsam beherrscht. «Jetzt möchtest du mir gern ein paar zwischen die Augen hauen, was? Ich würde mir das an deiner Stelle gut überlegen, Hans-Joachim Pillau. Die Warteräume im Arbeitsamt sollen extrem verräuchert sein, und du kriegst doch schon Kopfschmerzen, wenn einer nur eine Pakkung Zigaretten auf den Tisch legt.»

Adler und Hajo funkelten sich an.

«Nun hört doch auf», rief Rose.

«Ich tu ja nichts», sagte Adler knurrend. «Ich warte nur darauf, daß mir mein festangestellter Saboteur einen Knopf von meiner original portugiesischen Landarbeiterweste abreißt. Dann fließt hier nämlich Blut.»

«Wo hast du das flotte Ding eigentlich her?» fragte Rose. Das war eine geniale Volte.

Sofort schüttelte sich Adler kokett in den Schulterblättern, damit das Kleidungsstück besser zur Geltung kam.

«Du hast Geschmack, Rochus Rose. Du bist also doch in der Lage, ein Stück Textil anzuerkennen, das noch nicht mal entfernte Ähnlichkeit mit einem Trenchcoat aufweist.»

Adler entfernte Hajos Hände von der Weste.

«Und das sage ich euch», keuchte Hajo. «Das mit Doris und mir, das muß ich ganz allein mit Doris klarkriegen. Das ...»

«... Geschenkt», unterbrach ihn Adler, «aber krieg es doch bitte noch in diesem Jahrtausend klar, okay? Du würdest mir eine große Sorge vom Herzen wuchten.»

«Welche denn?»

«Die Sorge, daß ich in der nächsten Zeit Kunden um Kunden auf Grund von mysteriösen Autounfällen verliere. Kränze und Blumengebinde gehen unheimlich ins Geld. Das ziehe ich dir alles vom Lohn ab.»

Hajo boxte Adler gegen das Brustbein und trollte sich.

«Armes Schwein», murmelte Adler. «Und alles nur, weil ihm seine Frau weggelaufen ist. Was soll ich denn sagen? Damit einem eine weglaufen kann, muß man doch erst mal eine haben. Der ist doch noch gut dran, der Windhund. Er hat doch was, wovon er zehren kann: die Erinnerung.»

«Adler, ich habe da was ...»

«... Eine Frau?»

«So ähnlich, ein Problem.»

Rose holte aus dem Wagen, was er im Motel an sich gebracht hatte. Er erzählte, Adler hörte staunend zu.

«Ich verstehe das nicht», sagte er danach. «Warum passieren solche Kamellen immer nur und immer wieder Rochus Rose? Was hast du an dir, das solche Dramatik anzieht?»

«Es trifft immer die Besten.»

«Jedenfalls mußt du was unternehmen», sagte Adler. «Dieser Knilch, dieser Sänger, braucht was vor den Bug, am besten was mit Sinn und Verstand und Stempel drunter. Auf was anderes reagieren die nicht.»

«Anwälte kosten Geld. Außerdem kenne ich keinen.»

«Du Glücklicher, da bleibt dir viel erspart. Ich kenne einen. Und zu dem gehst du jetzt.»

«Ist das einer von den Leuten, mit denen du damals aus der Tankstelle ein alternatives Bastelzentrum machen wolltest und die dann alle abgesprungen sind?»

«Wir haben es etwas weniger niedermachend genannt. Aber im Prinzip hast du recht.»

Dr. Dr. Klaus Hintermann blätterte die Papiere durch; er hielt auch noch einmal einige Dias gegen das Fenster. Dann blickte er über den Rand seiner Brille mit den halben Gläsern.

«Was bitte, soll das, Herr Rose?»

«Das ist das Belastungsmaterial. Damit kann man sie rankriegen, die Lumpen.»

«Ich höre immer ‹Belastungsmaterial›. Wen um alles in der Welt wollen Sie mit diesen Papieren denn belasten?»

«Die Versicherung. Die Leute, die sich in Weiskirchen getroffen haben. Ich habe Ihnen doch ...»

Hintermann winkte ungeduldig ab: «Ja, Sie haben mir in epischer Breite davon erzählt. Hier, diese Dias ... tut mir leid.»

Rose fand vor lauter Verblüffung kaum Worte. «Aber ... die Polizei ...»

Hintermann guckte ergeben an die Wand hinter Rose. Der Anblick der vier Bruno Bruni-Lithographien erquickte seine geplagte Anwaltsseele. *Dieser Adler ist ein altmodischer Menschenfreund. Mit was für Leuten der sich abgibt. Der ist irgendwann mal in seiner Entwicklung stehengeblieben.*

«Sehen Sie doch hier», haspelte Rose. «Diese Abbildung ...»

Hintermann nahm ihm das Blatt aus der Hand: «Ich sehe darauf ein flottes Automobil, an dem sich leider ein Rabauke vergangen hat.»

«Und hier, sehen Sie.»

«Bilder von einer verwüsteten Wohnung; Graphiken über den Geschäftsverlauf in verschiedenen Versicherungs-Gruppen: Sach, Kranken, Leben. Herr Rose, das finden Sie in jeder Bilanz. Das ist weder geheim noch unrechtmäßig. Das berührt noch nicht mal Datenschutz-Fragen, und das will heutzutage schon was heißen.»

«Aber sie haben über Zerstörungen geredet.»

«Herr Rose, Sie haben mir zur Begutachtung keine Tonbänder vorgelegt, was übrigens auch nicht legal wäre. Sie haben mir diese Papiere und diese Dias auf den Tisch gelegt. Und ich sage Ihnen: Die Papiere enthalten meines Erachtens ohne Ausnahme öffentlich zugängliches Material. Gucken Sie mal ins ‹Spiegel›-Archiv. Da gehen Ihnen die Augen über. Oder denken Sie an die Geheimdienste. 80 Prozent aller Informationen, mit denen die ihre Scharmützel treiben, stammen aus öffentlich zugänglichen Quellen.»

«Die Dias.»

«Richtig, Sie haben mir auch Dias gezeigt. Dazu kann ich Ihnen nur eins sagen: Respekt vor dem Fotografen. Der Mann versteht sein Handwerk.»

Nachlässig nahm Hintermann ein Dia nach dem anderen in die Hand, hielt es kurz gegen das Fenster.

«Das sind Fotos, wie sie bei Versicherungen täglich in großen Mengen anfallen. Und die Straßenszenen, die könnten von Film auf ...»

In diesem Moment entdeckte Hintermann etwas. Er hielt das Dia gegen das Fenster. Rose sprang auf, stellte sich dicht neben den Anwalt. Er erkannte Irene auf den ersten Blick.

«Ich werde mit den Unterlagen zur Polizei gehen», sagte Rose. «Die müssen mir zuhören, die sind verpflichtet ...»

«Sie haben in der Vergangenheit Kontakt mit psychiatrischen Einrichtungen gehabt, bin ich da richtig informiert?»

«Warum fragen Sie mich, wenn Adler es Ihnen erzählt hat?»

«Sie waren in Ochsenzoll.»

«In der Landesnervenklinik. Wäre ich in einem Krankenhaus für Knochenbrüche gewesen, würde kein Hahn danach krähen.»

«Das ist zweifellos richtig, Herr Rose. Aber wir beide bestimmen nicht die Spielregeln und Empfindlichkeiten dieser Gesellschaft. Sie waren in Ochsenzoll, weil Sie auf Grund einer Art... Verfolgungswahn oder Verschwörungstheorie über die Stränge geschlagen haben.»

«Sie haben meinen Vater in den Tod getrieben.»

«Sehen Sie, Herr Rose, das ist es. Sie müßten hören, wie sich Ihre Stimme anhört. Sie müßten in diesem Moment Ihren Gesichtsausdruck sehen können. Lassen Sie ab von Ihren durch nichts bewiesenen Verdächtigungen. Fangen Sie sich, dann fängt man Sie nicht. Kleiner Scherz am Rande.»

«Ich gehe dann jetzt. Vielen Dank noch mal.»

«Wenn ich mich recht entsinne, dann haben Sie damals eine Versicherung beschuldigt. Mehr als das: Sie sind mit einer Pistole gegen diese Versicherung vorgegangen.»

«Und?»

«Und jetzt kämpfen Sie wieder gegen die Versicherung. Mit einem Unterschied: Damals war Ihr Gegner ein einziges Unternehmen...»

«... Die Passau Paderborner.»

«... Und jetzt ist es die gesamte Versicherungswirtschaft auf einen Schlag. Herr Rose, ich kann Sie nur warnen: Verrennen Sie sich nicht. Ihre Beweise sind dürftig, sie tendieren gegen Null. Das einzig Handfeste, was Sie haben, ist Ihre Vergangenheit. Und die wird man notfalls gegen Sie richten. Ich kenne mich da aus. Grüßen Sie Adler von mir. Und er soll endlich erwachsen werden.»

«Chef, Chef! Er ist wieder da! Und er hat diesen Ausdruck in den Augen.»

«Gut gemacht, Helmut. Auf dem Posten bleiben.»

«Jawollja, immer zu Diensten», haspelte der Pförtner der Passau Paderborner ins Telefon. Er legte auf, beugte den Oberkörper aus seinem Kabäuschen und sah gerade noch, wie Henry Pietsch im Lift verschwand.

In einem Büro drei Stockwerke höher wurde es unruhig.

«Ich muß sofort nach Hause.»

«Wir erwarten Besuch von meinen Schwiegereltern.»

«Dann verschwindet doch alle, ihr Feiglinge», brüllte der Sachbearbeiter. «Kameradenschweine! Immer muß ich mit dem Giftzwerg reden. Er verfolgt mich schon bis in den Schlaf.»

Da ging auch schon die Tür auf, die Kollegen des Sachbearbeiters drückten sich eilig an Henry Pietsch vorbei nach draußen.

«Nehmen Sie schon Platz», sagte der Sachbearbeiter mißmutig. Sein Vorgesetzter hatte ihn verdonnert, freundlich zu dem Mann zu sein.

Pietsch ließ sich auf den Stuhl fallen. Hier hatte er in der letzten Zeit häufiger gesessen.

«Na, haben Sie mit Ihrem Vorarbeiter gesprochen?» begann er unverzüglich die Kampfhandlungen.

«Ich habe mit dem Herrn Abteilungsleiter Rücksprache gehalten, jawohl.»

«Na und? Reden Sie schon, Mann. Ich habe nicht vor, meinen Lebensabend in Ihrem Büro zu verleben.»

«Treiben Sie nicht mit dem Entsetzen Scherz, Herr Pietch.»

«Sie lernen es einfach nicht. Ich heiße nicht Pietch, sondern Pietsch. Mit sch, es-ce-ha. Genau wie in Scheibenkleister.»

«Ich darf doch nun wirklich darum bitten, daß Sie nicht ständig auf meinem Sprachfehler herumreiten, Herr Pietch.»

«Also, was sagt Ihr Chef? Wie heißt er eigentlich? Oder numerieren Sie Ihre Chefs von 1 an aufwärts durch?»

«Er heißt Ignatius. Fritz Ignatius.»

«Ja, da strahlen Sie. Weit und breit kein bedrohliches sch am Horizont.»

«Hören Sie, Herr Pietch, ich muß mich hier nicht von Ihnen churigeln lassen. Ich ...»

«Geschenkt. Haben Sie nun endlich Ihre Dickfelligkeit aufgegeben oder muß ich erst zur Polizei gehen, damit Bewegung in den Fall kommt?»

Der Sachbearbeiter wühlte in seinen Papieren. Er hatte die Erfahrung gemacht, daß so was die Leute beeindruckte.

«Also, Herr Pietch, ich bin befugt, Ihnen eine Art Friedensangebot zu unterbreiten.»

In Pietschs Gesicht zogen dunkle Wolken des Mißtrauens.

«Nein, nein, sagen Sie noch nichts», flehte der Sachbearbeiter. «Hören Sie mir erst zu. Ja, es stimmt, Frau Käthe Cathomen hat ihre Lebensversicherung gekündigt.»

«Weiß ich seit Wochen, weiter.»

«Sie hat sie kurzfristig gekündigt – und zwar zum 1. Juli.»

«Da habe ich Geburtstag.» Mehr erfuhr Pietsch nicht.

«Aufgepaßt! Jetzt kommt eine Arschbombe!»

Die Badenden versuchten noch, sich in Sicherheit zu bringen, aber es war zu spät. Mit ungeheurem Gespritze landete Golze im Becken. Prustend tauchte er auf, blickte beifallheischend um sich. Der Kommissar wollte es sich nicht anmerken lassen, aber insgeheim wunderte er sich schon, warum sich jedesmal kurz nach seiner Ankunft im Bassin der Wohnanlage Mundsburger Hochhaus-Türme das Hallenbad so dramatisch entvölkerte. *Können doch nicht alles Kriminelle sein. Obwohl: Bei den Mieten hier würd's mich nicht wundern.* Golze hatte sich zur Beförderung eine neue Wohnung spendiert. Er bewohnte ein 1-Zimmer-Apartment im 16. Stock des Wohnturms. Der Spaß kostete ihn 890 Mark, darin war der Stellplatz in der Tiefgarage mit enthalten. Verwirrt paddelte Golze durchs Becken. Wo er draufzuhielt, teilte sich der Strom der unverdrossen zurückgebliebenen Schwimmer. Das fand Golze irritierend, aber auch schmeichelhaft. *So muß sich Jesus gefühlt haben, als sich das Schwarze Meer vor ihm teilte. Oder war's das Rote? Jedenfalls nicht das Grüne, denn grün ist mein kleiner, niedlicher Sportflitzer.* Golze lächelte und schluckte Wasser.

Nach den ersten 20 Wagen wird es Routine. Rochus Rose zog den Schraubenzieher zum viertenmal quer über die Fahrertür des dunkelgrünen Scirocco. Er sicherte nach allen Seiten, die Tiefgarage war leer. Dann betrachtete er den runden Aufkleber am Heck des Wagens: «Polizei – Wer sich an diesem Wagen vergreift, dem soll die Hand abfaulen.»

«Kriiietsch!» Rose kerbte den Schraubenzieher von hinten bis zur Vordertür durch den Lack. *Und nun der zweite Akt. Die Tür.* Rose zog die Brötchentüte aus der Jackentasche, in die er die weißen Lackteile geschüttet hatte. Er verteilte die Splitter, die er von einem demolierten Kotflügel auf der Tankstelle abgekratzt hatte, entlang der linken Seite des Scirocco. Dann holte er eine Flasche Tipp-Ex aus der Tasche, strich den Pinsel sorgfältig aus und malte weiße Kratzspuren auf den demolierten Lack. Ein Wagen fuhr in die Garage, Rose ging hinter einem Pfeiler in Deckung. Gleich darauf kam ein zweiter, ein dritter, vierter Pkw.

Rose stand der Schweiß auf der Stirn, obwohl in der Tiefgarage kaum mehr als zehn Grad herrschten. Autos wurden abgeschlossen, Stimmen wurden leiser. Rose vollendete sein Werk mit Akribie. *Wenn ich der Besitzer dieses Wagens wäre, würde ich bei diesem Anblick voraussichtlich aus der Haut fahren.*

Mit einem munteren «Spiel mir das Lied vom Tod» auf den Lippen betrat Kommissar Golze sein Hochhaus-Apartment. Eine prächtige Nachmittagssonne badete sein bißchen Wohnung in warmem Licht. Golze trat spontan ans Fenster, um der Natur nahe zu sein. Unwiderstehlich wurde sein Blick nach unten gezogen. Der Anblick der winzigen Autos und wieseligen Menschen drehte ihm wie üblich den Magen um. Golze machte, daß er ins Innere der Wohnung kam. Instinktiv suchte er die Stelle auf, die er durch Ausprobieren als geographischen Mittelpunkt der Wohnung herausgefunden hatte. Zwischen Sessel und Zweisitzer stehend, konnte er – ohne sich vom Fleck zu rühren – alle für das Leben notwendigen Verrichtungen ausführen. Er konnte fernsehen, schlafen, hatte keine Chance, aus dem Fenster zu sehen, traf mit einem parabelförmig geworfenen Steak die gußeiserne Pfanne in der 1,77 mal 1,25 Meter großen Küche; und wenn er mehr als zwei Flaschen Bier getrunken hatte, war der Druck auf der Blase groß genug, um von hier ins Klobecken urinieren zu können. Die ersten und die letzten Tropfen verliefen immer etwas peinlich, aber Golze machte es ja nicht jeden Tag. Genaugenommen hatte er es bisher erst zweimal gemacht: als er mit den Kollegen vom Kommissariat seine Einstandsfete gegeben hatte; und dann, als er Anja imponieren wollte. Leider hatte er nie erfahren, ob sie beeindruckt war. Er hatte sie seitdem nicht wiedergetroffen.

«Bimbam, das Telefon», summte Golze gutgelaunt. Wenn er seinen Dienstschweiß im Hallenbad abgespült hatte, fühlte er sich ausgesprochen ausgelassen.

«Golze, das Leben ist schön. Finden Sie nicht?» trällerte Golze in den Telefonhörer.

«Kommt drauf an, ob Sie ein Mensch sind oder ein Scirocco.»

«Ich verstehe nicht.»

«Sind Sie Achim Golze, der gleichnamige Kriminalkommissar?»

Golze fühlte sich gebauchpinselt. «Nun ja ...»

«Eben hat jemand Ihren Wagen angedellt. Anschließend hat er Fahrerflucht begangen.»

«Das ist nicht wahr!»

«Leider doch. Ich bin zufällig Zeuge geworden. Ich habe mir ebenso zufällig die Nummer des Tatautos aufschreiben können. Möchten Sie sie hören?»

«Aber auf der Stelle! Den Banditen mische ich auf, daß er nicht mehr weiß, wie rum er sich vors Klo stellen muß, wenn's ans Pinkeln geht. Her mit der Nummer, Sie sympathischer Zeitgenosse.»

«HH ...»

«Halt, warten Sie, ich schreibe das auf, damit es nicht zu Mißverständnissen kommt.»

Golze ließ den Hörer fallen und wetzte durch die Wohnung. Er hatte nicht viel zu wetzen, aber einen Kugelschreiber fand er trotzdem nicht. Das ging ihm jedesmal so.

«Die ißt einer auf», murmelte er, rannte in die Küche, riß den Kühlschrank auf ...

«Das Kennzeichen!» bellte Golze zehn Sekunden später.

Was ihm der Anrufer durchgab, hielt Golze auf der weiß gebeizten Tischplatte fest. Die Tinte bestand aus Tomatenketchup, sein Zeigefinger war der Stift, und Rache saß in seiner Brust.

«Haben Sie die Nummer?» fragte der Anrufer. Es war eine männliche Stimme.

«Ich habe!» rief Golze. «Ich werde augenblicklich geeignete Gegenmaßnahmen einleiten. Heißen Dank, Herr ... Herr ...»

Im Hörer läutete es. Dann wurde aufgelegt.

Immer noch grinsend öffnete Rose die Wohnungstür. Im nächsten Moment flog er rückwärts gegen die Flurwand, so hart hatte der Mann im Trainingsanzug die Tür nach innen geschlagen. Der Aufprall war schmerzhaft. Rose japste nach Luft, wollte sich instinktiv nach vorne beugen, da packte ihn der Mann an beiden Schultern, riß ihn in die Höhe und stieß ihn erneut gegen die Wand. Als Rose die Augen öffnete, sah er Sänger in der Wohnungstür stehen.

«Tach, Rose», sagte Sänger schlecht gelaunt und schloß die Wohnungstür. Der Mann im Trainingsanzug hielt eisern fest. Er war durchschnittlich groß, wirkte aber enorm kräftig. Seine Gesichtszüge waren fast zart. Eine Dauerwelle kräuselte das blonde Haar. Die wasserblauen Augen standen extrem dicht zusammen.

Der Trainingsanzug war pastellblau und ebenso teuer wie bequem. Der Mann roch nach Hund, das erkannte Rose ohne Zweifel.

«Lassen Sie mich los», keuchte er.

Im Gesicht des Mannes zuckte kein Muskel, als er Roses Oberkörper an die Wand schlug. Zum Schmerz kam ein neues Gefühl: Entsetzen über die Hilflosigkeit.

«Am besten ist, du hältst die Schnauze», sagte der Mann im Trainingsanzug.

«Paß auf, daß du ihm nicht weh tust, Ali». Sänger verschwand im Wohnzimmer. Der Mann dirigierte Rose hinterher und schleuderte ihn so vehement in den Sessel, daß der Sessel seitlich kippte und Rose mit knapper Not einen Sturz vermeiden konnte.

«Guck mal, Nobbi», sagte Ali lachend. «Ist zu dumm zum Sitzen.»

Er sprang auf Rose zu, der sofort das Gesicht hinter seinen Armen verbarg, packte ihn unter den Achseln, zerrte ihn in die Höhe, stieß ihn brutal in den Sessel zurück und rief lachend:

«Zu dumm zum Sitzen. Kann nicht sitzen, der Kerl. Kann frechsein, aber sitzen kann er nicht.»

«Ali!»

Ali ließ von Rose ab und unterzog das Wohnzimmer einer gründlichen Durchsuchung. Während er an den Möbeln rüttelte, eine Vase hob, sie grob zurückstellte und dann das Schild «Private Investigations» betrachtete, begann Sänger:

«Also Rose, Sie werden verstehen, daß ich etwas für meine Sicherheit tun muß, nachdem Sie Freude daran finden, mich auszuspionieren.»

Roses Augen hingen angstvoll an dem Schläger, der ihm zulächelte und das Zimmer verließ. Sekunden später begann es nebenan zu rumoren.

«Ali!» rief Sänger. «Du sollst nichts kaputtmachen.» Er zögerte und rief: «Heute jedenfalls noch nicht. Heute gibt mir Rose die Dias zurück. Nicht wahr? Da ist zwar nichts drauf, was irgend jemand interessieren könnte, aber hier geht es ums Prinzip. Wehret den Anfängen.»

Sänger kam dicht an Rose heran und lächelte:

«So, bevor ich sauer werde, her mit den Bildern!»

Rose drehte sich um, im Türrahmen grinste Ali ihn an. Rose deutete auf den Schreibtisch. Sänger hob zustimmend den Kopf, und Rose bückte sich, um die Schreibtischschublade aufzuziehen. Im untersten Fach lag das Karussell mit den Dias. Rose griff hinein und wurde mit Wucht gegen die Tischkante gestoßen. Ali lachte: «Sorry, der Arsch lädt einfach zum Reintreten ein.»

Sänger inspizierte die Dias, Rose hielt sich die Stirn. Er begann zu zittern. Er wollte weg, er hielt das nicht mehr aus. *Aber wohin? Sicher ist man doch am ehesten noch zu Hause. Du hast kein Zuhause mehr. Sie gehen hier ein und aus, sie haben das Sagen. Und du, du hast die Angst.*

«Ich melde mich», fuhr Sänger fort. «Allerdings werde ich nicht mehr so naiv und vertrauensselig vorgehen wie in der Vergangenheit. Vertrauen gegen Vertrauen, Rose. Oder Zahn um Zahn. Ganz wie Sie wollen.»

«Schrott», sagte Ali verächtlich, «alles Schrott, was hier rumsteht.» Er blickte Rose an, der im Sessel lag, beugte sich vor und packte Rose an beiden Schultern:

«Na, du Penner, das übst du jetzt aber gefälligst, das mit dem Sitzen. Ich komm mal vorbei und kontrolliere das. Dann sitzt du mir was vor. Und wehe, du sitzt nicht richtig, dann setzt es was.»

Brüllend vor Lachen verließ Ali die Wohnung.

«Oh, mein Gott!»

Achim Golze nahm den Namen des Allmächtigen nicht leichtfertig in den Mund. Da mußte schon gehörig was passieren. Es *war* passiert. Der Kommissar stand vor seinem Scirocco.

«Wie eine klaffende Wunde», stammelte Golze.

Aber er war kein Klageweib. Er war ein Mann, der auf den Schalthebeln der Macht mit Routine und Zielstrebigkeit spielte, mochten die Schalthebel hinterher auch das Gegenteil behaupten. Golze streichelte seinem Auto übers Dach, dann ging er telefonieren.

«Vorname Passau und Familienname Paderborner, oder was? Das ist ein Unwesen mit der Zulassung auf Firmen. Da schwindet die persönliche Verantwortung, und dann können wir doch einpakken», bellte Golze am Telefon die arme Frau vom Verkehrsamt an. «Oder könnten Sie mir mal erklären, wie man einer Versicherung ein paar hinter die Ohren haut? Dazu braucht's das Individuum, darauf beruht in unserem Land doch alles, erst recht bei den Verhörmethoden.»

«Hallo, Irene.»

«Hallo, Adler. Komm rein. Du brauchst auch nicht besonders leise zu sein. Kannst ruhig so gehen wie sonst auch. Wie's der Zufall will, ist keiner zu Hause heute abend.»

«Potzblitz, diese Zufälle», murmelte Adler und hatte, ehe er sich versah, im Flur schon seine Schuhe ausgezogen. Auf derben Wollsocken folgte er Irene in den hinteren Trakt der Sechs-Zimmer-Wohnung.

«Und wo steckt Tillmann? Ausgewandert ins Klugscheißer-Country?»

«Schläft heute bei Frauke, Frauke ist die Frau, die er heiraten wird. Und zwar an seinem 18. Geburtstag.»

«Von wem er das nur hat, diese Neigung zur langfristigen Bindung? Von Mutter und Vater ja todsicher nicht.»

«Till hat keinen Vater. Das war ein freischwebender Samenfaden, von dem ich seinerzeit getroffen wurde. Ich habe nur nicht schnell genug ausweichen können, sonst ...»

Irene beschrieb mit ausgestrecktem Daumen die Kopf-ab-Bewegung.

«Herzig», sagte Adler und schluckte trocken.

«Du hast Hunger, wie?»

In der Küche legten sie gemeinsam die Vorräte flach. Adler aß nicht, Adler fraß. Er hatte das manchmal.

«Mannomann», staunte Irene. «Ich denke, die Zeitung für den bissigen kleinen Selbständigen heißt ‹Impulse› und nicht ‹Essen und Trinken›.»

«Apropos trinken», drückte Adler kauend heraus.

Irene holte eine Flasche Rotwein aus ihrem Kleiderschrank. Sie fand es nicht besonders WG-like, den Alkohol dermaßen privatistisch zu horten. Sie hatte es mit offizieller Lagerung probiert und dieses Verhalten erst bei der (mitgezählt) 25. Flasche Wein geändert, die zwar ihr gehörte, die sie aber erst leer in der Mülltüte entdeckte.

«Geil.» Adler kaute genüßlich auf dem Brei aus Auberginen und Wein herum. «Da merkt man endlich mal, wofür man lebt. Wenn ich mir vorstelle, daß ich das in Zukunft häufiger so haben soll ...»

«Das steht ja noch nicht fest. Deshalb treffen wir uns heute abend ja erst.»

«Und warum sind deine Spezies nicht zur Stelle?»

«Sie haben mir gesagt, daß sie einverstanden sind, wenn ich einverstanden bin.»

«Mutig. Sehr mutig. Merkst du übrigens, daß ich nicht nach Benzin rieche? Ich habe gebadet wie seit Monaten nicht mehr. Du darfst deine Nase gern dichter ranhalten. Falls du dich nicht entscheiden kannst: Ich könnte dir eine entzückende Stelle anbieten, knapp unterhalb meiner Ohren.»

Irene trank schnell das Glas leer. Adler tat so, als ob er es nicht bemerken würde. Irene tat so, als ob sie nicht bemerken würde, daß Adler es bemerkt hatte. Sie ging ins Badezimmer und stand lange vor dem Spiegel. Als sie das Badezimmer verließ, saß Adler auf dem Sofa und hatte eine dieser völlig unbekannt gebliebenen Platten von George Harrison aufgelegt. Irene wußte ebensogut wie Adler, wann diese Platte zum letztenmal gespielt worden war.

«Ha, ha», sagte sie, als sie sein Lächeln nicht länger übersehen konnte. Sie ging in Tills Zimmer, wo sie aus dem Supergeheim-Versteck eine zweite Flasche Rotwein holte.

«Kommen wir zum Geschäftlichen», sagte Adler. «Ich schlafe wahrscheinlich gleich ein. Dann will ich's wenigstens vorher hinter mich gebracht haben.»

Sie lächelte ihn starr an. *Das wage nur, in meinem Zimmer einzuschlafen! In meinem Zimmer schläft keiner vor mir ein. Und wozu betonst du, daß du dich gewaschen hast? Weil du genau gerochen hast, daß ich nach ‹Shalimar› dufte. An dem Abend damals habe ich auch nach ‹Shalimar› gerochen.*

«In deiner WG wird also ein Zimmer frei», sagte Adler.

«Weißt du doch. Maria zieht zu ihrem Makler. Ist auch gut so. Kommen endlich diese ekligen Manager-Zeitschriften aus dem Haus.»

«Och, sooo schlecht sind die gar nicht.»

«Wer?»

«Diese Zeitschriften. Kann man was draus lernen. Vorausgesetzt natürlich, man ist berufstätig, steht also mit mehr als einem Zeh mitten im Leben.»

Sie blickte in sein feixendes Gesicht.

«Kommst dir sehr stark vor, wie?»

«Wieso auch nicht? Ich bin sauber gewaschen ...»

«... Ja doch, Himmelherrgott. Ist angekommen.»

«... ich bin satt, der Rotwein kostet mehr als 1,99. Und mir gegenüber sitzt ein kapitales Weib, dessen Anblick mich seit Minuten an eine von mir seit Monaten skandalös vernachlässigte Handbewegung beziehungsweise Körperbewegung erinnert.»

«Du Ferkel», sagte Irene selig.

«Nicht wahr, das findest du auch», murmelte Adler und verdrehte die Augen, daß sich Irene mehr wie in einem Hallervorden-Film als am Rand ihres frisch bezogenen Bettes vorkam.

George Harrison heulte, der Rotwein wirkte, und Adler grübelte, wie er diese dickfellige Frau neben sich auf das Sofa kriegen konnte.

«Wie geht's denn deiner Männerwirtschaft?» fragte er.

«Danke der Nachfrage. Ich habe zwei bis drei Telefonnummern auf dem Zettel stehen.»

«Verkrampft sich deine Hand nicht, wenn du solche Sündennummern wählst?»

«Manchmal ist sie kurz davor. Dann denke ich daran, daß ich statt dessen deine Lebensgefährtin sein könnte. Dann wählt sich solche Nummer ganz von allein.»

Solche Sätze gefielen Irene. Sie hatte es überhaupt am liebsten, wenn sie die Männer erst rhetorisch an die Wand nageln konnte, bevor sie daranging, einen Nagel nach dem anderen wieder herauszuziehen. Adler trank mit mächtigem Schluck sein Glas aus, stützte sich rechts und links neben Irenes Kopf am Ohrensessel ab und küßte sie. Mächtig rührten ihre Zungen. Dann kam, was selten ausbleibt: Sie riskierten zur gleichen Zeit ein Auge.

«Nachtisch», flüsterte Adler.

«Die Römer saßen nicht bei Tische. Sie lagen.»

«Da bin ich dabei. Du mußt nur vorher alle scharfen Gegenstände von der Matratze räumen, die dein Söhnchen zu hinterlassen pflegt, um zukünftige Väter vorzeitig ins Jenseits zu schicken.»

Die Suche förderte einen Taschenrechner ans Kerzenlicht. Irene legte ihn dezent zur Seite, dann umarmten sie sich. Dann küßten sie sich wie wild. Dann klingelte das Telefon.

«Das könnte Till sein», keuchte Irene.

«Ein Grund mehr, nicht ranzugehen.»

«Vielleicht ist was passiert.»

«Morgen, morgen kann wieder was passieren. Heute passiert hier was.»

«Adler, bitte!»

Zwei Minuten saß er mißmutig auf der Bettkante, fischte dann den Taschenrechner vom Fensterbrett und errechnete die Entwicklung seines Schuldenberges auf der Grundlage von 10, 9 und 8 Prozent. Danach zog er sich aus und ging ins Bett. Es dauerte noch einige Zeit, bis Irene zurückkam.

«Das war Rochus», sagte sie und setzte sich auf die Bettkante. «Da muß was passiert sein. Er hat sich so komisch angehört, aber er hat natürlich wieder nichts zugegeben. Wie findest du ...» Sie guckte Adler genauer an.

«Adler, wie findest du das? Adler, hörst du mich? Valentin? Mein lieber, lieber Valentin.» Sie streichelte ihm über die Bartstoppeln, denn das Rasieren hatte er vor lauter Baden vergessen. Adler lächelte im Schlaf, wickelte sich in die Decke ein, vollführte eine 180-Grad-Wende und lag danach dermaßen diagonal im Bett, daß Irene ziemlich sauer wurde. Sie zog sich aus und wartete, bevor sie endgültig die Kerzen ausblies. Sie wollte Adler eine Chance geben. Aber er wollte heute keine Chance mehr haben. Er wollte seine Ruhe haben. Und sämtliche Kopfkissen, die wollte er auch.

Golzes Scirocco war der glücklichste Scirocco der Welt. Kein anderer Scirocco hatte einen Besitzer, der sich auch nur ähnlich vehement für seinen Wagen schlug. Es waren ja nicht nur Schrammen im Lack – insgesamt 11 Meter Schrammen. Golze hatte es sich nicht nehmen lassen, nachzumessen. Die Schrammen gingen tiefer, sie hatten Golzes Seele angeritzt. Punkt 8 Uhr 02 saß der Kommissar hinter seinem Schreibtisch. Nervös wartete er bis 8 Uhr 28. Da rief Assistent Stinka an. Diskret fragte er nach der Nummer des Büros.

«Ich kann mir die einfach nicht merken, Chef. Es ist wie verhext.»

Golze nannte ihm die Nummer 444, und als Stinka dann endlich das Büro betreten hatte, zog Golze eine Zaubershow an Recherche und Telefonieren ab, daß Stinka ganz stumm vor Bewunderung wurde. Golze drang sofort in die Direktionsetage der Passau Paderborner vor. Eine genervte Männerstimme wollte ihm mit Datenschutz und Mitarbeiter-Fürsorge kommen. Da war er bei Golze an den Richtigen geraten. Er drohte und schrie, stellte Hausdurchsuchungen in Aussicht, wurde immer aufgeregter und wollte grundsätzlich werden, als die Bürotür seines Gesprächspartners geöffnet wurde und die Sekretärin mit der vollen Kaffeekanne hereinkam. Sekunden später hatte Golze seine Auskunft.

«Wahnsinn, Chef», hauchte Stinka, «das werde ich nie können.»

«Durchaus möglich. Aber Sie können sich bemühen. Das zählt. Und jetzt mischen wir den Sachbeschädiger auf.»

Golze griff zum Telefon, wählte und sagte knurrend: «Ich brauche die Adresse eines Sänger, Norbert Sänger.»

Das Klingeln fuhr ihm tief in die Därme. *Sie kommen.* Es klingelte zum zweitenmal. *Das sind sie nicht. Sie klingeln nicht. Schon gar kein zweites Mal.* Ächzend stand Rose auf.

«Mensch, Rochus, wie siehst du denn aus? Bist du in Hut und Mantel ins Bett gegangen?»

Er ließ Irene ins Wohnzimmer.

«Ich kann nicht lange bleiben. Ich bin im Dienst.»

Die Schnauze des Taxis ragte in den Ausschnitt der Straße, den Rose vom Wohnzimmer aus sehen konnte.

«Hast du den Namen?» fragte Rose. «Und die Adresse?»

«Habe ich.»

«War's sehr schwer, sie dem Greifer aus der Nase zu ziehen?»

Sie machte eine vielsagende Handbewegung. Doch sie schmunzelte dabei.

«Heißt er wirklich Sänger?»

«Norbert Joseph Sänger, geboren 12. März 1952 in Bremerhaven.»

«Die Adresse.»

Roses Spannung stieg.

«Magdalenenstraße ...»

«Doch nicht etwa Nummer 4?»

«Wieso? Ich dachte, du weißt nicht, wo der Kerl ...»

«Das ist eine lange Geschichte.»

«Gut denn», sagte Irene ungeduldig. «Ich habe zwei bestellte Fahrten. Wir sehen uns zum abgemachten Termin. Übrigens fällt dir in nächster Zeit eine Deckenplatte auf den Kopf.» Sie deutete nach oben.

Henry Pietsch wollte in letzter Sekunde noch abspringen.

«Ich fühle mich heute nicht besonders. Ich bin dir bestimmt keine große Hi ...»

Rose, in dessen Tasche die Schlüssel klapperten, ließ sich auf keine Diskussionen ein. Und als Pietsch erst mal im Polo saß, war eine Fortsetzung des Gesprächs sowieso unmöglich. Der Motorenlärm war ungeheuer. Rose parkte vor einer Boutique. Pietsch warf einen Blick auf die Preisschilder und lachte. Sie schlenderten Richtung Magdalenenstraße.

«Sehr schnieke», staunte Pietsch. «Hier kommt ein anständiger Mensch ja nie her.» Plötzlich wurden seine Augen groß.

«Da», flüsterte er aufgeregt, «da vorne. Irene ist schon da!»

Rose blieb beiläufig am Taxi stehen und blickte interessiert auf einen Vorgarten.

«Extrem unauffällig», lachte Irene hinterm Steuer. «Sehr profihaft. Viele Filme gesehen, wie?»

«Sag schon», flüsterte Rose, während Pietsch, im Bemühen, ja nicht aufzufallen, einer Frau mit Kinderkarre den Weg versperrte.

«Adler läßt dir einen schönen Gruß ausrichten, und du seist ein Arschloch. Er hat nur ganz ausnahmsweise für eine Stunde den Wagen von einem Kollegen übernommen. Er lungert wie abgemacht vor diesem Bürohaus herum. Der weiße Saab steht auf dem Parkplatz.»

«Wann war das?»

Sie blickte auf die Auto-Uhr: «Vor 45 Sekunden.»

«Gut so», flüsterte Rose. «Los jetzt, Henry.»

Rose wählte den Weg durch die Tiefgarage. Von dort führte eine Treppe ins Haus. Draußen vier Klingelknöpfe mit Namensschild, zwei ohne. Drinnen hatten die Mieter die vornehme Zurückhaltung aufgegeben.

«Sänger», murmelte Rose. «Schön verschnörkelt geschrieben. Hier, halt das.» Er drückte Pietsch das reichhaltig sortierte Schlüsselbund in die Hände.

Rose probierte vier Schlüssel, dann waren sie drin. Während Pietsch hilflos im Wohnungsflur stand, orientierte sich Rose in aller Eile. Er begann mit der Suche im Wohnraum.

«Donnerwetter», sagte Pietsch im Hintergrund. «Alles vom Feinsten.»

«Neureich», knurrte Rose.

«Guck mal, die Technikabteilung hier.»

Rose hatte aber keinen Blick für den Braun-Fernseher, die 18 000-Mark-Musikanlage und die Stereo-Videorecorder für VHS und Video 2000. Die Lautsprechertürme ließen ihn kalt, die Stahlmöbel und die italienischen Sofas. Ihn interessierte Sängers Arbeitsecke. Er hatte sich einen von Würmern zerfressenen Sekretär gegönnt, der zu keinem zweiten Gegenstand im Raum paßte.

«Komm vom Fenster weg», zischte Rose.

«Mir war ... hat da nicht eben einer gehupt?»

«Na und?»

«Vielleicht will uns Irene was sagen, was wir ...»

«Henry, hilf mir suchen, das ist jetzt wichtiger. Such nach Papieren, die interessante Briefköpfe haben. Such nach Listen, auf denen Auto-Kennzeichen und Adressen stehen. Such nach Kontoauszügen, Fotos, Telefonnummern, Notizbüchern.»

Und während draußen ein Wagen hupte und gleich darauf wieder, riß Rose eine Schublade dermaßen weit aus dem Sekretär, daß sie herausfiel und ihr Inhalt krachend auf die Schreibplatte fiel.

«Hallo Adler, Adler bitte melden!» flüsterte Irene ins Sprechfunkgerät.

«Hier ist der mutigste Vogel der Welt. Was gibt's, meine Nachtigall?»

«Bist du sicher, daß der Saab noch auf dem Parkplatz steht?»

«Schon mal einen blinden Adler gesehen?»

«Er steht wirklich noch da?»

«Ich kann ihn von hier sehen. Wenn er rausfahren sollte, werde ich ihn rammen. Aber warum fragst du mich so was Bescheuertes?»

Irene hupte erneut. «Dann bewach mal weiter den Wagen», sagte sie hastig. «Ich kümmere mich in der Zwischenzeit um den Fahrer.»

«Willst du damit sagen, daß ...»

«Da hinten steht Sänger. Ich muß Schluß machen.»

Sie hatte ihn nicht kommen sehen. Er war, als der Lieferwagen aus der Parklücke gefahren war, plötzlich einfach dagewesen, stand auf der gegenüberliegenden Straßenseite und plauderte angeregt mit einer Frau. *Verdammt, was soll ich jetzt ...? Die beiden sitzen da drin in der Falle ... du mußt sie warnen.* Genau in diesem Moment verabschiedete sich Sänger von der Frau, überquerte die Straße und näherte sich der Nummer 4.

«Herr Sänger!?»

Sänger drehte sich um, musterte die Frau, die neben dem Taxi stand. Da es sich um eine Frau handelte, verlief Sängers nächste Handlung reflexartig: Er ging auf sie zu.

«Hallo, schöne Frau. Mein Name auf offener Straße ... und noch dazu aus solch attraktivem Mund.»

«Wir müssen sofort los. Kommissar Golze bittet tausendmal um Ihr Verständnis, aber ...»

Sänger, der spontan einen ersten Schritt Richtung Beifahrersitz unternommen hatte, stutzte.

«Was heißt hier Golze? Wer ist das denn?»

«Pssst.» Irene wies auf die Passanten.

«Es ist sehr eilig», sagte sie eindringlich. «Sonst hätte er nicht mich ...» Sie wies auf das Taxi. «Wie Sie sehen, bin ich nicht gerade von der offiziellen Truppe.»

«Ich verstehe kein Wort», entgegnete Sänger.

Irene kam dicht an ihn heran: «Jagd auf Auto-Schieber. Verdeckte Fahndung. Kein Aufsehen, Sie verstehen?»

«Wollen Sie damit etwa sagen ...?» fragte er äußerst alarmiert.

Irene nickte traurig. «Ich weiß nichts Hundertprozentiges. Aber es hörte sich so an, als ob es für Ihren Wagen nicht gut aussieht.»

«Dann Schnellstart», rief Sänger und stürzte Richtung Beifahrertür. Sie war zugesperrt, er warf sich auf den Rücksitz. «Fahren Sie!» rief er. Irene schickte einen verzweifelten Blick Richtung Haus. *So viele Biere könnt ihr mir gar nicht ausgeben, um das wiedergutzumachen.*

Während sie Pöseldorf verließ, jammerte Sänger auf dem Rücksitz herum.

«Es ist zum Kotzen. Erst dieser Unfall oder Nicht-Unfall oder was auch immer. Und jetzt dies ... wo ist es denn passiert?»

«Fragen Sie Kommissar Golze, der ist umfassend informiert.»

«Ist dieser Golze bei euch für alles zuständig? Hört sich ja an, als ob ihr nur den einen hättet.»

«Diesen Eindruck kann man wirklich manchmal gewinnen. Der Mann ist einfach überall. Eines Tages wird er die Verbrechen selbst begehen, damit er was zum Aufklären kriegt.»

«Können Sie nicht ein bißchen schneller? Die Ampel hätten Sie lässig schaffen können.»

«Ich habe wertvolle Fracht an Bord.» Irene lächelte ihm im Rückspiegel zu.

An der zweiten roten Ampel wurde er sauer. Unwohl rekelte er sich auf der Rückbank. Plötzlich meldete sich der Sprechfunk:

«Get off of my cloud. Südliche Alster get off of my cloud.»

«Die sollen arbeiten und nicht alte Hitparaden rauf- und runterspielen», murmelte Sänger.

«Ach, wir sind soweit ein ganz lustiger Haufen.»

Sänger legte gewohnheitshalber sofort Balzverhalten auf den Rücksitz. Derweil lenkte Irene den Wagen zielstrebig in die Verkehrskontrolle, vor der der Taxi-Funk soeben gewarnt hatte.

«Kontrolle, Mist verfluchter», zürnte Sänger. «Na ja, dürfte uns nicht weiter aufhalten. Ist ja ein Heimspiel für Sie.»

«Sie könnten nicht zufällig nach vorne neben mich ...»

«Wie bitte?»

«Ich bräuchte jemand, der hinterm Steuer sitzt, wenn die Kontrolle ...»

«Häh?»

«Ich habe etwas viel zum Mittagessen getrunken.»

«Sie brauchen doch nur mit dem Finger zu schnippen, dann ...»

«Die Kollegen kennen mich nicht.»

«Dann weisen Sie sich eben aus.»

«Das kann ich nicht. Ich bin undercover. Extrem undercover.»

«Aber Sie werden doch wenigstens ...»

«Eben nicht.»

«Es darf nicht wahr sein», murmelte Sänger konsterniert.

Sie standen schon in der Schlange. Vorne wurden einzelne Wagen in die Nebenstraße abgewinkt.

«Na los», zischte Irene. «Sonst kommen Sie heute nie mehr ...»

Das gab den Ausschlag. Sänger wollte die hintere Tür öffnen, sie war verschlossen.

«Hey», rief er. «Die Tür klemmt.»

«Verdammte Zentralverriegelung», murmelte Irene. «Macht, was sie will. Sie müssen über den Sitz nach vorne.»

«Na, hören Sie mal», protestierte Sänger.

«Ich habe zwei Pistolen im Wagen. Wenn sie die finden . . .»

Sänger begann, sich nach vorne zu drängen.

«Nicht mit dem Kopf», zischte Irene. «Erst die Beine.»

Sänger nahm ein Bein, dann das andere, zog es zurück, als er sich der Blicke aus dem Auto nebenan bewußt wurde.

«Schneller», drängte Irene, «irgendeinen Ausweis muß ich ihnen hinhalten. Ich habe aber nur die miserablen Fälschungen dabei . . .»

«Schon verstanden», murmelte Sänger und steckte ein Bein über die Rücklehne des Beifahrersitzes, das andere zwischen den Vordersitzen hindurch.

«Warten Sie, ich klappe die Lehne runter», sagte Irene, knickte Sängers Bein ab, die Rückenlehne senkte sich auf den Unterbauch des verdutzten Mannes. Sänger war komplett eingeklemmt. Er brauchte einige Sekunden, bis er seine Lage begriff. Dann sagte er: «Hilfe.»

Er sagte es ganz leise, und er sagte es nur einmal. Da kam auch schon der uniformierte Polizeibeamte auf das Taxi zu. Irene sehen und freundlich lächeln war eins. Er hatte schon die Hand an der Mütze, wollte sie durchwinken, da sah er die Beine auf dem Beifahrersitz. Er winkte seinen Kollegen zu, wenige Sekunden später drückten sich vier Polizisten die Nasen an den Scheiben platt.

«Brauchen Sie Hilfe?» fragte einer irritiert.

«Ich doch nicht», entgegnete Irene munter. «Höchstens mein Fahrgast hier. Das kommt davon, wenn man nach dem vierten Glas nicht ‹nein› sagen kann. Jetzt geht's ab nach Hause in die Heia, nicht wahr, Norbert Sänger, das kriegen wir alles hin in der Magdalenenstraße 4.»

Sänger blickte in die Gesichter der Polizisten und schloß vor Scham die Augen. Zehn Minuten später setzte ihn Irene vor dem Polizeipräsidium ab.

«Das sage ich Ihnen», knirschte er und band die Schnürsenkel des Schuhs zu, den ihm Irene zum Zwecke der Befreiung hatte ausziehen müssen. «Ich durchschaue im Moment noch nicht alles, aber daß wir uns wiedersehen, das kündige ich hiermit an. So was macht man mit mir nur einmal.»

«Keine falschen Versprechungen», sagte Irene so cool wie möglich und sah zu, wie Sänger im Hochhaus verschwand. Dort saß er drei Minuten später Kommissar Golze gegenüber. Der war zwar überrascht, daß Sänger bei ihm auftauchte, aber er war schnell beim Thema. Das Gespräch eskalierte binnen weniger Sekunden. Wäre Assistent Stinka nicht dazwischengegangen, hätten sich die beiden Männer ohne Zweifel geschlagen.

Henry Pietsch war vor einer dreiviertel Stunde gegangen, Rochus Rose saß immer noch am Küchentisch, den Kopf in beide Hände gestützt und mit den Gedanken in Sängers Wohnung. *Das kann nicht sein. Irgendwo muß er Unterlagen aufbewahren. Du mußt es noch einmal in diesem Bürohaus versuchen. Irgendwer hat da gelogen.*

Jetzt hörte er es: ein leises Geräusch an der Wohnungstür. *Als wenn ein Hund dran kratzt. Oder eine Katze.* Rose stand auf, näherte sich vorsichtig der Tür. Da! Da war es wieder, kaum wahrzunehmen, wie von niedlichen kleinen Krallen. Rose mochte Katzen. Er war gerührt, daß sich eine an seine Tür verirrt hatte. Grühns aus dem dritten Stock besaßen so eine Mieze. *Die hat sich verlaufen.* Auf Roses Gesicht spiegelte sich Vorfreude, er öffnete die Tür. Im nächsten Moment hörte er auf zu atmen. Die Spitze des Messers steckte in der Haut vor seinem Adamsapfel.

«'n Abend», sagte Ali grinsend. «Heute ist der Chef nicht dabei. Hat ein Rendezvous mit einem Ordnungshüter, Pech für dich. Heute sieht mir keiner auf die Finger. Heute kann ich endlich mal so, wie ich schon lange wollte.»

Der Druck des Messers gegen Roses Hals wurde stärker, Rose wich in den Flur aus. Dann war da noch ein zweiter Mann. Er schloß die Wohnungstür, trug auch einen grauen Trainingsanzug. Er ging, ohne sich um Rose zu kümmern, ins Wohnzimmer.

«Nehmen Sie das Messer weg», flüsterte Rose. Er wagte nicht, lauter zu sprechen.

«Da rein», sagte Ali und dirigierte Rose ins Wohnzimmer. Er mußte rückwärts gehen, stieß überall an.

«Kennt seine eigene Wohnung nicht», sagte Ali mit künstlicher Verwunderung. «Stößt überall gegen. Ist ein bißchen dumm.»

Ein Stoß vor die Brust, und Rose saß im Sessel.

«Da bleibst du sitzen», kommandierte Ali. «Guck zu, kannst was lernen dabei.»

Er wandte sich an den im Trainingsanzug.

«Wie sieht's aus, Ronnie?»

«Eine Minute», lachte der. «Eineinhalb maximal.»

«Lieber eineinhalb», sagte Ali. «Wir wollen ja keinen Lärm machen.»

Ronnie ging zum Fenster und zog mit zwei rücksichtslosen Schwüngen die Vorhänge zu. Er begann mit dem Schrank, öffnete eine Tür nach der anderen und zog Regalbretter und Schubladen heraus. Rose krampfte beide Hände in die Lehnen des Sessels. Sein Körper verspannte sich. Alles in ihm schrie nach Bewegung. Aber er saß im Sessel und rührte sich nicht. Ronnie nahm beide Bilder vom Haken, wog sie kurz in der Hand und brach dann den Rahmen über seinen Oberschenkel. Glas splitterte, und Ronnie ging zum Schreibtisch. Rose krallte sich tiefer in die Sessellehnen. Ronnie fegte die Bürogegenstände vom Tisch, das war nicht so schlimm. Aber wie er den Schirm der alten Lampe verbog! Wie er das Telefonbuch von Asunción in die Hand nahm, Ali und Rose mit einem stolzen Blick bedachte und wie er das Buch dann mittendurch riß; er fetzte die Schubladen aus den Seitenteilen und warf Ali mit den Worten: «Mach dich nützlich» einen Aktenordner zu.

Ali drückte Rose zur Erinnerung das Messer gegen die Haut und begann, die Seiten aus dem Ordner zu ziehen. Dann zerriß er sie. Ronnie zerstörte mit Tritten die beiden Lamellenschränke. Dann sagte er «Hepp», und Alis Messer flog durch die Luft in Ronnies Hand. Mit großen Schwüngen schlitzte er das Sofa und den Sessel auf, während Ali einen Ordner nach dem anderen leer machte und zerriß.

«Weg da!»

Rose sah wieder das Messer vor seinem Gesicht. Er drückte sich an dem Messer vorbei zur Seite, stand mit dem Rücken an der Wand und sah zu, wie Ronnie den zweiten Sessel erledigte. Es sah nicht so aus, als ob Ronnie sich anstrengen mußte. Ali zerriß Papiere. Er zerstörte, was Rose in acht Jahren Arbeit ermittelt und in den Ordnern zusammengestellt hatte. Am Schluß stand Ronnie vor dem Holzregal. Er hob beide Arme, verschränkte die Hände hoch überm Kopf, konzentrierte sich – Rose sah, wie Ronnies Muskeln anschwollen –, ein kurzer Schrei, die Fäuste sausten nieder – acht Regalbretter polterten zu Boden, die beiden Seitenteile kippten zur Seite weg. Was draufgestanden hatte auf dem Regal, ergoß sich über den Fußboden.

«Du bleibst schön hier», knurrte Ronnie, ohne sich umzudrehen. Rose erstarrte. Zum Schluß wandten sie sich dem Fenster zu. Das

Glasschild mit der Aufschrift «Private Investigations». Es hatte die Tür des Arbeitsraums von Roses voriger Wohnung geschmückt. Ronnie nahm die Glasplatte in die Hand.

«Was haben wir denn da?» fragte er gutmütig.

«Stellen Sie das wieder hin. Bitte», sagte Rose leise.

«Schnauze, sonst ...» Ali baute sich vor Rose auf. Rose war einen Kopf größer als er.

«Praiwäit Inwästiegäyschens», radebrechte Ronnie und schüttelte den Kopf. «Das ist nicht von hier. Das ist auswärts. Das kann nichts Gutes ...»

«Bitte», rief Rose. «Mir liegt sehr viel an der Platte. Lassen Sie sie bitte ...»

«Na, wenn's so ist», rief Ronnie, schnellte herum und schleuderte die Platte in Roses Richtung. Es gelang ihm gerade noch, sich zur Seite zu werfen, wobei er Ali streifte, was der mit einem ansatzlos geschlagenen Hieb gegen die Leber beantwortete. Die Glasplatte prallte gegen die Wand und zersplitterte. Danach herrschte einige Sekunden völlige Stille.

«O Mann», sagte Ronnie betrübt. «Sie haben die Platte fallenlassen. Die schöne Glasplatte mit dem schönen ausländischen Spruch. Nun ist die Platte kaputtgegangen.»

Ronnie kam auf Rose zu, baute sich zentimeterdicht vor ihm auf und schrie dann los:

«Du Idiot! Warum fängst du die schöne Glasplatte nicht auf? Du wolltest wohl, daß sie kaputtgeht. Na warte!»

Über die folgenden Sekunden muß man nicht schreiben, es wäre nur unappetitlich und schmerzhaft. Rose hörte nicht mehr, wie die beiden die Wohnung verließen. Er kam erst nach zwanzig Minuten wieder zu Bewußtsein.

Es wurde 14 Uhr, bevor Rose am nächsten Tag zum Briefkasten ging. Anfangs wunderte er sich nicht, daß Frau Grühn so schnell die Treppe hinaufstieg. Und auch als der alte Herr Löwe, dem er wie jeden Tag das Abendblatt auf die Fußmatte legen wollte, Rose die Zeitung aus der Hand riß, dachte er sich noch nichts dabei. Post war wie üblich keine da. Seitdem Schwester Karin aufgehört hatte, die christlichen Feste und Rochus' Geburtstag postalisch zu bedenken, herrschte in Roses Briefkasten fast durchgehend Ebbe. Heute schien es nicht anders zu sein: ein Modehaus, ein Friseur-Salon, der seine baldige Eröffnung annoncierte; und der andere Zettel. Im Treppenhaus begegnete er Frau Lerm. Ihr Blick war eine Mischung aus Angst und Abscheu. Im Flur las Rose den Zettel.

«Verehrte Hausbewohner!
Fühlen Sie sich wohl in diesem Haus? Ja? Wie schön für Sie.
Würden Sie sich auch noch wohl fühlen, wenn Sie wüßten, daß Sie gemeingefährliche Nachbarn besitzen?

Rochus Rose, der eher hilfsbedürftig als bedrohlich scheinende Herr aus dem Parterre, hatte, bevor er hierher zog, diese Adresse: Ochsenzoll!!! Ihr sauberer Nachbar Rose kommt auf direktem Weg aus der Klapsmühle. Rose hat vor einem Jahr mit einer Pistole in der Gegend herumgeschossen. Es war purer Zufall, daß er dabei nur Sacheigentum in Höhe von 80 000 Mark beschädigte und keinen Menschen vor Kimme und Korn bekam. Rose mußte dafür in die Irrenanstalt Ochsenzoll. Haben Sie schon bemerkt, daß der saubere Herr Rose seine Wohnung nur selten verläßt, um auf anständige Weise Geld zu verdienen? Haben Sie schon mal einen Blick in Roses Schaufenster geworfen? Vielleicht dachten Sie bisher, das sei die Marotte eines Einzelgängers. Gucken Sie doch bei Gelegenheit mal wieder in sein Wohnzimmer! Sieht so das Wohnzimmer eines anständigen Menschen aus?
Ein besorgter Nachbar.»

Mit fliegenden Fingern öffnete Rose die Packung Librium. Er warf vier Tabletten ein, ging zum Waschbecken, ließ die gewölbten Hände vollaufen und trank. Dann zog er sich aus und ging ins Bett.

«Hallo Jungs», sagte Irene beim Betreten des Aufenthaltsraums. Adler, Hajo und Henry Pietsch murmelten uninteressiert und steckten die Köpfe zusammen.

«Ich will euch nicht beim Skatspielen stören», sagte Irene eingeschnappt. «Aber ich war gerade bei Rochus.»

«Spiel dich nicht auf», konterte Adler. «Über den reden wir. Henry hat erzählt, daß die beiden eingebrochen haben, während ich nichtsahnend diesen Superschlitten beobachtet habe.»

«Er hat auch erzählt, daß bei diesem Burschen eine Flasche von dem seltenen Parfum steht, das mir ein Freund immer aus Helgoland mitbringt», sagte Hajo muffig.

«Na und?» fragte Irene entgeistert.

«Ach, nichts weiter. Nur daß die letzte Flasche, die er mir mitgebracht hat, vor zwei Wochen spurlos aus dem Badezimmer verschwunden ist. Doris wollte mir weismachen, sie habe die Flasche aus Versehen umgekippt. Und jetzt steht bei diesem Burschen genau so eine Flasche im Bad ...»

Irene zog einen Autositz heran und verschwand, als sie sich fallenließ, bis zum Scheitel unterm Tisch. Pietsch stellte ihr einen Karton mit Schlußleuchten auf den Sitz.

«Ich war bei Rochus. Sie haben ihn krankenhausreif geschlagen. Und irgendwas haben sie mit seinem Wohnzimmer angestellt, wahrscheinlich alles kurz und klein geschlagen. Er hat mir verboten, reinzugucken. Die Vorhänge sind zugezogen. Und einen Zettel hat er mir gezeigt.»

Sie legte das anonyme Schreiben auf den Tisch.

«Rochus steckt bis zum Scheitel voller Beruhigungsmittel. Das ist ekelhaft, wo er doch gerade so gut von dem Zeug runter war. Sein Gesicht ist zerkratzt, und seine Augen sind ganz schwarz. Es ist grauenvoll, und wir müssen sofort etwas unternehmen. Die machen ihn fertig. Rochus hat keine Chance gegen die.»

«Dann geht doch zur Polizei», sagte Hajo.

«Das habe ich Rochus auch vorgeschlagen», sagte Irene. «Er will keine Polizei. Er hat vor irgendwas Angst.»

«Er hängt mit drin», sagte Adler. «Wenn die Polizei ins Spiel kommt, ist Rochus mit dran. Immerhin hat er Autos zerstört. Das nimmt ihm doch keiner ab, daß er das unter Zwang getan hat.»

«Was macht Rochus auch so einen Scheiß», sagte Hajo leise. «Wenn alle so wären wie Rochus, könnte man doch den Notstand ausrufen bei uns.»

«Und wenn alle so wären wie du, käme man nicht dazu, den Notstand auszurufen, weil man vor lauter Trauer über die elende Selbstgerechtigkeit die Augen voller Tränen hätte.»

Hajo blickte die wütende Irene an. «Ich lehne es ab, mich wie ein Kranker zu fühlen, nur weil ich zufällig verheiratet bin und ihr alle nicht», sagte er dann mit fester Stimme.

«Du wärst auch ohne Ehefrau ein schlapper Hund, jedenfalls in meinen Augen.»

Irene hatte diesen Kerl bis obenhin satt.

«Leute, bitte», sagte Adler mühsam beherrscht. «Hajo, kannst du nicht mal gucken, ob's draußen was zu tun gibt. Mir war so, als wenn ich da gerade was gehört hätte.»

Hajo seufzte bitter auf und verließ den Raum.

Adler sagte: «Was für Hajo spricht, ist: Er liebt. Was gegen ihn spricht: Er liebt Doris.»

«Es kann nicht jeder so ein Glück haben wie ich mit Käthe», sagte Pietsch versonnen.

«Ich habe noch mal mit Klaus Hintermann gesprochen», fuhr Adler schnell fort. «Rochus war ja bei ihm, hat ihm diese angeblichen Beweise gezeigt. Klaus sagt, sie lachen ihn aus, wenn er damit ankommt. Das sind keine Beweise, das sind Fotokopien aus Zeitschriften und Dias wie vom Urlaub. Nur ohne Strand. Auf einem bist übrigens du drauf. Witzig, was? Und Rochus hat viel zu lange den Mund gehalten, deshalb kann er jetzt ...»

«... Halt.»

«Warum?»

«Was hast du eben gesagt? Wo bin ich drauf?»

«Auf einem der Dias. Klaus hat was von einem Unfall erzählt, wo du zugeguckt hast, anstatt Erste Hilfe zu leisten, wie es sich gehört.»

«Das will ich sehen, bevor ich es glaube», sagte Irene und wollte hinauseilen.

«Halt!» rief Adler.

Sie drehte sich um.

«Kleine Aufmerksamkeit der Firma», sagte Adler und drückte ihr den Käfig mit dem Wellensittich in die Hand.

«Was soll ich denn damit?»

«Ich denke, Till ist ein kleiner Naturforscher. Wenn er mal wieder was zum Sezieren braucht ... Hier geht der Piepmatz jedenfalls langsam ein. Hat eine Stauballergie oder kann den Gestank nicht ab.»

Irene hielt den Käfig in die Höhe. Der Vogel war ein Bild des Jammers.

«Hast du was?» sagte Maria zur Begrüßung. Sie hatte auf dem Parkplatz des Fitness-Centers gewartet.

«Wie kommst du darauf?» blaffte Irene los.

Seitdem der Makler ihr das Golf Cabrio geschenkt hatte, war

Maria von aufreizender Selbstgefälligkeit. Während Irene sich bevorzugt mit Instrumenten herumquälte, an denen sie sich so richtig erschöpfen konnte, ging es Maria nur um die Einebnung ihres Spitzbauches auf Holzbrett-Niveau.

«Zieht denn Adler nun in mein Zimmer ein?»

Irene arbeitete.

«Du, ich hab dich was gefragt.»

«Ach ja? Ich habe gar nichts gehört.»

«Ob Adler bei euch einzieht?»

«Frag ihn.»

«Ich denke, er war bei dir.»

«Kann sein, kann mich gar nicht mehr daran erinnern.»

«Gib's zu, du magst ihn immer noch, diesen Stinkebüdel. Also ich könnte ja nur auf Adler, wenn ich starken Schnupfen hätte. Immer dieser leichte Duft nach Fusel oder Benzin oder was das ist.»

Das sind die gleichen Bestandteile wie bei deiner Kosmetik. Nur daß Adler sein Produkt literweise verkauft und deine Kosmetiktanten fingerhutweise.

«Adler ist ein sympathischer Junge. Er weiß zwar nicht, was er will, aber er bemüht sich. Damit ist er mir sympathischer als 98,8 Prozent der Gesamtbevölkerung. Die wissen nämlich allesamt nicht, was sie wollen, und machen einfach irgendwas.»

«Wolf-Rüdiger weiß auch ...»

Und dann sah sie ihn! Er hatte zwei Kerle im Trainingsanzug dabei und war auf dem Weg in die Bar. In Irene stellten sich blitzschnell die Zusammenhänge her.

«Renchen, wo willst du hin?» rief Maria Irene hinterher.

«Er hat den Spind mit der Nummer 23», sprudelte Irene zwanzig Minuten später dem verdutzten Rochus Rose entgegen. «Das Fitness-Center am Kaiser-Friedrich-Ufer. Er geht dreimal in der Woche hin: montags, mittwochs und donnerstags, immer so etwa um 18 Uhr 30. Mach den Mund zu, Rochus, kommt nur kalte Luft rein.»

Der überraschte Mann bekam einen Kuß auf die Wange gedrückt.

«Zeig mir doch mal schnell das Dia, auf dem ich drauf sein soll.»

Rose verzog das Gesicht.

«Sänger?»

«Sänger.»

Später stand Rose lange vor dem Spiegel. Was er dort sah, gefiel ihm gut: einen Mann, der wieder Farbe im Gesicht hatte. *So, Sänger, das war der Gong zur nächsten Runde.*

Er brauchte zehn Minuten, um Henry Pietsch zu überreden. Henry Pietsch liebte es, überredet zu werden.

«Hier stinkt's», sagte Pietsch und schnüffelte im Wageninnern herum. Rose behielt den Eingang des Fitness-Centers im Auge.

«Riechst du nicht, daß es hier stinkt?» fragte Pietsch. Rose hatte Mühe, den Quälgeist zu ignorieren. Vor ihnen auf dem Parkplatz stand der Saab. «Als wenn hier was verschimmelt», sagte Pietsch. Er war wie besessen von dem bißchen Geruch im Polo, fing jetzt an, im Fond herumzusuchen.

«Wie alter Fisch», murmelte Pietsch, dessen Assoziationen naturgemäß stark von den Jahren auf See geprägt waren.

«Da!» stieß Rose hervor.

Sänger verließ das Center. Er trug Jeans und ein weit aufgeknöpftes Hemd. Mit kühnem Schwung warf er die Sporttasche auf die Rückbank seines Wagens, stieg ein und fuhr los.

«Los jetzt», zischte Rose und verließ den Wagen.

«Bananenschale», informierte ihn Pietsch auf dem Weg zum Eingang.

Rose wußte erst gar nicht, wovon er redete. Als plötzlich eine schwarze Bananenschale vor seinem Gesicht baumelte, wußte er es. Irene erwartete sie im Flur, von dem die Umkleideräume abzweigten.

«Hier», sagte sie und drückte Rose einen Schlüssel in die Hand. «Nummer 29. Damit ihr auch einen anständigen Grund habt, euch da drin aufzuhalten.»

«Das Mädchen denkt an alles», murmelte Pietsch anerkennend und bekam große Augen, als Rose in die Tasche griff und wieder sein pfundschweres Schlüsselbund hervorholte.

«Rochus, du übertreibst.»

«Du würdest wahrscheinlich warten, bis das Schloß verrostet und von allein abfällt», knurrte Rose. Da kam jemand in den Raum gepoltert, rief «Halli-hallo», und die beiden Männer preßten sich instinktiv mit dem Rücken gegen die Wand. Der Mann holte ein Handbuch aus einem Schrank.

«Halli-hallo», und er war draußen.

Pietsch ging zu den Fenstern.

«Geh zur Tür und pfeif, wenn einer kommt», flüsterte Rose, schon an der Schranktür herumbastelnd.

«Kann ich nicht pfeifen, solange keiner kommt?» schlug Pietsch vor.

In dem Moment erblickte Rose den dünnen Aktenkoffer im oberen Fach des Spinds. Der Puls hämmerte, Pietschs Stimme drang von weither an seine Ohren. Das vierstellige Nummernschloß war kein Problem. Rose stellte die Ziffern von Sängers Nummernschild ein, klappte die Schlösser hoch. Erst war er enttäuscht, als nur zwei dünne Mappen im Koffer lagen. Er schlug sie auf – das erste, was er sah, war sein Name. Er stand auf einem Blatt zusammen mit vielen anderen Namen, dahinter Adressen, Datums-Angaben und Ziffern, die Rose nichts sagten. Dahinter lagen die Unterlagen über Roses Schulden bei Sänger.

«Lies dich nicht fest», kam Pietschs flehende Stimme von der Tür. Rose schlug die zweite Mappe auf. Sie enthielt Statistiken, Tabellen, von denen ihm einige seit Weiskirchen bekannt waren. Und Briefe fand er. Sie trugen den Kopf der Passau Paderborner-Versicherung. Ein schräges Geräusch ertönte.

«Pfeifst du, oder was?» Pietsch nickte mit unglücklichem Gesicht. Rose knickte die beiden Mappen ein und verstaute sie in seiner Jacke. Er wollte gerade den Koffer zuklappen, da sprang Pietsch herbei, warf die Bananenschale in den Koffer – und dazu pfiff er, pfiff wie wild.

In seiner Wohnung kippte Pietsch einige Schnäpse, während Rose die Mappen durchsah. «Wahnsinn», murmelte er. «Wahnsinn.»

«Du auch einen?» Pietsch goß Rose ein Glas ein. Der stürzte den Klaren hinunter, knallte das Glas auf den Tisch und sagte:

«Henry, jetzt habe ich es geschafft. Jetzt bin ich meine Schulden los.»

Rose riß diverse Türen und Schubladen auf, die Töpfe und Pfannen standen ganz unten links. Er bückte sich, griff nach hinten, weil er keinen von Pietschs Gebrauchstöpfen benutzen wollte. Ganz hinten stand ein altes Ding. Rose legte die Schachtel, die im Topf lag, auf die Nirosta-Spüle. Dann knüllte er alle Papiere, auf denen sein Name stand, zusammen, stopfte sie in den Kochtopf und zündete sie an. Es qualmte und kokelte. In Sekunden erfüllte Rauch die kleine Küche. Beide Männer husteten, Rose lachte wie ein kleiner Junge, stieß immer wieder mit einer Gabel in den Kochtopf, um das Feuer zu schüren. Pietsch riß das Fenster auf.

«Jetzt können sie mich mal. Alle Beweise futsch. Rochus Rose ist schuldenfrei. Und was war dazu nötig? Fünf Minuten Angst und ein Streichholz.»

Ausgelassen hüpfte Rose in der Küche herum. «Ach wie gut, daß niemand weiß, daß ich Rochus Rose heiß.»

«Nun krieg dich mal wieder ein. Das ist ja furchtbar. Erst muß ich mit dir einbrechen, dann Schmiere stehen und jetzt auch noch eine Brandstiftung.»

Pietsch stand am Fenster, hielt eine Hand vor den Mund, die andere drückte er auf seinen Bauch. Er drehte sich langsam zu Rose um, der die Aschereste löschte, und schlich mit kleinen Schritten Richtung Küchentür.

«Durchfall. Die viele Angst. Du bist der falsche Umgang für mich.» Den letzten Satz sagte Pietsch schon im Laufen. Während er dann, auf dem Klo sitzend, amüsante Begebenheiten aus der Zeit mit Käthe Cathomen durch den Flur rief, blätterte Rose andächtig die Seiten durch.

«Du bist ein ordentlicher Hund, Sänger», flüsterte er. «Bei dir hat alles seine Ordnung. Das ist gut für mich.»

Mehr als 30 Listen mit den Kennzeichen von Autos, die beschädigt werden sollten oder beschädigt worden waren. Es gab neun Blätter mit Namen und Adressen von Rochus Rose und anderen, die Sänger dazu gebracht hatte, für ihn Zerstörungen zu begehen. Und dann die Briefbögen mit dem Kopf der Passau Paderborner. Was Rose jedoch nicht verstand: Ständig war von einem «Büro Liechtenstein» die Rede, zusätzlich von der Passau Paderborner und von Sänger, Inkasso-Büro Norbert Sänger. *Wie paßt das alles zusammen?* Pietsch kam zurück. Als er den Namen «Passau Paderborner» las, rückte er seinen Stuhl an den Tisch und las die Papiere durch.

«Ist ja alles sehr interessant», sagte er danach. «Mir müßte nur jemand erklären, wie das alles zusammenhängt.»

«Ich versuch's mal. Es gibt in der Stadt ein Büro Liechtenstein, das muß sehr neu sein, frisch gegründet. Von diesem Büro weiß kaum jemand, und es soll auch niemand davon erfahren.»

«Und warum nicht? Handeln die mit Leichen?»

«Sie handeln mit Geld. Die Passau Paderborner ist ...»

«Danke», unterbrach ihn Pietsch. «Mir ist durchaus bewußt, was die Passau ...»

«Vielleicht haben sie auch noch eine Abteilung, die mit etwas anderem beschäftigt ist, als die Umstände zu vertuschen, unter denen Käthe ... Henry entschuldige», sagte Rose hastig, als er die Veränderung auf Pietschs Gesicht bemerkte. «Das ist mir so rausgerutscht. Ich weiß gar nicht, wie ...»

«Aber ich weiß. Ich gehe euch auf die Nerven mit meinem ständigen Reden über Käthe.»

Rose goß ihm einen Schnaps ein und fuhr fort:

«Passau Paderborner erstens, Büro Liechtenstein zweitens. Und dann Sänger. Er ist nicht bei der PP angestellt.»

«Weißt du, was ich glaube, Rochus», sagte Pietsch und stieß auf. «Ich glaube, diese Geschichte hier, die ist nur was für Fachleute.» Er ging in die Küche zurück.

«Schweinerei», murmelte Pietsch und stellte den verrußten Kochtopf in die Spüle. Während Wasser einlief, entdeckte er die Schachtel. Er hatte den Deckel des Mülleimers schon geöffnet, als er doch noch nachguckte. Und während das Wasser immer weiter in den Topf lief und sich dank des verstopften Abflusses das Spülbecken zügig füllte, starrte Pietsch auf den Brief.

«Lieber Herr Waffel,
gerne bestätige ich Ihnen noch einmal ausdrücklich unsere Abmachung. Ich lasse Ihnen bei der Beschaffung freie Hand. Sie sind der Fachmann, ich habe das Geld. Wenn Sie etwas Passendes gefunden haben, rufen Sie mich doch bitte gleich an. Sie können auch gerne vorbeikommen. Auf Sie wartet immer eine Tasse Kaffee. Und denken Sie daran? Falls Ihnen Henry über den Weg laufen sollte, dann haben wir beide uns nie gesehen. Es dient ja einem guten Zweck.
Mit hoffnungsvollen Grüßen. Ihre Käthe Cathomen.»

Entsetzt sprang Pietsch zur Seite. Das überlaufende Wasser hatte seinen Hausschuh durchgeweicht.

In dieser Nacht schlief Rose wie ein satter Säugling. In seinen Träumen spielten seit langer Zeit wieder Frauen eine tragende Rolle. Rose war, als ob eine der Frauen Ähnlichkeit mit Frau Töpperwien gehabt hätte.

Beim Frühstück wollte er sich entscheiden, zu wem er mit den Unterlagen gehen würde. Rose genoß diese Entscheidungssituation. Wann hatte er denn zum letztenmal die Möglichkeit gehabt, eine Wahl zu treffen? Sänger hatte Befehle erteilt, und er, Rose, hatte sie ausgeführt. Rose spürte neue Zuversicht. Er hatte Kraft genug, die Tür des Wohnzimmers zu öffnen. Lange stand er im Türrahmen, betrachtete die Zerstörungen, als wenn er im Fernsehen einen unwirklichen Film anschaute. Rose griff zum Telefon.

Adler begriff nicht gleich.

«Ich soll dein Wohnzimmer ausmisten? Wieso denn das? Willst du auswandern?»

«Guck dir das Wohnzimmer an, dann wirst du mich verstehen.»

Adler kicherte. «Alles im Leben wiederholt sich, hat schon meine Mutter gesagt. Vor einem Jahr habe ich die Wohnung eines gewissen Rochus Rose ausgeräumt.»

«Es gibt einen Unterschied», sagte Rose munter. «Damals ging es mir sehr schlecht. Heute geht es mir prächtig.»

Rose gönnte sich die Ungehörigkeit, die Beine auf den Küchentisch zu legen. *Du könntest zur Polizei gehen. Die sind dafür da.* Der Gedanke an die Polizei lieferte die Gegengründe gleich mit. *Die machen immer alles im stillen ab. Aber dieser Fall schreit danach, an die große Glocke gehängt zu werden. Du mußt zu den Leuten auf Sängers Liste gehen. Ihr müßt euch zusammenschließen. Die Internationale der Opfer! Das wäre gut. Oder ans Fernsehen wenden. Aber das Fernsehen deckt keine Skandale auf. Die berichten nur über Skandale, die die Presse aufgedeckt hat.*

«Rrrums!» Die Tasse tanzte auf der Untertasse wie lange nicht. Rose blickte gegen die Wand, die er mit dem Kinderladen gemeinsam hatte. *Da ist heute wieder der Bär los.*

Der Bär hieß Golze und kam in seiner Wirkung einem halben Zoo gleich. Während Kommissar Golze und Assistent Stinka mit den Kasperlefiguren über den Händen an der Frontseite des großen Spielraums standen, versuchten die beiden Erzieherinnen und die männliche Bezugsperson, die jauchzenden Kinder im Zaum zu halten.

«Guck dir das an, Stinka», murmelte Golze beeindruckt. «So müssen sich die Beatles gefühlt haben, wenn die Fans die Bühne stürmten.»

«Weiß ich nicht», sagte Stinka. «Ich war nie ein Beatle.»

Er hielt sich das Krokodil vors Gesicht, ließ das Maul auf- und zuklappen. «Ich will nicht immer Krokodil sein.»

«Es kann ja wohl kein Zweifel bestehen, daß ich der Kasper bin», entgegnete Golze empört. «Irgendwo muß sich der Unterschied in den Dienstgraden ja niederschlagen.»

Stinka wollte sich noch bücken, aber er kriegte den Tennisball voll gegen die Schläfe. Trübsinnig blickte er auf das Gewimmel im Hintergrund des Raums. Die Hälfte der Kinder wollte draußen spielen, ein gutes Drittel wollte die Monster Hi-Man und Steltor anstatt der Hohensteiner Figuren sehen. Der Rest war noch zu müde, um an dem lautstarken Meinungsbildungsprozeß teilnehmen zu können.

«Leute, nun mal silenzio», rief Inge, die energischere der Erzieherinnen. Die empfindsamere Erzieherin hatte sich in die Küche geflüchtet und trank einen Blasentee; die männliche Bezugsperson – Kosename «Zivi» – war damit beschäftigt, zwei Jungen aus seinen langen Haaren zu entfernen.

«Weißt du, Stinka», sagte Golze und bewegte die Kiefer des Kaspers und des Schutzmanns, «wenn ich das hier so sehe, denke ich immer, daß wir's gar nicht so schlecht haben in unserem Beruf.»

«Aber die sind alle so laut hier», sagte Stinka. Natürlich kriegte er Golzes Seitenblick wieder nicht mit. *Die sind nicht laut, Stinka: Die sind lebendig.*

Kommissar Golze und Assistent Stinka stellten ihr schauspielerisches Talent seit einigen Wochen uneigennützig in den wichtigen Dienst der polizeilichen Vorbeugungsarbeit. Im Rahmen des intern «Zwerge keilen» genannten Projekts bereisten sie Kindergärten und brachten den Kindern im Verlauf eines launigen Puppenspiels so vielschichtige Begriffe wie «Sicherheit» und «Vertrauen in die Polizei» nahe. Heute hatten sie einen widerborstigen Verein erwischt. Daß der Kasper ein positiver Held ist, konnten sie den Kleinen noch unterjubeln. Das Unglück begann damit, daß Golze – wie er es in seiner Kindheit gelernt hatte – mit einem Stock auf das Krokodil einprügelte. Aber die Kinder fanden das Krokodil nicht häßlich oder böse. Für sie war es ein Tier, und zwar ein schützenswertes. Einige Kinder beteten die Unterscheidung in Krokodile, Kaimane und Alligatoren so fließend herunter, daß Stinka der Unterkiefer in die «Häh?»-Position klappte. Golze hatte Mühe, den Fortgang der Vorstellung sicherzustellen. Das dicke Ende folgte sogleich. Denn im nächsten Schritt ihrer Didaktik wollten sie den Kindern den gemütlichen Schutzmann als Inkarnation einer Vertrauensperson beipulen. Da rasteten die Kinder aus.

«Polizei, Osterei. Auf der Straße nackidei», brüllte der Chor der Zwerge achtundzwanzigmal hintereinander.

Die Vorstellung kam zum Stillstand. Mit liebevollem Blick betrachtete Golze ein kleines Mädchen. Nicht, daß es aufhörte, in der Nase zu bohren. Aber es sah ihn wenigstens an. Golze lächelte dem Mädchen vertrauenerweckend zu. Abrupt drehte das Kind den Kopf weg. Golze blickte deprimiert auf die Straße. Und während neben ihm Stinka voll von einer Papier-Bilderbuch-Doublette getroffen wurde, fiel Golzes Blick auf den goldgespritzten Camaro, der mit einer Geschicklichkeit vor Golzes Scirocco einparkte, daß Golze neidisch wurde. Dafür besaß der Kommissar eine viel elegantere Trainingshose als die beiden Männer, die dem Camaro entstiegen. *Wie Beuteltiere*, dachte Golze, als die beiden im Hauseingang verschwanden.

«Reiß dich zusammen, Stinka», herrschte er den Assistenten an, der einen neuen Kniff gefunden hatte, nicht länger Zielscheibe zu sein: Stinka stellte sich hinter Golze.

«Kinder!» rief Golze. Es klang wie «Hände hoch!»

«Kinder, ihr könnt ja abstimmen! Wer will, daß Onkel Olaf und ich mit unserem putzigen Kasper-Spiel weitermachen?»

Ein Junge hob den Arm. Aber er tat es nur, um auszuholen und einen harten Gegenstand auf den Weg zu bringen.

Genervt blickte Golze aus dem Fenster, das in den Hinterhof hinausging. Es sah spaßig aus, wie der kräftige Mann im Bademantel mit schnellen Zehenspitzen-Schritten von links nach rechts am Fenster vorbeieilte. Der Kommissar hatte das Gefühl, als ob er den Mann von irgendwoher kannte. Und dann staunte Golze. Der Mann im Bademantel, der doch eben noch am hinteren Fenster erschienen war, eilte mit langen Schritten über den Bürgersteig und warf sich in den verrosteten Polo, der hinter Golzes Scirocco stand.

Er kam mit dem Polo raus, ohne Golzes Wagen zu touchieren. Der Kommissar wollte sich gerade entspannen, als die beiden Kerle in den beuteligen Trainingshosen auftauchten, sich auf die Vordersitze des Camaro stürzten und dermaßen heftig zurückstießen, daß Golze der Anblick seines verletzten Autos durch Mark und Bein fuhr.

«Das werdet ihr büßen», knirschte er, obwohl sich Golze auf seine Bejahung aller Resozialisationsbestrebungen viel zugute hielt: «Ihr werdet hängen!»

«Auf jetzt, Stinka!» rief er, ruderte durch den von Kleinkindern wimmelnden Raum und stürzte auf den Bürgersteig, wo er einen Rentner rammte, daß dessen Sechserpack Bier samt Einkaufstasche gegen die Hausecke flog, wo es heftig splitterte. In Sekundenschnelle war Hans Albers zur Stelle, die strohblonde Promenadenmischung, die in der ganzen Straße dafür bekannt war, daß sie sich von Mai bis September in Straßen-Cafés und Kaffee-Gärten herumtrieb, wo der Hund seine spitze Schnauze in Bier- und Schnapsgläser steckte und jeden Abend sturzdun zu seinem Herrchen im Parterre von Hausnummer 44 zurücktorkelte.

Hans Albers trat gerade mit dem linken Vorderlauf in eine Scherbe, als Golze den Sprechfunk aus der Halterung riß.

«Golze an alle! Golze an alle! Schwerer Fall von Fahrerflucht. Sofort Eimsbüttel abriegeln, Einfallstraßen, Ausfallstraßen, Einbahnstraßen, alles, wo's drauf rollt. Tatauto US-Wanne Typ Camaro, knallgold. Zwei Personen. Achtung! Insassen tragen Trainingshosen! Festnehmen und abwarten, bis ich da bin. Ich will die Kerle lebend haben. Wer putativ draufhält, wird von mir persönlich zwangspensioniert, und dann ist Schluß mit dem Geballere, dann gilt das normale Strafgesetzbuch und nicht die Sonderausgabe für uns Greifer! Golze an alle! Golze an alle! ...»

Theoretisch hätte der Polo jetzt in seine Bestandteile auseinanderfallen müssen. Rochus Rose schaltete wie besessen, drückte rücksichtslos aufs Gas und bremste immer erst im letzten Moment. Roses Lieblingsfarbe war spätgelb. Zweimal übersah er beim Linksabbiegen diese tückischen, aus dem Nichts auftauchenden Radfahrer. Der erste konnte noch bremsen. Wie es dem zweiten erging, sah Rose glücklicherweise nicht mehr, weil er ganz damit beschäftigt war, die Mutter samt Kinderkarre auf den Bürgersteig zurückzuscheuchen. Wütend riß sie eine Klapper aus der Karre und schleuderte sie Rose hinterher.

«Tut mir leid», flüsterte Rose heiser. Blick auf den Rückspiegel. Der goldene Camaro war dran. Rose fuhr um sein Leben, doch der Camaro-Fahrer ließ nichts anbrennen. Auf der Ost-West-Straße fuhr er plötzlich links neben Rose. *Runter! Nichts Mehrspuriges! Über die Bürgersteige! Durch die Wandelhalle vom Hauptbahnhof!* Eine Einbahnstraße in falscher Richtung, zweimal spätgelb, die Türme des Hauptbahnhofs – dann sah er den Bauzaun auf sich zukommen. Das Schild «Umbau der Wandelhalle. Voraussichtliches Bauende: 1990» flog an Rose vorbei. Der Camaro kam näher, und plötzlich war die Luft erfüllt von Polizeisirenen. Roses Blick sprang zu den Mappen auf dem Beifahrersitz. Da kamen sie schon, zwei, drei, vier Streifenwagen, und auf allen blakte Blaulicht. Sie rasten an ihm vorbei. Die Wagen waren auf Höhe des Camaro, als Rose in den Stadtteil St. Georg eindrang. Hier kannte er sich aus, hier machte ihm keiner was vor. Locker hängte er den Camaro ab, jedenfalls tauchte er nicht mehr im Rückspiegel auf.

Vierzehn Minuten später fuhr er auf das Gelände der Tankstelle. Er ließ den Motor laufen und rannte in die Werkstatt. Adler kam gerade schnell genug aus der Grube gekrabbelt, um Rose aufzufangen.

Sie brachten ihn in den Aufenthaltsraum, räumten das Sofa frei und legten Rose hin. Hajo holte einen Flachmann mit Kräuterlikör aus dem Kassenraum, trank auf den Schreck einen Schluck und hielt Rose die geöffnete Flasche unter die Nase.

«Scheußlich», sagte Rose mit geschlossenen Augen.

Plötzlich brach die Welt zusammen! Im nächsten Moment saß Rose senkrecht.

«Eine Explosion», stammelte Adler, der sich blitzschnell zu erinnern versuchte, ob er nach der zweiten Mahnung die verdammte Haftpflicht-, die Gebäude- und sonstigen Versicherungsbeiträge überwiesen hatte.

«Terroristen», flüsterte Hajo mit großen Augen.

Adler tippte sich gegen die Stirn und verließ den Raum. Draußen hob infernalisches Gelächter an.

«Er ist durchgedreht», murmelte Hajo. «Der Schock war zuviel für ihn.»

«Kommt schon her», rief Adler. Dann standen alle in der Tür und betrachteten die schwarze Front des weißen Polo.

«Hätte ich nicht gedacht, daß eine Motorhaube so weit fliegen kann», sagte Adler beeindruckt.

«Mein Auto!» rief Hajo. «Mein schönes Auto!»

«Was hast du mit dem Wagen gemacht, daß er ausgerechnet heute seinen Geist aufgibt?» fragte Adler.

«Ich habe Sängers geheime Unterlagen, und Sänger hat mir seine Gorillas auf den Hals geschickt. Ich kann nicht mehr nach Hause zurück. Du kannst auch die übrigen Zimmer ausräumen. Weißt du, wo ich unterkommen kann?»

«In Irenes Wohnung ist ein Zimmer frei», antwortete Adler und lächelte, als er sah, wie Hajo verzweifelt über die Beulen seines Scirocco strich. Die von der Motorexplosion weggesprengte Haube des Polo lag neben dem Wagen.

«Zur Not bleibe ich hier. Aber Sänger kennt die Tankstelle.»

Adler lächelte wehmütig. «Ich könnte heute abend eine Frau kennenlernen, sie verrückt nach mir machen und morgen bei ihr einziehen. Dann wäre meine Wohnung frei.»

Hajo kehrte zu ihnen zurück. «Doris wollte ihn sich heute morgen leihen. Hätte ich ihn ihr bloß gegeben», jammerte er.

«Seid ihr wieder ...?» rutschte es Rose heraus.

«Ach was», sagte Hajo tragisch und blickte auf die Wagen. «Weißt du, Rochus, unsere Beziehung, die hat von außen Ähnlichkeit mit dem Polo.»

Als sie merkten, daß Adler nicht mehr da war, gingen sie ihn suchen. Er lag auf dem Sofa.

«Hast du was?» fragte Hajo verwundert.

«Meine Güte», stöhnte Adler mit dem Handrücken auf der Stirn. «Das geht mir jetzt erst auf. Wenn die Haube nicht auf deinen Wagen gedonnert wäre, sondern in die andere Richtung ...»

«... beispielsweise in die Zapfsäulen», sagte Hajo.

«Beispielsweise. Dann wäre doch jetzt ... dann wäre doch hier alles ...»

«Puff», sagte Rose, zog den Bademantelgürtel fester und zeigte mit beiden Händen in die Richtung, in die Adlers Tankstelle geflogen wäre: nach oben.

Pünktlich 20 Minuten zu spät radelte Henry Pietsch am Abend aufs Gelände.

«O nein», stieß Pietsch hervor, als er Rose erblickte, «nicht schon wieder ein krummes Ding.»

«Nun mach mal halblang, Henry», sagte Adler. «Rochus steckt in der Klemme.»

«Das wundert mich gar nicht.»

«Er kann nicht mehr nach Hause. Da liegt eine Hundertschaft Schlägertypen auf der Lauer. Rochus braucht eine Bude.»

Pietsch wich zurück: «Adler, pfui!»

«Für ein paar Tage geht's. Da hätte Käthe garantiert nichts gegen gehabt. Ich stelle einen Stuhl und eine Kaffeemaschine rein. Was braucht der Mensch mehr?»

Eine Stunde später betrat Rose die Zwei-Zimmer-Wohnung der verblichenen Käthe Cathomen im Stadtteil Hamm.

Rose fühlte sich einsam, ausgeschlossen und unbehaust. Adler hatte versprochen, einige Möbelstücke anzuliefern. Das war auch dringend nötig. Zur Zeit war die Wohnung praktisch leer. Das Gemütlichste waren die großblumig gemusterten Tapeten. *Henry hätte ruhig mitkommen können*, dachte Rose, während er in der dunklen Wohnung am Wohnzimmerfenster stand.

«Suchst du was Bestimmtes?»

Pietschs Oberkörper tauchte zwischen den Schränken, hochkant gestellten Betten und Sofas auf.

«Stehen in der anderen Garage noch mehr Möbel aus Käthes Wohnung?» fragte er Adler.

«Nee. Alle hier.»

Pietsch tauchte ab, zog alle Schubladen heraus, drehte Sessel und Stühle um, griff mit der Hand zwischen die Sprungfedern.

«Du willst mir nicht zufällig sagen, was du suchst?»

«Zufällig nicht.»

«Habe ich mir gedacht», murmelte Adler und trollte sich.

Pietsch suchte noch zwanzig Minuten weiter. Aber er fand nichts. Keinen Brief, keine Notiz, keine Schachtel, Dose, Umschlag.

Am nächsten Vormittag lag über der Tankstelle nicht nur der wärmende Sonnenschein. Noch heller als die Sonne strahlte die gute Laune von Hajo. Der Mechaniker sprühte vor Ausgelassenheit, er ließ keine Gelegenheit zu einem Witz aus. Adler staunte.

«Hast du zum Frühstück Sekt getrunken?»

Hajo schlug ihm heftig gegen die Oberarme:

«Adler, sie ist wieder da!»

Adler fiel spontan Hajos Nebenhoden-Entzündung vom letzten Herbst ein. Aber dazu paßte der Gesichtsausdruck nicht.

«Wir haben uns ausgesprochen, wir haben uns versöhnt. Eine ganze Nacht lang. Ich wußte ja gar nicht mehr, wie das ist.»

«Das verlernt man nicht», schoß Rose quer, «das ist wie Radfahren.»

«Sie hat richtig geweint, und ich habe richtig geweint. Und zum Schluß kam Christian ...»

«... und hat richtig geweint.»

«Nee, er hatte eigentlich nur Durst. Aber es war so schön, als wir endlich alle wieder zusammen waren. Adler, sie will Schluß machen mit dem Saukerl. Sie hat ihn über. Sie sagt, er hängt ihr zum Hals raus. Und sie wüßte jetzt endlich, wo sie hingehört. Und ob ich sie überhaupt wieder aufnehmen würde, wo sie sich doch so schofelig mir gegenüber benommen habe.»

«Laß mich raten», sagte Adler, «du hast sie wieder aufgenommen.»

«Natürlich habe ich das», entgegnete Hajo. «Das habe ich doch immer gewollt. Und es war ja auch gleich wieder so schön wie ... wie ... wie noch nie.»

Adler und Rose blickten sich an.

«Ab sofort bin ich wieder voll da. Der alte Hajo Pillau meldet sich zum Dienst zurück. Keine Mäkeleien mehr, keine schlaff angedrehten Radmuttern, kein Ersatzmotor, der im Motorraum herumspringt. Ab heute wird wieder in die Hände gespuckt.»

Dann kam ein Wagen und Hajo mußte raus.

«Wer hätte das gedacht?» murmelte Adler.

«Abwarten», sagte Rose. Mehr sagte er nicht.

Noch nie hatte sich Rochus Rose so gern auf dem Gelände der Tankstelle aufgehalten wie heute. Die Nacht in der neuen Wohnung war nicht direkt furchtbar gewesen. Aber alles war neu für ihn, es war nicht gemütlich. Und auf den Balkon traute er sich nicht hinaus, weil er Angst vor dem Anblick eines goldenen Camaro hatte. Dagegen strahlte die Tankstelle etwas Heimeliges aus. Rose bibberte nur dem Moment entgegen, in dem Sängers Wagen aufs Gelände fahren würde. Aber die Freunde waren ja da. Unauffällig berührte Rose seine Brust. Sie war makellos glatt, so glatt, wie zwei dünne, zwischen Ober- und Unterhemd geschobene Mappen eine Brust eben machen. Rose war heute nicht mit Dienst dran. Er machte sich nützlich, half hier und dort aus und stellte sich dann einen Stuhl in die Sonne. Er nickte ein wenig ein.

«Hallo Rochus! So sieht man sich wieder.»

Rose öffnete die Augen.

«Guten Tag, Doris, du siehst gut aus. Wie immer übrigens. Vielleicht noch einen Tick besser.»

«Du bist ein Charmeur.»

«Du bist doch selber mit einem verheiratet», sagte Rose, der jetzt erst Hajo entdeckte. Er stand hinter Doris und trat vor Stolz und Aufregung ständig auf der Stelle.

«Doris besucht ihren Mann», hauchte Hajo entzückt. «Auf der Arbeit. Wie in einer funktionierenden Beziehung.»

Rose forschte in Doris' Augen. Das Amüsement über Hajos Bemerkung hielt sich in Grenzen, in gefährlich engen Grenzen. Doris trug ein teures Kleid, sie wirkte weltläufiger als früher.

«Du, Rochus. Ich glaube, ich habe da was für dich», sagte Doris. Sie blickte Hajo an.

«Ich laß euch dann mal alleine», reagierte er wunschgemäß. Er blinzelte Rose zu und verschwand.

Doris lehnte sich vorsichtig gegen die Werkzeugkiste.

«Hajo hat mir gestern einiges erzählt», begann Doris.

Rose tat ihr nicht den Gefallen, etwas zu sagen.

«Er sprach von den Schwierigkeiten, die du hast. Du hast doch Schwierigkeiten?»

«Na ja.»

«Siehst du.» Doris wurde eifrig. «Ich glaube, ich kenne da jemanden, der dir helfen könnte.»

«Wieso? Ich verstehe ...»

«Hajo hat gesagt, du wolltest zur Polizei gehen mit deinen geheimen Unterlagen. Und jetzt willst du nicht mehr, sagt Hajo, jetzt würdest du jemanden von einer Zeitung oder Illustrierten suchen.»

«Ich denke, ihr habt euch heute nacht versöhnt. Ihr scheint ja viel Zeit für andere Themen gehabt zu haben.»

«Für einen Freund tut man doch alles.»

Rose blickte sie an. Sie hielt ihm ohne Mühe stand.

«Also, Rochus. Ich kenne da zufällig einen Journalisten, der arbeitet beim ‹Spiegel›. Das ist doch genau die richtige Adresse für dich. Nun sag doch auch mal was.»

«Doch, doch, ‹Spiegel› wäre gut.»

«Ich wußte doch, das freut dich», sagte Doris befriedigt.

«Und woher kennst du den?»

«Woher? Och, na ja. Ich bin ja viel rumgekommen in der letzten Zeit. Und ein Journalist ist auf jeden Fall besser, als zur Polizei zu gehen.»

«Wieso?»

«Wieso? Ja, guck doch mal. Das ist doch eine große Schweinerei, was sie da mit dir gemacht haben.» Doris wurde eindringlich. «Das gehört doch an die Öffentlichkeit. Dann sind die doch für alle Zeiten bloßgestellt. Dann trauen die sich das doch nie wieder zu tun.» Doris hatte sich in Rage geredet. «Ist doch so, oder? Das findest du doch bestimmt auch, oder? Klar findest du das auch. Ich sehe es dir doch an.»

Sie lächelte nervös und fuhr fort:

«Ich will dich natürlich nicht überfahren. Aber wo es doch so wichtig ist und warum Zeit verlieren? Sonst sind die Kerle nachher noch über alle Berge. Ich habe den Journalisten heute morgen gleich angerufen. Er ist Feuer und Flamme. Und er will sich mit dir treffen – heute noch. Na, was sagst du nun?»

Rose stand auf, ging einige Schritte Richtung Zapfsäulen, kehrte zu Doris zurück.

«Rochus, das ist *die* Chance für dich. Einer vom ‹Spiegel› und dann noch so schnell. Die haben einen Terminkalender, der ist voll für Wochen im voraus. Und er hat gesagt, er bringt deine Geschichte groß raus.»

Rose wollte sich gegen ihren Wortschwall wehren. Sie ließ ihn nicht in Ruhe nachdenken, und sie blieb hartnäckig an seiner Seite, redete immer weiter auf Rose ein, und als er neben ihr im Scirocco saß, hörte sie noch lange nicht auf. Mühsam versuchte sich Rose zu konzentrieren. *Es könnte wirklich eine Chance sein. ‹Der Spiegel› ist eine erste Adresse. Wenn die das groß rausbringen, kracht's im Gebälk. Die haben keine Angst. Und ich auch nicht mehr. ‹Spiegel› ist gut. Und wie hättest du sonst an einen Reporter von denen rankommen sollen? Nein, nein, das ist schon gut so, wie es läuft.*

Als sie dann vor dem Hochhaus an der Ost-West-Straße standen, wurde Rose noch einmal ganz verzagt. Doris mußte ihn regelrecht aus dem Wagen schieben.

«Mach's gut, Rochus. Ich drück dir die Daumen.»

«Kommst du denn nicht mit? Wie soll ich ihn denn erkennen? Ich ...»

«Er heißt Fröhlich. Du kannst ihn gar nicht verfehlen. Ich muß weiter. Tschüß.»

Rose blickte am Spiegel-Haus hoch, schluckte und ging auf den Eingang zu.

Er betrat das Foyer, der Pförtner blickte ihm freundlich entgegen. Rose ging auf ihn zu.

«Herr Rose? Herr Rose! Huhu, hier bin ich.»

Rose drehte sich um, der etwas aufgedunsene Mittdreißiger in dem etwas zu engen khakifarbenen Sommeranzug stürmte auf ihn zu.

«Fröhlich», rief er, lächelte dem Pförtner zu, packte Rose am Oberarm und führte ihn zur Sitzgruppe.

«Herr Rose, ich freue mich, daß wir uns so schnell sehen können. Ich schlage vor, daß wir uns über die Straße in eine Kneipe setzen. Das bespricht sich einfach leichter bei einem kühlen Bier oder einem Käffchen, als in einem kleinen stickigen Büro. Um ehrlich zu sein: Es tut mir mal ganz gut, aus dem Stall rauszukommen. Ist eben alles ein bißchen steril. Sehr praktisch, aber auch viel Plastik.»

Fröhlich redete und redete, sagte zwischendurch: «Wichtige Dinge dulden keinen Aufschub. Das war immer meine Maxime. Im Beruf und bei den Frauen.» Rose fand den Scherz etwas daneben, aber es gefiel ihm, wie kumpelhaft sich Fröhlich benahm. Rose hatte einen steifen, hochnäsigen Journalisten erwartet.

Fröhlich schlug eine Kneipe gegenüber der Speicherstadt vor. Angesichts der beeindruckend schönen Front der alten Backsteinhäuser blieb Rose stehen.

«Die verstanden zu bauen damals», sagte Fröhlich.

«Mein Vater hat dort gearbeitet», murmelte Rose. *Und in der Speicherstadt hast du deinen größten Fall gelöst.**

Fröhlich zog ihn in die kühle, nach kaltem Qualm riechende Kneipe, die gerade geöffnet hatte.

«Nun mal raus mit der Sprache, lieber Herr Rose», sagte Fröhlich und spielte mit den Bierdeckeln herum. «Doris hat mir da ja Dinger erzählt, ich muß schon sagen.»

Rose erzählte in groben Zügen das Wichtigste.

«O je», sagte Fröhlich mit besorgtem Gesicht, «das waren keine schönen Zeiten für Sie. Aber lassen Sie mal –» Schulterklopfen – «das ist Vergangenheit. Jetzt geht es andersherum. Jetzt werden wir den Biedermännern Feuer unter dem Hintern machen.»

Fröhlich bekam hektische Flecken auf den Wangen und bestellte einen neuen Kaffee.

«So, und nun die Unterlagen», sagte er eifrig. «Die hat in zehn Minuten unsere Rechtsabteilung auf dem Tisch liegen. Die macht die Geschichte hieb- und stichfest, und dann werden wir eine Story runterfetzen, an der können Sie sich Hände und Füße wärmen.»

«Ich werde dadurch doch nicht gefährdet?»

Diesen Einwand fand Fröhlich so abwegig, daß er ihn anfangs gar nicht begriff.

«Aber Herr Rose! Wenn Sie unter unserem Schutz stehen, ist es das gleiche, als wenn Sie von vier Bodyguards umgeben sind. Die Macht der Presse und des freien Worts, Grundgesetzartikel 5, Sie verstehen? Wer sorgt denn dafür, daß in diesem Land noch jemand den Deckel vom brodelnden Topf nimmt? Das sind doch wir.» Fröhlich blickte auf seine Armbanduhr. «Ich will nicht drängeln, Herr Rose, aber wir können unsere Zeit sinnvoller verwenden, wenn Sie mir jetzt ...»

Rose zögerte.

«Ich mache Kopien und schicke Ihnen das Original sofort zurück.»

Rose griff zwischen Oberhemd und Unterhemd, zog die Mappen heraus, überreichte sie Fröhlich. Der war ganz verdattert.

«Sie machen ja Sachen», sagte er staunend. «Am Körper tragen! Da muß erst mal jemand drauf kommen. Da kann man ja stundenlang Ihre Wohnung durchsuchen, wie?» Fröhlich lachte schallend.

* Näheres darüber siehe: «Ein Kommissar für alle Fälle», rororo thriller 2700

Es klang wie befreit. Und auch Rose konnte ein Gefühl der Erleichterung nicht leugnen, daß er endlich die Unterlagen los war.

«Zu treuen Händen», sagte Rose. «In welcher Nummer erscheint der Artikel denn?»

«Trinken Sie doch Ihren Cognac aus», sagte Fröhlich und winkte den Gastwirt heran.

«Wird er bald erscheinen, der Artikel?» fragte Rose erneut.

«Wie? O ja, natürlich schnell.»

Rose hatte das Gefühl, als ob es Fröhlich kaum erwarten konnte, aufzubrechen. *Der wittert die große Story. So sind sie, die Journalisten.*

«Wenn das Material so brisant ist, wie Sie es mir geschildert haben, machen wir vielleicht sogar eine Serie draus. Dafür müssen wir natürlich noch ein paar andere Quellen anzapfen, die Geschichte soll ja schließlich wasserdicht sein. Aber wenn da was dran ist, das verspreche ich Ihnen: Danach wird diese Republik nicht mehr sein, was sie vorher war. Die Versicherungswirtschaft ist ja bisher durch alle Skandale verhältnismäßig ungerupft hindurchgekommen. Na, das hat ja nun ein Ende.»

Fröhlich wollte bezahlen, griff in seine Tasche, in die nächste, klopfte alle Taschen ab, blickte dann Rose mit verlegenem Lächeln an.

«Es ist mir unendlich peinlich. Aber ich habe in der Eile meine Brieftasche oben liegenlassen. Ich werde sofort ...»

Fröhlich machte Anstalten, aufzustehen.

«Lassen Sie», sagte Rose und beglich die Rechnung.

«Danke», sagte Fröhlich. «Das schlage ich auf Ihr Informationshonorar drauf. Wenn Sie so nett wären, mir noch schnell Adresse und Kontonummer aufzuschreiben.»

«Meine Kontonummer weiß ich nicht auswendig, und meine Adresse – schicken Sie's am besten an – äh – an Valentin Kühn, Freie Tankstelle Billbrook.»

«Da sind Sie untergekommen? Es könnte ja sein, daß ich noch ein paar Fragen habe. Kann ich Sie dort erreichen?» fragte Fröhlich.

«Nein, nein. Ich bin zur Zeit da und dort.»

«Keine feste Adresse?» fragte Fröhlich. Rose lächelte, schwieg. Sie verließen die Kneipe.

«Also dann», sagte Fröhlich und hielt Rose die Hand hin. «Jetzt läuft die Chose. Warten Sie mal ab, was auf Sie zukommt.»

Rose ging zur U-Bahn am Meßberghof.

«Na bitte», sagte Adler, als Rose ihm die neue Entwicklung erzählt hatte. «Das hört sich doch ganz solide an, wenn mir auch alles ein bißchen zufällig erscheint. Aber wenn die nicht drauf anspringen, hat es dich das Fotokopieren gekostet. Das bringt den Etat ja nicht zum Kentern.»

«Keine Kopier-Kosten», sagte Rose, der plötzlich aschfahl wurde.

«Was?»

«Keine Kopierkosten. Ich habe dem Reporter die Originale mitgegeben. Er hatte es so eilig, und sie wollen eine dicke Story draus machen, und da habe ich eben ...»

Rose schwieg. Adler wollte zweimal etwas sagen, brach ab und fragte dann: «Doris hat ihn angeschleppt?»

Rose nickte, Adler rannte los.

«Ist was?» fragte Hajo.

Adlers Kieferknochen mahlten.

«Ich rufe beim *Spiegel* an», sagte er und eilte ins Büro. «Das will ich genau wissen.»

Fünf Minuten später wußten sie es genau. Beim *Spiegel* gab es keinen Redakteur namens Fröhlich, auch keinen freien Journalisten, der für den *Spiegel* arbeitete. In der Dokumentation lief kein Fröhlich herum. Die Botenmeisterei signalisierte Fehlanzeige, und der Kantinenpächter kannte nur einen Cousin seiner Frau, der Fröhlich hieß.

Adler saß neben dem Telefon und starrte Rose an. Rose blickte hartnäckig auf die Wand mit den Kalendern.

«Sag's schon», murmelte Rose.

Und Adler sagte es:

«Du bist so dumm wie Schifferscheiße. Und die ist sehr, sehr dumm. Kannst Henry fragen.»

«O Gott», flüsterte Irene, als Adler ihr am Nachmittag den auf dem Sofa liegenden Rose zeigte.

Hajo kam hinzu und tobte gleich los:

«Das könnt ihr euch abschminken, daß Doris was damit zu tun hat. Wenn dieser Reporter wirklich ein fauler Kunde war, dann hat er Doris übers Ohr gehauen. Das ist auch nicht schwer, sie ist eben zu gutmütig.» Und weg war er.

«Ich bin von Idioten umgeben», sagte Adler düster. «Der eine läßt sich seinen Schatz wegnehmen, den anderen macht eine Frau zum Suppenkaspar. Fehlt nur noch, daß ich jetzt auch durchdrehe.»

Und ehe Irene sich versah, drückte er ihr einen leidenschaftlichen Kuß auf. «Nachher fange ich noch an und küsse alle Frauen ab», murmelte Adler, «und hinterher weiß ich von nichts. Ist doch peinlich so was.»

«Da», flüsterte Irene, «er schlägt die Augen auf.»

Rose setzte sich hin, starrte in die Gegend, und dann sagte er:

«Das kriegt Sänger wieder.»

Um 18 Uhr 45 desselben Tages goß ein Unbekannter einen halben Liter Baldrian über die Sitze von Norbert Sängers Saab Cabrio auf dem Parkplatz des Fitness-Centers. Als Sänger losfahren wollte, fand er insgesamt 17 Katzen auf den Ledersitzen vor. Um 7 Uhr 20 des nächsten Tages klingelte der Fahrer eines Öl-Tankzuges Sänger aus dem Bett und wollte nicht begreifen, daß Sänger kein Öl bestellt hatte.

Kommissar Golze bekam einen anonymen Anruf durchgestellt. Ein Mann teilte ihm mit, daß der Fahrer des Wagens, der vor wenigen Tagen Golzes Scirocco angefahren hatte, den Kommissar in einer Kneipe in Pöseldorf mehrmals und lautstark als «Schleimscheißer», «Pißnelke» und «total unfähig» bezeichnet habe. Das paßte Golze gut in den Kram. Vor ihm saßen gerade die beiden Zuhälter, die den goldenen Camaro gelenkt und Golzes Scirocco angefahren hatten.

Tags darauf schaltete die Bundespost Sängers Privattelefon ab. Kurz vorher gaben Unbekannte in Sängers Namen eine ungeheure Zahl von Telegrammen auf, die im folgenden Monat Sängers Telefonrechnung belasten würden.

Der nächste Tag war ein Samstag. Morgens um 5 Uhr 50 klingelten zwei Männer an Sängers Wohnungstür und fragten, in welches Zimmer sie das Klavier stellen sollten. Sänger bekam einen Wutanfall und drohte den Männern Prügel an. Hähnchen brachte sich hinter Adlers Rücken in Sicherheit, und Adler sah eine nackte weibliche Person über den Flur ins Badezimmer huschen, an die er noch lange denken mußte.

Als Sänger am mittleren Vormittag seine Wohnung verlassen wollte, stieß er sich seine Nase an der Rückseite eines Klaviers blutig, das zentimeterdicht vor der Wohnungstür stand. Da ihm kein Nachbar helfen wollte, das kapitale Stück wegzuschaffen, vertelefonierte Sänger viele Groschen in der Telefonzelle, bevor es ihm gelang, am Sonnabend drei Männer aufzutreiben, die das Klavier fortschafften. Ihnen fiel nichts Besseres ein, als das Instrument im erstbesten Wald abzuladen. Zu ihrem Pech handelte es sich bei dem Wald um ein beliebtes Naherholungsgebiet. Eine große Zahl von Spaziergängern konnte der Polizei die Kfz-Nummer des Pritschenwagens angeben. Die drei Männer hatten noch lange was von diesem Transport. Keiner verspürte in der folgenden Zeit beim Ertönen von Klavierlauten eine Steigerung seines Wohlbefindens. Im Verlauf des Samstagnachmittag stahlen unbekannte Täter die Stereo-Anlage aus dem Wagen von Norbert Sänger.

Sänger hatte nach einer durchzechten Nacht im Reeperbahn-Milieu gerade mühsam Schlaf gefunden, als zwei Kriminalbeamte vor der Tür standen und ihn nach seinem Alibi für Samstag abend zwischen 22 Uhr und 1 Uhr befragten. Ein unbekannter Anrufer wollte Sänger als Beteiligten an einem versuchten Überfall auf eine Tankstelle im Stadtteil Billbrook erkannt haben. Den Beamten gelang es nur mit Mühe, den tobenden Sänger zu beruhigen, so daß sie sich nicht gezwungen sahen, eine Anzeige gegen einen gewissen Rose entgegenzunehmen, auf den Sänger offensichtlich einen Rochus hatte.

Im Verlauf des Sonntagabend passierte nichts, absolut nichts. Norbert Sänger saß in seiner Wohnung und tat, was er seit Jahren nicht mehr getan: Er kaute an seinen Fingernägeln. Am Ende des Abends war Sänger ein Nervenbündel. Nachdem auch noch seine beiden bevorzugten Mitarbeiter aus dem Milieu ausgefallen waren, hatte Sänger viel Mühe, einen Ersatzmann zu rekrutieren. Der Bursche stand viermal am Tag vor der Wohnungstür von Rose und kam jedesmal mit dem gleichen Ergebnis zu Sänger. Sänger sehnte den Montag herbei.

«Ja, schau mal an, der Herr Sänger», rief Frau Möwe. Sänger hätte sie gern ein bißchen gewürgt, aber da saß er bereits im Zimmer von Herz.

«Herr Sänger, wo drückt uns der Schuh?»

Das fing schon gut an. Sänger wäre am liebsten gegangen. Mürrisch erstattete er seinem Auftraggeber Bericht.

«Sie müssen etwas gegen diesen Mann unternehmen. Er bringt sonst noch die gesamte Organisation zum Einsturz.»

«Na, na, aber Herr Sänger. Ich muß doch bitten. Wir sind bestmöglich gegen individuelle Querulanten geschützt.»

«Jedes System hat Lücken.»

Die Männer starrten sich an. Herz war so schockiert, daß man ihm das Schlimmste zutrauen mußte: eine spontane Haarwäsche beispielsweise. Sänger sah ihn an. *Das hättest du nicht sagen dürfen. Der dreht dir einen Strick daraus. Du kennst ihn doch.*

«Also Herr Sänger, ich muß schon sagen», stieß Herz hervor.

«Tun Sie, was Sie nicht lassen können», maulte Sänger. «Es ist meine Pflicht, das Büro von unvorhergesehenen Zwischenfällen zu unterrichten. Das habe ich hiermit getan. Tun Sie nun das Ihre.»

«Ich bedarf keiner Belehrung über meine Dienstpflichten», entgegnete der Chef vibrierend. «Mir muß keiner sagen, wo's langgeht, Herr Sänger. Mir nicht.»

«Ist ja schon gut.»

«Vielen ja, aber mir nicht.»

«Ja doch, ich bin nicht taub.»

«Wenn alle so funktionieren würden wie ich, dann ...»

«Himmelherrgott, ja», brüllte Sänger, sprang auf, ging ans Fenster und starrte trübe auf die wildwuchernde Baulücke zwischen dem Bürohaus auf der einen Seite und der Ausfallstraße Richtung Elbbrücken am anderen Ende.

«Warum kriegt man hier eigentlich nichts angeboten», murmelte Sänger. «Ich habe Hunger, ich habe Durst, mir geht es schlecht, aber anstatt daß man hier mal ein, zwei, drei halbe Brötchen ...»

«... Fräulein Möwe, schmieren Sie unserem Herrn Sänger doch bitte was Feines aufs Brot», schnarrte Herz in die Sprechanlage.

«Mettwurst ist noch da. Und eine Ecke Käse.»

«Was wollen ...?»

Sänger winkte deprimiert ab. «Ist schon gut. War auch nur so ein Gedanke.»

«Ich habe noch eine Tafel Schokolade ...» fuhr Frau Möwe fort. Als sie «... in meinem Schreibtisch liegen» sagte, stand Sänger bereits neben ihr, riß der verdatterten Frau die Süßigkeit aus der Hand. Und Frau Möwe, die puritanische Frau Möwe, die für Maß in allen Lebensbereichen eintrat, verfolgte mit kaum verhülltem Ekel, wie Sänger mit fliegenden Fingern Papier und Stanniol von der Schokolade riß. Als er, ohne sich vorher einen Riegel abzubrechen, in die Tafel biß, schloß Frau Möwe die Augen.

«Nervennahrung», Sänger hielt Herz die halbe Tafel entgegen.

«Also Herr Sänger», sagte Herz, «wenn Sie mir verbindlich sagen, daß Ihnen der Fall Rose aus den Händen geglitten ist, daß er Sie überfordert ...»

«Quatsch», Sänger schluckte das letzte Stück hinunter. «Ich bringe den Rose auf Null, daran besteht gar kein Zweifel. Ich informiere Sie lediglich der Ordnung halber, damit Sie die oberen Etagen in Kenntnis setzen. Ich halte es für möglich, daß die Stabsabteilung noch mal gründlich nachdenken muß.»

«Die Damen und Herren des Stabes kommen vor lauter Arbeit auch dieses Jahr nicht dazu, Urlaub zu machen.»

«Wie schön für sie», sagte Sänger. «Ich habe eine kleine Freundin, die besteht auf Ibiza. Ibiza, also ich bitte Sie, da kann man doch nicht mehr ...»

«Herr Sänger!»

«Ja, ja», sagte Sänger und strich sich über die Haare. Er bemerkte Herzens besorgten Blick nicht und fuhr fort:

«Natürlich hat unser System keine Lücken, das weiß ich doch. Aber weiß es auch Rose? Er benimmt sich ganz und gar nicht so. Und ich sage Ihnen in aller unangebrachten Vertraulichkeit: So einer wie Rose ist mir bisher noch nicht untergekommen.»

«Sie sind jung», sagte Herz verächtlich.

«Stimmt schon. Im Gegensatz zu manchem anderen habe ich meine Zukunft noch vor mir.»

Sänger lächelte Herz an. Diese Runde ging an ihn.

«Ich werde der Stabsabteilung Meldung erstatten», sagte Herz, griff in ein Fach und legte ein Blatt Papier auf den Tisch.

«Wir haben seit letzter Woche sogar Formulare für solche Zwecke», sagte er stolz.

«Na, wie schön für Sie. Dann steht dem Beginn des bürokratischen Zeitalters ja nichts mehr im Wege.»

«Ach, Herr Sänger. Ihr Fährtenleser von der freien Wildbahn . . .»

«Ohne funktionierenden Außendienst wären Sie doch von der Welt abgeschnitten wie . . .»

«. . . wie meine Frisur von der letzten Mode. Sagen Sie's nur», forderte ihn Herz in einem seiner unweigerlich eintretenden Anfälle von Weinerlichkeit auf.

Sänger betrachtete seine Haare und sagte: «Na ja.»

Mehr sagte er nicht. Aber auch damit war sein Schicksal besiegelt. Herz brachte das Gespräch schnell zu Ende und wartete ungeduldig, bis Sänger den Raum verlassen hatte. Dann drückte er sieben Tasten auf seinem Tastentelefon.

«Herz hier. Gib mir sofort Lisa.»

«Doris ist weg.»

«Sag bloß. Wer hätte das gedacht.»

Adler wollte diesen Leidensmannblick nicht mehr ertragen.

«Ich verstehe das nicht», greinte Hajo. «Sie hat sich doch mit mir versöhnt. Wir wollten doch noch einmal ganz von vorn anfangen.»

«Tut sie doch», hieb Adler dazwischen, «ganz von vorn. Sie beginnt mit dem Stadium, als ihr beide euch noch gar nicht kanntet.»

Hajo brauchte einige Sekunden, um die Infamie zu erkennen.

«Du kannst natürlich blendend mit den Frauen», sagte er bitter.

«Danke der Nachfrage. Kann nicht klagen.»

«Vielleicht können die Frauen klagen», sagte Hajo und guckte aus dem Kassenraum.

«Vorne aus dem Schlauch!» rief er. «Da kommt das Benzin raus.»

Dann wandte er sich wieder Adler zu und zürnte:

«Dein Gefühl für Verantwortlichkeit erstreckt sich doch nur auf die Tankstelle hier. Was Beziehungen angeht, hältst du dich doch fein säuberlich heraus.»

«Alles halte ich nicht heraus. Manches halte ich auch hin . . .»

«Du Sau.»

«Bei so was ist dein kleiner Sonnenschein Christian herausgekommen. Wie geht's ihm eigentlich? Schätze, er ist solider Bettnässer.»

«Woher weißt du das?»

«Und Nägelbeißer.»

«Stimmt. Aber woher . . .?»

«Und hektisch ist er geworden, ein richtiger Zappelphilipp.»

«Mensch ja», sagte Hajo. «Die Kleinsten trifft es ja immer am härtesten. Und gestern ist Doris einfach nicht nach Hause gekommen. Vielleicht ist sie sauer, daß ich immer noch nicht den Wagen repariert habe.»

«Quatsch. Die hat das Gesülze keine Sekunde ernst gemeint.»

«Das glaube ich nicht!» begehrte Hajo auf. «Sie hat doch mit mir ... also ich meine ...»

«Komm, Hajo, laß gut sein. Du darfst dir auf meine Kosten ein Glas Schnaps aus der eisernen Reserve eingießen. Und dann möchte ich nach langer Zeit mal wieder die süßen Schweißperlen der harten Arbeit auf der Stirn meines Bediensteten zählen können.»

«Du wirst es erleben», sagte Hajo trübe. «Eines Tages komme ich nicht mehr zum Dienst. Und dann möchte ich, daß ihr gefälligst nach dem Rechten seht. Vielleicht ist mir ja was passiert.»

«Nehmen Sie doch Platz.»

Henry Pietsch ließ sich in den Sessel fallen und studierte die Frau. Frau Töpperwien faltete ihre Hände über den Papieren.

«Herr Pietsch, Sie haben uns in den letzten Wochen manche Aufregung bereitet.»

«Das lag doch nicht an mir.»

«Sie wissen, daß jede Beziehung im Bankenbereich ihre Absicherung auf der juristischen Seite findet.»

«Weiß ich», knurrte Pietsch. «Die Rechtsverdreher wollen eben auch leben.»

«Nun ja», sagte Frau Töpperwien, «sei es, wie es sei.»

«Aber so ist es doch», begehrte Pietsch auf.

«Ich will Ihnen sagen, was seit Ihrem letzten Besuch geschehen ist. Es haben Gespräche stattgefunden, auf der Ebene der Filialleitung. Diese Gespräche sind sehr schnell sehr viel höher gegangen. Ergebnis: Ihr Begehr, Einblick in die Bankgeschäfte der Frau Cathomen zu erhalten, hat auch nicht den Anflug einer rechtlichen Grundlage. Das ist das eine. Nun das andere: Unser Haus hat sich der ganz besonderen Konstellation in diesem ganz besonderen Einzelfall nicht verschlossen. Es will uns erscheinen, als ob in diesem Einzelfall eine gewisse menschliche Tragik nicht zu übersehen ist.»

«Tragik! Umgebracht hat man sie!»

«Deshalb, Herr Pietsch, bin ich autorisiert worden, Ihnen zu sagen, was ich Ihnen jetzt sagen werde.» Sie suchte in den Unterlagen herum.

«Frau Cathomen hatte bei uns ein Sparkonto.»

«Weiß ich doch.»

«Dieses Sparkonto wies zum Zeitpunkt ihres Ablebens ein Guthabensaldo in Höhe von 22484,25 aus.»

«Weiß ich doch alles.»

«Ich fahre fort. Erbberechtigt sind nach dem Tod der Frau Cathomen zwei Schwestern und ein Bruder, und zwar zu gleichberechtigten Teilen. Die Herrschaften haben das Sparkonto fristgemäß gekündigt. Sie erhalten das Guthaben zu gleichen Teilen ausgezahlt. Und, Herr Pietsch, auch gleich noch dies: Auf dem Konto der Frau Cathomen wurden in letzter Zeit keinerlei außergewöhnliche Bewegungen registriert. Keine Einzahlungen und keine Abhebungen. Frau Cathomen besaß bei unserem Haus nur ein Konto. Sonst noch Fragen?»

«Sie glauben also, es sei alles mit rechten Dingen zugegangen?»

Frau Töpperwien fixierte den alten Mann: «Das meine nicht nur ich, Herr Pietsch. Das muß jeder vernunftbegabte Mensch meinen.»

«Ach was, Vernunft», muffelte Pietsch. «Mit Vernunft wird viel Schindluder getrieben.»

Sein Blick fiel auf die Krüger-Rand-Goldmünzen, die zum Verkauf angeboten wurden.

Ein Geräusch an der Tür seiner Gastwohnung, und Rochus Rose glaubte, sein Herz würde stehenbleiben. Im nächsten Moment war er an der Tür zum Balkon. *Raus! Auf den Nachbarbalkon, dann siehst du weiter. Nur erst mal raus.* Rose hielt den Türhebel in der Hand und spürte, wie sich die Tür des Wohnzimmers öffnete.

«Tach, Rochus.»

Rose drehte sich um.

«Hallo, Henry. Du siehst nicht besonders fröhlich aus.»

«Na, hast du dich eingelebt in dieser kahlen Höhle?»

«Ich bin froh, daß ich hier sein kann. Adler hat Tisch und Stühle nachgeliefert.»

«Paß mal auf, Rochus», sagte Pietsch und setzte sich.

«Ich habe da ja eine Theorie. Wegen Käthe. Der Versicherungsvertreter hat sie damals gezwungen, die Versicherung zu kündigen. Er hat sie mit irgendwas bedroht, daß sie ihren guten Namen unter diese verdammte Police setzt. Und dann, Rochus, dann hat er sie umgebracht.» Die Bilder wollten Pietsch überwältigen. «Das ist das eine, Rochus. Und jetzt kommt das andere. Ich habe vorhin einen Anruf gekriegt.»

«Wie schön. Ein Freund?»

«Waffel.»

«Was?»

«Schiffsmakler Waffel.» Pietsch lachte höhnisch. «Ist ja klar. Ich als alter Seemann, da glauben die Gangster natürlich, sie können bei mir Eindruck schinden, wenn sie sich als Schiffsmakler ausgeben.»

«Kennst du ihn denn?»

«Ich habe einen Brief gefunden, den Käthe an diesen Waffel geschrieben hat. Sehr verdächtig alles.»

«Und was hat er gesagt, der Makler?»

«Er will mir was zeigen. In Ovelgönne, im Hafen. Morgen um 17 Uhr.»

«Was denn?»

«Das habe ich ihn natürlich auch gefragt. Aber er hat nichts verraten. Er hat nur sehr geheimnisvoll getan. Und er hat gesagt, ich solle starke Nerven mitbringen. Die würde ich gebrauchen können. Was sagst du nun?»

Rose schwieg.

«Jetzt wird es ernst. Sie wollen mich aus dem Verkehr ziehen. Mir wird ganz blümerant zumute. Kannst du morgen nicht mitkommen? Als Rückendeckung?»

Irene umschlich das Telefon und wurde von Minute zu Minute aggressiver. Um sich zu beruhigen, trank sie zwei Obstler. Dann seufzte sie so abgrundtief, daß Till den Kopf ins Zimmer steckte.

«Ist was, Mami? Brauchst du Hilfe?»

«Brauche ich nicht. Und du legst jetzt endlich das Messer und die Schere weg. Und binde die Schürze ab, sonst bringe ich den armen Wellensittich zu Rochus zurück.»

Irene seufzte abgrundtief und griff zum Telefonhörer.

Kommissar Golze zerkrümelte während des Gesprächs vor Aufregung zwei Stücke Kirschkuchen.

«Sagen wir morgen 12 Uhr?» fragte Irene und bemühte sich, das angstvolle Piepen des Vogels in Tills Zimmer zu überhören.

«12 Uhr», flüsterte Golze, «das ist so schön, daß ich gar nicht weiß, was ich ...»

«Also, dann bis dann.»

Golze saß noch lange da und blickte den Telefonhörer an. Er liebte das Gerät für seine Fähigkeit, solche Töne übermitteln zu können. *Und da sagt man immer, Technik sei kalt und unpersönlich.*

Golze wollte nichts dem Zufall überlassen. Erst ging er zum Friseur, dann betrat er eine Drogerie und erwarb ein Nagelreinigungs-Necessaire, einen Abdeckstift und eine Familienpackung Präservative. Er legte noch einen Multivitamintrank dazu und stellte alles auf das Laufband an der Kasse. Natürlich geschah, was er befürchtet hatte. Als die Verkäuferin die dunkelrote Papp-Packung mit den Verhüterli eintippte, trafen sich ihre Blicke. Golze reagierte unverzüglich mit dem Lächeln, das er für unverfroren hielt.

«Kukident im zweiten Gang gleich vorne», sagte die Verkäuferin.

Der erste Blitz zerriß zwei 150 Jahre alte Buchen in einem Park im Westen der Stadt. Der Donner, der zwei Sekunden später losbrach, besaß metallene Schärfe und nicht das gemütliche Grummeln eines durchschnittlichen Sommergewitters. In 4 Minuten und 25 Sekunden richteten Blitze einen Sachschaden von 2,9 Millionen Mark an – die zersplitterten Bäume nicht mitgerechnet. Dann kam der Regen und parallel dazu Blitze, immer mehr Blitze. Ängstliche Gemüter saßen mit Sparbüchern, Geburtsurkunde und Tafelsilber in den Tiefen der Wohnungen. Menschen mit Sinn für extreme Situationen genossen das Schauspiel.

Rochus Rose stand in der offenen Balkontür. Er spürte, wie der trommelnde Regen die Schwüle durchlöcherte. Die Autos, die am Straßenrand geparkt waren, gaben den Resonanzboden für die Regenfäden ab. Roses Blick schweifte über die Parade der Pkws. Plötzlich stutzte er. Der Mazda 626, blaumetallic mit Fließheck, hatte einen zerstörten Scheinwerfer und eine meterlange Schramme rechts. *So sieht man sich wieder.*

Henry Pietsch durchsuchte die gesamte Wohnung. Den Schraubenzieher fand er zu martialisch; die Einbecker Bierflasche lag zwar excellent in der Hand, kam ihm jedoch zu zierlich vor; daß seine Küchenmesser stumpf waren, bewies ihm jedes Steak aufs neue. Am Ende nahm er Besenstiel und Säge und säbelte ein 40 Zentimeter langes Stück Holz ab. Pietsch wog es in der Hand, holte einige Male aus und zerteilte die Luft.

«Jetzt kann er kommen, der Herr Schiffsmakler.»

Der Lahmarsch von der Post drohte ihm eine Anzeige wegen Beleidigung an, aber immerhin knackte es zwei Stunden später in seinem Telefon, und Norbert Sänger war wieder mit der Außenwelt verbunden. Der erste Anruf galt Ali, der sich immer noch mit einem Freund bei der Bewachung von Roses Wohnung abwechselte.

«Der ist weg, Chef. Und wenn du meine Meinung hören willst: Der bleibt auch weg. Ist doch klar, könnte sich doch sonst gleich genausogut selbst aufknüpfen.»

Der zweite Anruf ging in einen Frisiersalon.

«Hier ist Norbi-Bär. 20 Uhr, abgemacht? Ich brauche heute abend einen Menschen um mich. Was? ... Nein, nein. Nicht nur dafür, sondern ganz allgemein.»

Sänger hatte kaum aufgelegt, als das Telefon klingelte.

«Sänger.»

«Möwe, Vorzimmer Herz. Guten Tag, lieber Herr Sänger.»

«Noch mal danke für die Schokolade.»

«Dafür doch nicht. Herr Sänger, morgen früh zur unchristlichen Zeit 8 Uhr 30 ist hier großer Auftrieb. Die Stabsabteilung, die Führungsmannschaft vom Büro und zwei, drei Mitarbeiter aus den Inkassobüros. Darf ich Sie notieren?»

«Notieren Sie. Ich hatte ja fast nicht mehr damit gerechnet, daß sich etwas tut.»

«Aber Herr Sänger. Sie wissen doch: Ihr Außendienstler seid die Nerven. Ihr verbindet den Kopf mit den Eingeweiden. Apropos Eingeweide. Ich habe eine neue Tafel Schokolade im Schreibtisch liegen. Wenn Sie also mal wieder bei mir zulangen möchten ...»

Punkt 20 Uhr stand sie vor der Tür. Sänger fuhr Champagner auf, ließ vom Chinesen zwei Essen kommen und spielte Schmusemusik. Sein Essen würzte er mit Sambal Olek nach, löschte mit Champagner ab. Dann rauchte er mit links eine Zigarette und strich ihr mit rechts übers Gesicht. Sie gurrte, und er drückte die Zigarette aus, um ein anderes Feuer zu entfachen. So verlebte Norbert Sänger einen entschlackenden Abend. Er schlief ohne Probleme ein, stand nachts einmal auf, um den brüllenden Durst zu stillen. Als er ins Bett zurückkrabbelte, fiel erstes Licht des neuen Tages auf ihre Gesichtszüge. Sänger stieß leicht auf, rollte sich in die Decke ein und schlief bis 7 Uhr 30 durch.

Morgens aß sie immer wie ein Spatz. Sänger, der die Verfressenheit seines Vaters geerbt hatte, verdrückte ein opulentes Frühstück. Weil sie später los mußte, stand sie noch im Badezimmer, als es für Sänger Zeit wurde. Er trat hinter sie, umfaßte ihren nackten Körper, und sie gab Laute von sich, die er mochte.

Mißtrauisch umrundete Sänger in der Tiefgarage den Wagen. Er war unversehrt. Die Fahrt verlief ohne Zwischenfälle. Sogar die Musik im neu eingebauten Radio war heute so passabel, daß Sänger keine Kassette einschieben mußte. An seinem Stammkiosk kaufte er die üblichen drei Tageszeitungen, warf sie auf den Beifahrersitz. Headline der Boulevardzeitung:

«Erst Einbruch, dann Schädel-Bruch!
Alois ‹Ali› W. noch auf der Tragbahre: ‹Die verdammten Deckenfliesen! Sie sind mir ja nicht einfach auf den Kopf gefallen. Ich hatte das Gefühl, als wenn sie sich regelrecht auf mich stürzen.›»

8 Uhr 24. Sänger fuhr auf den Parkplatz des Bürohauses. Er schloß den Wagen ab, blickte kurz über die Dächer der Handvoll anderer Wagen. Er nahm den Aktenkoffer vom Dach und ging Richtung Hintereingang, durch den die Parkplatzbenutzer das Haus betraten. Die beiden Fensterputzer klebten an den Scheiben des dritten Stockwerks. Die Morgensonne strahlte die gelbe Rückfront des Hauses an. Norbert Sänger befand sich nun auf halber Strecke zwischen Auto und Eingang. Er fühlte sich nach dem Durchhänger der letzten Tage einigermaßen erholt. Und da war er seit langem mal wieder: der Gedanke an eine Zweitwohnung auf Sylt oder auf Am-

rum, vielleicht Norderney. *Nur zwei Zimmer, damit man kurz übers Wochenende ...* Sänger sah den Schatten nicht. Es warnte ihn auch niemand. Die grauenvolle Macht von drei Etagen Flugstrecke zerschlug ihm den Hinterkopf. Sänger lag fast noch schneller am Boden als die beiden Blumentöpfe. Da ihm innere Verletzungen das Gehirn zerstörten, lag er nicht in einer Blutlache. Auf der Fahrt ins Krankenhaus wechselten die Pfleger über Sängers Bahre trostlose Blicke. Man schaffte ihn in die Intensivstation. Dort begann eine unwürdige Lebensphase in Abhängigkeit von lebenserhaltenden Maschinen. Sängers körperliche Konstitution war untadelig. Nur deshalb lebte er. Aber morgen war auch noch ein Tag.

«Oh, Sie?»

Kommissar Golze zog den Blumenstrauß wieder an sich, Roses Griff ging ins Leere. Irene kam von hinten, bat Golze herein, nahm ihm den Blumenstrauß ab und legte ihn ins Waschbecken. Golze, der Rose für seine Anwesenheit haßte, mußte sich in den einzigen Sessel setzen. Irene machte den Conferencier, und Rose begann zu erzählen. In den ersten Minuten bekam Golze nichts mit. Dann lächelte Irene ihn zweimal an, und der Kriminalbeamte wurde von neuem Lebensmut durchpulst. Rose redete insgesamt eineinhalb Stunden.

«Schön und gut», sagte Golze, «das ist ja alles sehr aufregend, was Ihnen da widerfahren ist. Ich verstehe nur eins nicht: Warum erzählen Sie das ausgerechnet mir? Ich bin Kriminalbeamter. Ich bin – ganz nebenbei gesagt – gerade im Dienst. Ich lasse Dutzende von wichtigen Fällen liegen.»

Irene servierte Kaffee und Kuchen, Golze langte unheimlich zu. Er kriegte einen spanischen Brandy, noch einen zweiten. Golze wurde etwas albern. Brandy drei, Fragen an Golze, immer mehr Fragen. Sie bombardierten ihn mit Fragen. Als Golze schlappzumachen drohte, legte Irene beim Anlächeln einen Zahn zu. Sofort konnte Golze wieder. Als es dann auch Lächeln nicht mehr brachte, setzte sich Irene neben Golze. Ein Orkan von Energie durchpulste den Kommissar. Golze hätte Bäume ausreißen können, wenigstens umfahren. Als sie ihn um 16 Uhr 15 nach Brandy 4 und 5 zur Tür brachten, war immerhin soviel klar:

Rochus Rose hatte keinen einzigen Beweis in der Hand. Seine

Mitschnitte von Telefongesprächen waren – unabhängig vom Inhalt dieser Gespräche – ungesetzlich und würden von keinem Gericht als Beweismittel anerkannt werden. Wenn Rose Pech hatte, würden ihn die Gesprächspartner anzeigen.

Bei der Polizei war keine außergewöhnliche Häufung von Autovandalismus bekanntgeworden. Sollten Roses Aussagen tatsächlich zutreffen, so waren sie allein schon deshalb kein Fall für die Polizei, weil die betroffenen Versicherungen die Schäden anstandslos reguliert hatten.

«So, Rochus», sagte Irene, als sie wieder das Wohnzimmer betrat. «So sieht's aus. Und nun?»

Auf der Straße ertönte ein metallisches Geräusch. Sie eilten ans Fenster. Golze hatte beim Zurücksetzen den dicht hinter seinem Wagen stehenden Poller übersehen. Der Scirocco hing am Heck fest.

«So sieht's aus», sagte Rose und sah Golze zu, wie er durch Schaukeln am Wagen wieder freizukommen suchte. Passanten blieben stehen und feuerten Golze an.

«Du hast keine Beweise in der Hand», sagte Irene. «Beweise sind das A und O. Gerade bei solch ungeheuerlichen Vorwürfen.»

Zwei Jugendliche halfen Golze beim Wippen des Wagens. Ein Streifenwagen rollte heran. Zwei uniformierte Beamte stiegen aus, redeten mit Golze. Plötzlich ging alles sehr schnell. Ein Tumult entstand, und die Beamten hielten Golze im Schwitzkasten.

Irene und Rose setzten sich hin. Rose starrte ins Leere, Irene trank kalten Kaffee. Unten wurde es immer lauter. Ein Martinshorn ertönte, dann noch eins. Rose wartete, bis Irene aufbrach. Sie kümmerte sich nicht um den Menschenauflauf. Es gelang ihr gerade noch, mit dem Taxi aus der Straße herauszukommen, bevor die Beamten aus dem achten Streifenwagen die Straße für den Durchgangsverkehr sperrten. Dann mußte auch Rose los.

«Mensch, Rochus, ich dachte schon, du kommst nicht mehr.»

«Hast du dir was am Arm getan?» fragte Rose. Pietsch blickte sich nach allen Seiten um. Dann ließ er den abgesägten Besenstiel einige Zentimeter aus dem Jackenärmel rutschen.

«Sie treffen mich vorbereitet», flüsterte Pietsch.

Sie verließen die Elbchaussee und gingen den Treppenweg zum Fluß hinunter.

«Jetzt werden wir ja sehen», knurrte Pietsch. Er strahlte Entschlossenheit aus, wirkte aber beherrscht.

«Weißt du, Rochus, wenn es zum Äußersten kommt und sie geben mir lebenslänglich, das stecke ich weg. Das nehme ich auf mich. Für Käthe.»

«Wart's ab, Henry.»

«Hast recht, Rochus. Mit dem ersten Schritt habe ich meine Probleme. Immer gehabt. Ich bin 32 Jahre zur See gefahren. 32 Jahre über alle Weltmeere. Und 32 Jahre lang habe ich am ersten Tag so was von gereihert. Immer im Ärmelkanal. Ich habe keine Fahrt ausgelassen. Ich glaube, ich hatte da eine richtige Fisch-Fan-Gemeinde.»

«Henry?»

«Ja, Rochus?»

«Wenn es nachher hart auf hart kommt, dann machst du keinen Fehler. Du spielst nicht den Helden. Versprichst du mir das?»

«Ich nehme es mir vor. Aber ich kann's dir nicht versprechen. Käthe, verstehst du? Ich tu's ja nicht für mich. Ich tu's ja für ...» Und schon hielt er Rose eine Fotografie von Käthe Cathomen unter die Nase. Den Rest des Weges legten sie schweigend zurück.

Dann sahen sie den Hafen. Unwillkürlich gingen sie langsamer.

«Ist ja doch der eine oder andere unterwegs», flüsterte Pietsch. «Das sind alles potentielle Zeugen. Mir soll's recht sein. Sie werden aussagen, daß ich in Notwehr gehandelt habe.»

«Hast du auch in Notwehr deinen Besenstiel zersägt?»

Pietsch hatte die Seefahrt als Beruf betrieben. Dieser Lebenshintergrund hatte dazu geführt, daß ihn kleine Kajütboote eher zu gehässigen Bemerkungen denn zu Begeisterung animierten. Dennoch konnte er angesichts der zahlreichen Segel- und Motorboote ein Gefühl der Wehmut nicht unterdrücken. Auf der Elbe zwei Containerschiffe, ein weißer Ausflugsdampfer, vor ihnen die kleine Armada im Hafen von Ovelgönne.

«Vielleicht wollen sie mich ertränken», flüsterte Pietsch. «Das wäre das gleiche, als wenn sie versuchen würden, einen Karpfen zu ersäufen. Ich bin in meinen besten Zeiten zweieinhalb Minuten unten geblieben.»

«Wann war das?»

«1951.»

Dann strahlte Pietsch. «Guck dir diesen Ewer an. Der hat seine elf Meter, ach was sage ich, der hat zwölf. Prachtvoll. Nur Holz und Messing, kein Plastik, nichts Geschäumtes. Das waren bis zur Jahrhundertwende die Schiffe der Region hier. Das weiß heute ja keiner mehr. Bis auf ein paar Verrückte, die haben die letzten Exemplare gerettet und stecken ihr ganzes Geld rein. Wunderschön.»

Pietsch riß sich vom Anblick des Ewers los, blickte in die Runde. Biedere Ehepaare, sportliche Jünglinge, Kinder hielten sich auf den Stegen auf, werkelten an den Booten, strahlten Harmlosigkeit aus.

«Fünf nach halb sechs», sagte Pietsch. «Das kennt man ja. Sie lassen uns antreten und beobachten uns. Tippe auf Zielfernrohr.»

«Sie erwarten einen Mann und nicht zwei.»

«Müssen sie eben zweimal schießen. Da!» flüsterte Pietsch erregt und packte Rose am Arm.

Aber es war kein Killer, es war ein Segler. Sie sahen dem Boot beim Auslaufen zu, dann war es zehn nach halb sechs.

«Fühlst du, was ich fühle?» flüsterte Pietsch.

Rose blickte sich um. Und tatsächlich: Ein Holzfrachter fuhr in die Abendsonne hinein. Aus Richtung Nordsee kam kein neues Schiff, momentan war es auf dem Fluß ruhig. Ruhe auch im Hafen, völlige Stille. Auf den Stegen war kein Mensch zu sehen.

«Das ist die Ruhe», flüsterte Pietsch. «Als nächstes kommt der Sturm.»

Und dann kam der Mercedes. Bremste auf dem Schotter, daß der Staub hoch im Gegenlicht aufwirbelte. Pietsch und Rose traten einen Schritt aufeinander zu. Die Fahrertür öffnete sich, und aus dem Staub und blendenden Sonnenlicht kam der Mann auf sie zu.

«Wir schlagen nur zurück», zischte Rose. «Anfangen muß er.»

Dann standen sie sich gegenüber, Pietschs Puls wurde immer flacher und schneller.

«Herr Pietsch? Henry Pietsch?»

Pietsch nickte dem Mann zu. Er war über fünfzig, wirkte ungemein distinguiert, trug einen dermaßen bequemen Sommeranzug, daß Rose neidisch wurde. In der Hand hielt der Mann Papiere. Sie steckten in einem durchsichtigen Plastik-Einband.

«Waffel. Dr. Wolfgang Waffel. Schiffsmakler. Wir hatten schon am Telefon das Vergnügen.»

«Das ist Rochus Rose», sagte Pietsch. «Er ist als Zeuge dabei. Herr Rose versteht keinen Spaß.»

«So?» sagte Waffel. «Wie nett.»

Er trat auf die Männer zu, Pietsch griff den Besenstiel.

«Meine Herren, ich darf bitten.» Waffel lächelte sie an.

«Los», zischte Pietsch.

Sie folgten Waffel. Der Mann, der sich als Schiffsmakler ausgab, ging bis zum Ewer, blieb dort stehen. Als sie ihn erreichten, lächelte Waffel erneut. Kein Zweifel: Der Mann freute sich auf das, was er im Begriff stand zu tun. Er griff in die Innentasche seines Jacketts. Pietsch winkelte den Schlagarm an! Rose überlegte, wie kalt das Wasser sein mochte. Waffels Hand kam wieder hervor. Er setzte die Brille auf. Und dann las er vor:

«‹Ich, unterzeichnete Käthe Cathomen, geborenc Jellinek, schenke meinem über alles geliebten Lebensgefährten Henry Pietsch zu seinem 64. Geburtstag den Ewer ‹Globetrotter›. Sollte mir vorher etwas zustoßen, was der liebe Gott verhüten möge, beauftrage ich Herrn Dr. Wolfgang Waffel, Schiffsmakler, mit der Abwicklung des Kaufs und der Übergabe des Boots an Herrn Henry Pietsch. In diesem Fall soll Henry der beiliegende, versiegelte Brief überreicht werden. In Liebe. Käthe Cathomen. Möge allzeit eine Handbreit Wasser unter dem Kiel sein. Nur nicht im Ärmelkanal.›»

Waffel nahm die Brille ab, überreichte Pietsch die Unterlagen und sagte: «Zulassung, Bootspapiere, was man so braucht.»

Dann griff er in die Jackentasche. «Die Schlüssel.»

Pietsch nahm alles entgegen, starrte ins Leere. Waffel griff sich Pietschs Hand, schüttelte sie:

«Ich darf Sie beglückwünschen, Herr Pietsch. Wenn Sie meine ehrliche Meinung hören wollen: Dieses Boot hätte ich gern selbst. Sie sind ein Glückspilz, aber das wissen Sie ja. Ich darf mich empfehlen. Mich rufen die Geschäfte.»

Ehe Rose sich versah, hatte Waffel auch ihm die Hand geschüttelt und eilte zu seinem Wagen. Er war schon längst außer Sichtweite, als Rose und Pietsch immer noch nebeneinander standen.

«Henry», sagte Rose, ohne Pietsch anzusehen. «Henry, sag doch was.»

Dann riskierte er einen Blick. Pietsch liefen dicke Tränen über die Wangen. Aufschluchzend barg er seinen Kopf an Roses Schulter.

«Dafür hat sie die Lebensversicherung gekündigt.»

Zehn Minuten später standen sie an Bord. Pietsch machte sich mit dem Motor vertraut. Rose hatte Bedenken, doch Pietsch sagte:

«Nur ein halbes Stündchen, Rochus. Das kannst du mir nicht abschlagen. Es ist vollgetankt.»

Pietsch startete den Motor, griff das Steuer – und beging dann mehrere Fehler auf einmal. Der schlimmste war: Pietsch hatte mit seinen verweinten Augen eine miserable Sicht. Dazu kam, daß er noch nie ein 12-Meter-Boot gelenkt hatte. Das Geräusch war dumpf und nicht besonders laut. Es klang endgültig und unabwendbar. Eine Frau schrie, dann gluckerte es. Rose und Pietsch blickten sich an, eilten zum Bug. Sie sahen gerade noch, wie das Kajütboot mit dem Heck zuerst unterging. Rose starrte auf den Namen «Karin 3». Sein Blut gefror, und dann sah er sie. Karin Drummers Sommerkleid trieb auf dem Wasser, ihr Kopf in der Mitte. Sie sah aus wie ein Spiegelei. Rolf Drummer hielt sich an einem Pfahl fest, und Renate schrie: «Die Kühltasche! Du mußt die Kühltasche retten!»

Erschöpft schlurften sie auf das Haus zu. Henry Pietsch streckte den Arm aus, da wurde die Haustür von innen geöffnet.

«Lisa, du?» sagte Pietsch verdattert.

Rose kam die Frau bekannt vor, aber er konnte sie nicht unterbringen. Die Frau lächelte Pietsch an, der riß sich zusammen:

«Lisa, darf ich dir meinen Freund Rochus Rose vorstellen. Rochus, das ist Frau Kürten, eine ... äh ... Bekannte.»

Die Frau schüttelte Rose die Hand.

«Wir haben uns auf Käthes Beerdigung gesehen», sagte sie mit vertrauenerweckender Stimme. «Ich habe mich seitdem etwas um Henry gekümmert. Nicht wahr, Henry?»

Pietsch war dunkelrot angelaufen.

«Ich habe einige Minuten vor Käthes Tür gestanden», fuhr Frau Kürten auf dem Weg zur Wohnung fort. «Ich weiß, es ist entsetzlich kitschig. Aber mir war einfach danach.»

Sie lächelte hinreißend gschamig. Rose schloß auf, und sie erzählten.

Lisa Kürten war bestürzt:

«Ihr braucht einen Kaffee, aber dringend. Das ist ja mehr, als ein einzelner Mensch vertragen kann.»

Rose protestierte, aber sie ging in die Küche.

«Henry, Henry! Eben noch um Käthe geweint und dabei schon eine andere im Sinn.»

«Es hat sich so ergeben», sagte Pietsch entschuldigend. «Ich kann fast gar nichts dafür.»

Lisa Kürten summte vergnügt vor sich hin. Die Kaffeemaschine köchelte. Lisa griff in die Tasche, die von innen auf ihre entzückend altmodische Kostümjacke genäht war. Das Pillendöschen war reich mit Sonnenblumen bemalt. Die Kaffeemaschine röchelte und ließ Dampf ab. Lisa nahm die Glaskanne von der Warmhalteplatte, öffnete das Pillendöschen und schüttete das hellgelbe, fast weiße Pulver in die Kanne. Dann goß sie den Kaffee in die Porzellankanne und rührte mit einem Eßlöffel um.

«Hoch sollt ihr leben», sagte Lisa. Dabei lächelte sie.

Sie trug Kaffee, Milch, Süßstoff und Tassen ins Wohnzimmer. Pietsch holte die guten englischen Kekse aus der Küche. Lisa goß je eine Tasse für Rose und Pietsch ein. Er nahm einen Keks, trat an den Vogelkäfig und hielt ihm den Wellensittich hin, der das Teigstück in Windeseile aufpickte.

Rose fischte einen Schokoladenkeks aus der Dose, nahm die Tasse in die Hand. Lisa lächelte ihm zu.

«Auf einen harten Tag», sagte sie.

Rose lächelte und setzte die Tasse an den Mund. Da ertönte der Dreiklang.

«Mistvieh», rief Pietsch und lutschte am Finger, in den der gierige Vogel gepickt hatte.

«Ich geh schon», sagte Rose.

«Frau Cathomen?» fragte der schmale Endzwanziger und zwinkerte Rose vergnügt zu. «Kleiner Scherz», setzte er flink hinzu. Ich komme von der Passau Paderborner, und ich möchte mit Ihnen über ein ganz und gar sensationelles Versicherungsangebot...»

Weiter kam er nicht. «He! Was tun Sie da! Lassen Sie das!»

So schnell hatte Rose noch nie einen Mann im Schwitzkasten gehabt. Er schleppte ihn ins Wohnzimmer und rief:

«Versicherung, Henry! Ein Versicherungsvertreter! Und weißt du, von wem er kommt?»

Im nächsten Moment stand Pietsch vor dem zappelnden Mann: «Passau Paderborner?»

Der Vertreter war so dumm zu nicken. Dann starrte er voller Furcht auf den Holzprügel.

«Man soll nichts wegwerfen», sagte Pietsch mit grimmer Befriedigung.

«Aber Männer!» rief der Außendienstler. «Ich kann alles er ...»

Das war das letzte, was er sagte, wenn man von Lauten wie «Aua» absieht. Rose und Pietsch verhauten ihn nach Strich und Faden. Sie boxten sich ihre angesammelte Wut auf das Versicherungswesen aus dem Leib. Sie knockten den Mann nach allen Regeln der Kunst aus. Als er am Boden lag, bauten sie aus ihm eine Brücke und erledigten den Rest mit einer noch nicht dagewesenen Mischung aus Freistil und Griechisch-Römisch.

«Wehr dich endlich», schrie Rose ihn an. «Na los, wehr dich! Ich will sehen, daß du dich wehrst. Ihr seid doch sonst so stark.»

Lisa Kürten stand mit dem Rücken an der Balkontür. Sessel und Stühle waren umgefallen, Rose hebelte den Versicherungsvertreter so vehement durch die Luft, daß er mit dem Rücken auf den Tisch fiel. Pietsch nahm ihn noch einmal vor und verdrehte ihm ein Ohr. Die Tassen und die Kaffeekanne, Milchkännchen und Keksdose flogen durchs Zimmer. Der Kaffee versickerte im Spannteppich – bis auf einige Tropfen. Die bekam der Wellensittich ab. Das reinliche Tier säuberte sein Gefieder. Dann fiel der Vogel von der Stange und war tot.

Klugmann/Mathews

«Da werden endlich wieder Geschichten erzählt, die so intelligent und spannend sind, die zum Zittern und zum Lachen bringen. Allererste Empfehlung: die subtil anarchistischen Polizeikomödien der beiden Hamburger **Norbert Klugmann** & **Peter Mathews.**» LUI

Beule oder Wie man einen Tresor knackt
(thriller 2675)
«Eine ins Absurde schweifende Geschichte, verzweifelt komische Charaktere und knappe, bitterböse Dialoge.» taz

Flieg, Adler Kühn
(thriller 2734)
Schüsse fallen, Scheiben klirren... Wissen Sie, wie gefährlich Kaffeetrinken sein kann?

Ein Kommissar für alle Fälle
Polizeimärchen
(thriller 2700)
Am Anfang war der Schrebergarten, dann taucht Claudia auf, Kommissar Fleischhauer fängt Feuer und doch ist jemand schneller, als die Polizei erlaubt....

Die Schädiger
(thriller 2771)
Rochus Rose wachsen die Schulden über den Kopf und die Methoden des Geldeintreibers Sänger sind raffiniert, aber nicht ganz legal...

Tote Hilfe
(thriller 2973)
Beule hat ein Problem: Er hat 50.000 DM auf dem Konto und weiß nicht von wem. Dafür ist seine Frau weg...

3013/1

rororo thriller

Norbert Klugmann
Die Hinrichtung *Der erste Phil Parker-Roman*
(thriller 2837)
«Wenn die Welt untergeht, möchte ich mit Phil Parker im Bunker sitzen. Oder am Tresen.» tango

Norbert Klugmann
Der Dresdner Stollen *Der zweite Phil Parker-Roman*
(thriller 2891)

Norbert Klugmann
Das Pendel des Pentagon *Der dritte Phil Parker-Roman*
(thriller 2954)
«Der Norbert Klugmann legt ein wahnsinniges Tempo vor und ihm fließen mitunter Dialoge aus der Feder, gegen die hochgerühmte amerikanische Kollegen die reinsten Langweiler sind.»
Süddeutscher Rundfunk

Gemeinsam geben Norbert Klugmann und Peter Mathews das thriller-Magazin **«Schwarze Beute»** heraus.

Schwarze Beute

«Wir haben den Wunsch, so gute Autoren zu gewinnen, wie es dem Black Mask-Magazin mit Hammett und Chandler gelang, Aber wir wollen noch mehr.»
Norbert Klugmann und Peter Mathews, Herausgeber der thriller-Magazins **Schwarze Beute**.

Schwarze Beute 1
(thriller 2735)
Mit Geschichten von Friedrich Glauser, Ruth Rendell, Michael Molsner, Janwillem van de Wetering. Georges Simenon, Fritz Mierau, Frank Göhre u.v.m. und ein Interview mit Maj Sjöwall über ihre gemeinsame Arbeit mit Per Wahlöö.
«... dieser Band ist seit Jahren das bestgemachte, witzigste und spannendste Buch zum Thema Kriminalität und Kriminalliteratur.»
Süddeutsche Zeitung

Schwarze Beute 2
(thriller 2802)
Mit einem Drehbuch von Raymond Chandler, einem Insekten-Thriller von Per Wahlöö und einem Comic mit Texten von Dashiell Hammett. Außerdem Beiträge von Richard Hey, Alfred Döblin, Felix Huby, Fred Breinersdorfer, -ky, Irene Rodrian u.v.m.

Schwarze Beute 3
(thriller 2888)
«Das erste Mal, als Raymond Chandler ihn zu Gesicht bekam, lag Thomas Mann wie betrunken in einem Rolls-Royce Silver Wraith draußen vor der Terasse des Adonis.»

rororo thriller

So beginnt Michael Molsners fiktive Ermittlung, «der originellste, freilich auch frechste Beitrag zur Chandler-Hommage.» Neue Zürcher Zeitung
Außerdem Texte von Colin Dexter, Gertrude Stein, Jean Vautrin, Sjöwall/Wahlöö u.v.m.

Schwarze Beute 4
(thriller 2933)
Neues von und über Dashiell Hammett, Ed McBain, -ky, Hansjörg Martin, Frank Arbau, Pinkerton, Malefizschenk und andere Fälle, Täter und Autoren.

Schwarze Beute 5
(thriller 2969)
Frischer Wind im Sowjet-Krimi, heiße Stories aus Afrika, Arizona und Amsterdam. Geschichten von Jean Genet, Doris Gercke, Christine Grän, Detlef Blettenberg, Tony Hillermann u.v.m.

Serientäter

Jo Bannister
Selbstmord wider Willen
(thriller 2894)
Clio Rees kann es nicht fassen: Luke Shaw hat sich getötet. Selbstmord meint die Polizei, aber Clio hat Zweifel...

Robert Brack
Die siebte Hölle
(thriller 2941)
Oldtimer bringen´s besser als Bücher, meint der bankrotte Buchhändler Jercy Pacula, und überführt zwei Limousinen nach Lissabon...

Die Spur des Raben
(thriller 2906)

Howard Engel
Ein Opfer muß her
(thriller 2949)
Es hat lange gedauert, bis Privatdetektiv Benny Cooperman in ein eigenes Apartment umziehen konnte. Sein Freund, der Kunsthändler Pambos Kiriakis hat ihm geholfen, und da eine Hand die andere wäscht, sucht Benny jetzt verschwundene Kunstwerke...

Ticket für einen Toten
(thriller 2833)

Frank Göhre
Der Tod des Samurai
(thriller 2832)

Letzte Station vor Einbruch der Dunkelheit
(thriller 2795)
Es ist Ende der 50er Jahre. Am Baggersee wird ein totes junges Mädchen gefunden und für Kommissar Peter Gottschalk ist es der erste eigene Mordfall...

rororo thriller

Ross Macdonald
Reiche sterben auch nicht anders
(thriller 2496)

Triff mich in der Leichenhalle
(thriller 2594)
Die Rechnung der Kidnapper scheint aufzugehen: Der einzige Zeuge der Transaktion war ein Blinder...

Daniel Pennac/ Jean-Bernard Pouy/ Patrick Raynal
Machtspiele
(thriller 2961)
Die drei französischen Erfolgsautoren schrieben reihum je eines der 49 Kapitel. Das Ergebnis: der Plot rast...

Julian Symons
Entscheidung im Kreuzverhör
(thriller 2866)
Für die Partygäste ist die Sache klar: Solomon Grundy hat versucht, die junge Frau zu vergewaltigen. Als sie ein paar Tage später aufgefunden wird, gibt es nur einen Verdächtigen....

Der 31.Februar
(thriller 2871)